［あじあブックス］
039

唐詩物語

――名詩誕生の虚と実と

植木久行

大修館書店

序にかえて

日中両国で長いあいだ愛読されてきた中国文学の精華《はな》――唐詩。その誕生をめぐる物語と話題は、尽きることのない興趣《きょうしゅ》に満ちている。

現存する唐詩とその作者の数は、陳尚君《ちんしょうくん》『全唐詩補編』の成果を加えると、詩は五万五千八百首、作者は三千五百人を越えている。この空前の盛況のなかで、詩それ自体の完成度も飛躍的に急成長し、中国詩史のなかで初めて、抒情と韻律が緊密に融合した、美しく高い詩境を獲得した。『詩経《しきょう》』に始まる二千数百年の文学史のなかで、唐代の李白と杜甫が中国最高の二大古典詩人と評されている点からも、唐詩の秀逸さを容易に知ることができよう。

唐詩に関する研究は、近年、進展がめざましい。特にその成果は、作品の校注と詩人の伝記、の両面において顕著である。さまざまな別集《べっしゅう》（一個人の作品集）や選集の、すぐれた校注本（翻訳と鑑賞を含む）、傅璇琮《ふせんそう》主編『唐才子伝校箋《こうせん》』全五冊、周勛初《しゅうくんしょ》主編『唐人軼事彙編《いつじいへん》』全四冊などの刊行は、その端的な表われである。

唐詩は、千年以上も昔の、外国の古典詩である。社会制度や価値観の変遷、言葉や地名への違和感など、その理解と鑑賞を困難にする幾《いく》つかの要因を持つ。しかしその障害を適切に突破《クリア》しさえすれば、詩人たちの内発的・生命的な感動が生き生きと脈打っている、本来のみずみずしい表現、その豊かで美しい世界と一体化できる至福の喜びを感じることができよう。唐詩は、それ以前の詩歌とは異なって、人間の可能性により多くめざめ、一種の健康な平等意識を基盤として生まれている。それゆえにこそ、詩中に底流する抒情表現の鮮烈さは、時間と空間を超越して、人々の心を深く魅了してやまないのだ。

多様な題材と豊かな表現力に満ちた唐詩の豊饒《ほうじょう》な世界。それを語る書物は従来、さまざまな趣向が凝《こ》らされて、読者の前に数多く提供されてきた。そうした中に新しい一冊を加えるからには、やはり独自の視点や執筆方針を持つことが必要となろう。本書『唐詩物語―名詩誕生の虚と実と』は、主に分量の関係から、著名な二十人の名詩を採りあげて、その誕生をめぐる興味深い伝奇小説《はなし》、あるいはまた、詩人の個性的な作風とその人生を照《うつ》し出す面白い逸話《エピソード》などを、随所にまじえて執筆したものである。

中国における古典詩人は、官僚もしくはその予備軍、といった特色を持つ。この本質にも充分注意をはらいながら、唐詩と詩人たちをめぐる文壇の佳話《かわ》や逸話に焦点をあてて詳しく執筆した点は、従来の唐詩選本には乏しい、本書独自の特色、といってもよいだろう。この構想は、いわば晩唐の『本事詩』や、わが国の『伊勢物語』といった、詩歌物語の系譜を継承することになろう。詩人の話題性・物語性という観点から、二人の対照的な女流詩人薛濤《せっとう》・魚玄機《ぎょげんき》や、風狂の詩僧寒山《かんざん》をも採りあげて解説した。

いいかえれば、本書の重点と特色は、①著名な詩に対する詳細な訳注と鑑賞、②名詩の誕生をめぐる興味深い秘話、詩人独自の作風とその人生を浮き彫りにする多様な逸話の考証と紹介——の二点にある。このことは、むろん、記述内容の水準の低さを意味するものではない。近年の最新の研究成果を充分に踏まえつつ、読者の知的関心を刺激する豊かな内容を平易に叙述したもの、と考えていただければ幸いである。このことは、唐代の科挙をめぐる「鬼謡《きよう》十字の落句《らっく》——銭起《せんき》」の章や、花木《かぼく》愛好の歴史をめぐる「艶麗な蜀《しょく》の名花——薛濤《せっとう》」の章などをご覧いただければ、充分推察していただけるのではなかろうか。物語および考証の引用文献の出所を、いちいち明記したのも、このためである。

もちろん、李白の有名な「水中捉月《そくげつ》」終焉《しゅうえん》伝説、特に溺死《できし》から昇仙《しょうせん》への変遷、杜甫の哀切な「牛肉白酒飫死《よし》(飽食死)」伝説における、病死説の発生とその死因、創作の生みの苦しみを物語る苦吟作家賈島《かとう》の「推敲」の故事、哀帝の死を聞くや食を断って死んだ司空図《しくうと》の「詩債《しさい》(詩歌の負債)」観念、詩句の彫琢《ちょうたく》に凝る風潮のなかで生まれた「一字の師」鄭谷《ていこく》の話など、本書で採りあげた二十名の詩人に関しては、著名な逸話や佳話を、できるだけ漏れのないように引用して、有益で興味深い唐代詩歌論をめざしたつもりである。一般の唐詩愛読者の方々、そして学生から専門の研究者に至るまで、広範な読者の愛読を、心からお願いして筆を置きたい。

目次

1

天才不朽の絶筆——王《おう》勃《ぼつ》

滕王閣

滕王高閣臨江渚
佩玉鳴鸞罷歌舞
画棟朝飛南浦雲
珠簾暮捲西山雨
閑雲潭影日悠悠
物換星移度幾秋
閣中帝子今何在
檻外長江空自流

滕王閣《とうおうかく》　王　勃

滕王《とうおう》の高閣《こうかく》　江渚《こうしょ》に臨《のぞ》み
佩玉《はいぎょく》　鳴鸞《めいらん》　歌舞《かぶ》罷みたり
画棟《がとう》　朝《あした》に飛《と》ぶ　南浦《なんぽ》の雲《くも》
珠簾《しゅれん》　暮《ひぐれ》に捲《ま》く　西山《せいざん》の雨《あめ》
閑雲《かんうん》　潭影《たんえい》　日《ひ》に悠悠《ゆうゆう》
物《もの》換《かわ》り星《ほし》移《うつ》りて　幾秋《いくしゅう》をか度《す》ぐる
閣中《かくちゅう》の帝子《ていし》　今《いま》　何《いずく》にか在《あ》る
檻外《かんがい》の長江《ちょうこう》　空《むな》しく自《おのずか》ら流《なが》る

○**滕王閣**　唐の滕王李元嬰《とうおうりげんえい》（唐朝初代の高祖李淵《りえん》の第二十二子、太宗李世民の弟）が、洪州《こうしゅう》（江《こう》西省《せいしょう》南昌市）都督《ととく》在任中の顕慶《けんけい》四年（六五九）、洪州城（＝南昌県城）の西門「章江門《しょうこうもん》」外の西北、贛江《かんこう》（鄱陽湖《はようこ》にそそぐ江西省第一の大河）東岸の高地に創建した朱ぬりの楼閣《たかどの》。唐の大中二年（八四八）に成る韋愨《いかく》「重ねて滕王閣を修《おさ》むる記」にいう、「郛郭《ふかく》（洪州城の外城）に背《そむ》くこと二百歩（三〇〇メートル強）ならずして、巨閣《きょかく》の　滕王と称する者有り」と。現在の滕王閣は、一九八九年、唐代の遺跡の南約一〇〇メートルの地に再建されたもの。高さは五十七・五メートル。二十九回めの修建という。『文苑英華《ぶんえんえいが》』巻三四三には、「滕王閣の歌」と題する。○**江渚**　贛江《かんこう》（章江。長江の支流の一）の水辺。○**佩玉鳴鸞**　滕王などの高貴な人々が自分の腰に下げた佩玉《おびだま》と、彼らの乗る馬車の鈴。佩玉は腰の左右に一セット（ひもで連ねた数個の玉）ずつ下げた。玉は君子（士大夫）の人格を象徴し、歩くと触れあって清らかなひびきをたてる。また鳴鸞《めいらん》は天子や君子の車につける鸞鳥《らんちょう》（鳳凰《ほうおう》の一種）の形をした黄金製の鈴。○**南浦**　洪州城（南昌市）の広潤門《こうじゅんもん》外西南の舟着き場の名。浦は水辺。○**西山**　洪州城の西郊にある山の名。洪崖山《こうがいさん》・南昌山ともいう。○**閑雲**　のどかにたなびく白雲。閑は、他の物にわずらわされない、ゆったりとした姿の形容。○**潭影**　滕王閣の前を流れる贛江（章江）の、深い潭《ふち》の光や色。○**悠悠**　閑静なさま。自由自在なさま。○**度幾秋**　「幾度秋」（幾度《いくたび》の秋《あき》ぞ）にも作る。○**帝子**　天子の子、滕王李元嬰を指す。○**檻外**　檻は滕王閣の手すり。○**空自**　二字は一種の類義語。宇野明霞《うのめいか》原撰・釈大典《しゃくだいてん》刪補『詩家推敲』巻上に、「コレバカリニシテ、他ナキヲ云フ辞ナリ」という。また自は、「空」字についた副詞語尾と考えてもよい。○**詩型**　七言古詩。渚《しょ》・舞《ぶ》・雨《う》（前段）から悠《ゆう》・秋《しゅう》・流《りゅう》（後段）へと換韻する。

滕王の高閣《たかどの》は、今もこの江《かわ》（贛江）の水べに臨んでそそりたつ。かつてここに集《つど》った高貴な人々の、腰に下げた佩玉《おびだま》の触れあう音も、訪れる馬車の高らかな鈴音も、もはや聞こえず、にぎやかな歌や踊りも、すっかりとだえてしまった。美しく彩られた棟木《むなぎ》のあたりには、南浦から湧きでる雲が朝日に染まりながら飛びかい、美しい珠簾《たまだれ》は夕暮れどき、西山から迫りくる風や雨に吹かれて巻きあがる。

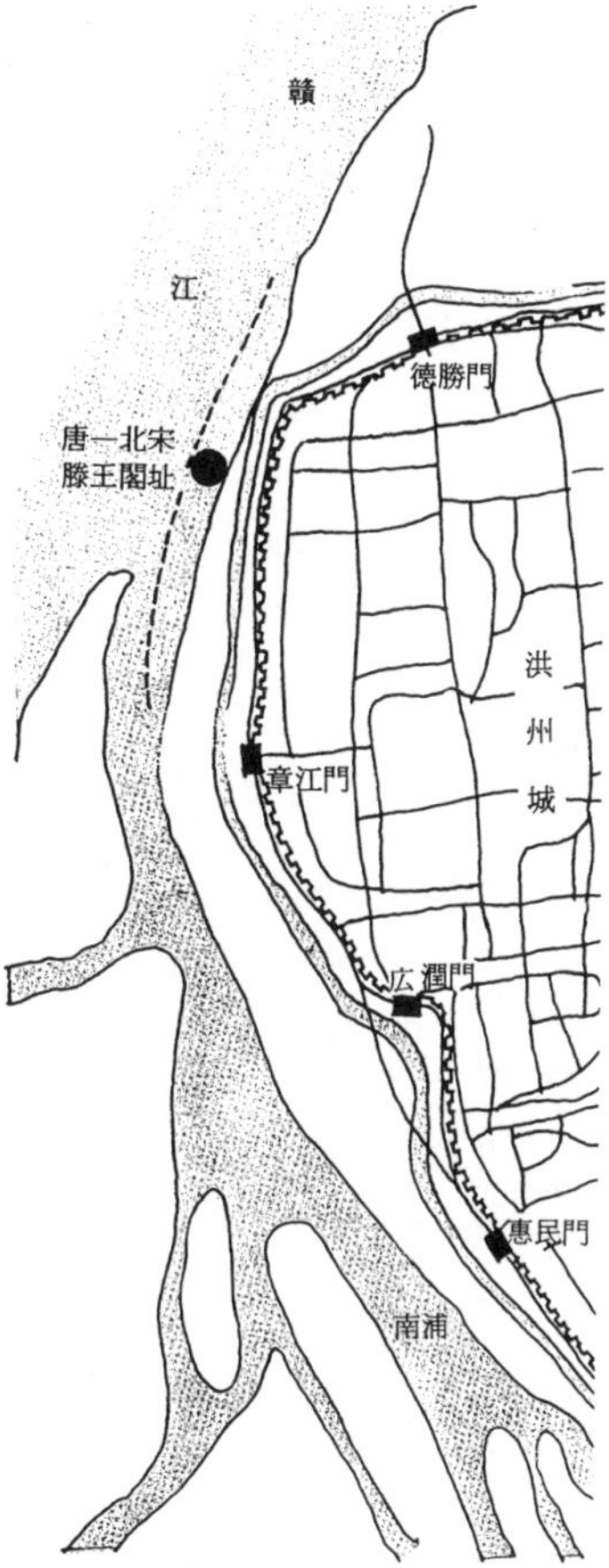

唐・宋期の滕王閣址（潘谷西「中国古代的園林芸術」の図を修補）

無心にただよう雲、深い潭《ふち》の碧《あお》い色は、昔と変わることなく、日々のどかな姿を見せている。しかし人の世の万物は移ろい、歳月は速やかに流れて、滕王閣の落成以後、幾年《いくとせ》すぎたことであろうか。手すりの前を流れる大江《たいこう》（贛江）だけは、滕王のおられた当時そのままに、滔々《とうとう》と流れゆく。

初唐の上元二年（六七五）の晩秋九月（九月九日の重陽節?）、早熟な青年詩人王勃は、自分の犯した罪に連座して南のはて交趾《こうし》（ベトナムのハノイ付近）の県令に左遷された父親王福時《おうふくじ》を見舞う途中、洪州都督閻公《えんこう》（名は未詳。後世、閻伯嶼《えんぱくしょ》とするのは誤り）の主催する滕王閣での盛宴（盛大な餞別《せんべつ》の宴会）に招かれ、その席上で華麗な四六駢儷文《しろくべんれいぶん》「滕王閣（詩）の序」（「秋日《しゅうじつ》洪府の滕王閣に登りて餞別するの序《じょ》」の略称）と本詩「滕王閣」を作った。このとき、王勃はまだ26歳?であり、翌年没したらしい。現存作品の作成状況を考えれば、この「滕王閣の序」と「滕王閣」詩は、夭折した詩人の絶筆となった不朽の名作、とほぼ見なすことができる。

王勃（六五〇?―六七六?）、字《あざな》は子安《しあん》。絳州《こうしゅう》竜門（山西省河津《かしん》市）の人。6歳で文を作り、乾封《けんぽう》元年（六六六）、17歳のとき、幽素《ゆうそ》の科に及第し、朝散郎《ちょうさんろう》を授けられた。のち沛王《はいおう》李賢に招かれ、沛府の修撰《しゅうせん》となる。しかし諸王間の闘鶏《とうけい》熱をあおる軽薄な檄文《げきぶん》を書いたため、高宗李治《こうそうりち》（李賢の父）の怒りにあって職を失う。総章二年（六六九）、20歳のとき、蜀《しょく》（四川省）に赴き、各地を約三年間旅した。のち虢州《かく》（河南省霊宝市）の参軍となったが、傲慢《ごうまん》なふるまいが多く、罪人をいったんかくまった後、事件の発覚を恐れて彼を殺した。このため死刑になるところを、恩赦にあって官《かん》籍《せき》からの除名で済《す》んだ。約一年後、旧職に復帰したが、この事件に連座して交趾《こうし》の令に左遷された父親を訪ねて孝養をつくすために官を棄て、南下する万里の旅路の途中で、本詩および「滕王閣の序」を作ったのである。

闘鶏図（明・王圻『三才図会』より）

詩は、唐朝の帝子《みこ》滕王の、楼中《ろうちゅう》での盛大な遊宴をしのぶ懐古の名篇であり、作者の視線は、滕王という主《ぬし》を失った滕王閣の寂寞《せきばく》たる現況へと向かいがちである。たとえ往事を思わせるような盛宴が、楼中で華やかにくり広げられたとしても、深い傷痕と自責の念をいだく青年王勃は、なかなかその歓楽に酔いきれず、行方《ゆくえ》の定かでない滕王の数奇な運命に思いを馳せながら、しばし懐古の情にひたったようである。第七句の懐古的表現から、滕王は本詩の作成時、すでに死亡したとする説が流布しているが、これは誤りである。本詩は滕王閣創建時から、わずか二十二年後の作であり、滕王李元嬰の死は、さらに九年後の文明元年（六八四）であった（『旧唐書《くとうじょ》』巻六四の本伝や『資治通鑑《しじつがん》』巻二〇三）。つまり「閣中の帝子《ていし》　今　何《いず》くにか在る」（第七句）は、人の世の転変の激しさを強調した表現、と考えるべきであろう。

「画棟《がとう》　朝《あした》に飛ぶ　南浦《なんぽ》の雲、珠簾《しゅれん》　暮《ひぐれ》に捲《ま》く　西山の雨」は、古来、神俊《しんしゅん》・秀麗と評され、「是《こ》れを以《もっ》て名《な》（名声）を得たり」（南宋の葛立方《かつりっぽう》『韻語陽秋』巻四）とも記される名対《めいつい》である。しかも朝と暮の対《つい》が、またたくまに過ぎ去りゆく時間や歳月を暗示して、滕王をしのぶ後半の哀切な調べを導きだす絶妙な作用をも果たしている。

　ところで「滕王閣の序」および同時の作「滕王閣」詩は、古来、13～14歳の少年王勃が、その早熟な文才を発揮してすらすらと書きあげ、それを読んだ洪州都督が、思わず「此《こ》れ天才なり」と絶讃した名品である、といわれてきた。この有名な逸話《エピソード》について、五代・後梁《こうりょう》の貞明《ていめい》二年（九一六）ごろに成る王定保《おうていほ》『唐摭言《とうせきげん》』巻五には、こう記されている。

　王勃が「滕王閣」の序を作ることになった。このとき、わずか14歳である。洪州都督の閻公《えんこう》は、これを信じない。王勃は宴席にいたが、閻公は自分の婿《むこ》、孟《もう》学士に序を作らせて自慢したいと思い、前もって構想をねらせておいた。そして紙と筆をまわしておきながら、客に執筆を辞退するようにしむけた。ところが年少の王勃が引きうけたので、閻公はその不遜《ふそん》な態度に激怒して座を起《た》ち、部下に命じてその執筆状況を監視させた。

その第一報に「南昌《なんしょう》の故郡《こぐん》、洪都《こうと》の新府《しんぷ》」（滕王閣の所在地は漢の豫章《よしょう》郡、現在は洪州都督府にある、の意。「南昌」は「豫章」に作るほうがよい。「滕王閣の序」の有名な書き出しである）というや、閻公は「老先生の常談《じょうだん》（新鮮味に乏しい陳腐な表現）だ」といった。続く報告に、「星《ほし》は翼軫《よくしん》を分《わ》かち、地《ち》は衡廬《こうろ》に接《せっ》す」（二十八宿《しゅう》の星座のなかで、洪州は翼《たすき》と軫《みつうち》の分野にあたり〈地上の区分では楚《そ》の地〉、西の南岳衡山《こうざん》〈湖南省〉や北の名山廬山《ろざん》〈江西省〉と連なる）という。閻公はこれを聞くと、じっと考え込んでものも言わない。さらに「落霞《らくか》は孤鶩《こぼく》と斉《ひと》しく飛《と》び、秋水《しゅうすい》は長天《ちょうてん》と共《とも》に一色《いっしょく》なり」（ただよう夕焼け雲は、一羽の野鴨《のがも》とともに飛びかい、青く澄みわたる秋の水は、遥かな天空に連なって一色にとけあう。動と静を対比させた閣外の遠景）という。閻公は驚いて立ちあがり、「これこそ、まことの天才だ。まさに不朽の名作になろう」といった。そこでさっそく宴席に招いて、充分歓《かん》を尽くした。

この逸話は、北宋中期の劉斧《りゅうふ》編『摭遺《せきい》新説』（『青瑣《せいさ》摭遺』の別称。わが室町時代の笑雲清三《しょううんせいさん》述『古文真宝後集抄』所引）に引く晩唐の羅隠《らいん》（八三三―九〇九）『中源水府伝《ちゅうげんすいふでん》』のなかに、より詳細にこう記されている（大意）。

王勃像（清・上官周『晩笑堂画伝』より）

王勃は早くも「童齢《どうれい》の年、辞藻雄麗《じそうゆうれい》」であり、仲間たちから心服されていた。13歳のとき、舅《おじ》に随って江左《こうさ》（江南）に赴く途中、馬大王廟《ばだいおうびょう》（馬当山の廟〔後述〕？）の前に停泊した。山腹の古い神祠《ほこら》を参拝して帰ってくると、川のほとりに一人の老人（参拝した中源水府の神）がいて、王勃に『滕王閣の記』を作って後世に名を伝えよ」と勧めた。王勃が「ここから滕王閣のある洪州へは水陸七百里（約三五〇キロ）、とても今からでは間にあいません」というと、「舟に乗れ、清風一席《いっせき》（一陣の神風）で送ってあげよう」と。王勃の乗った舟は、まるで飛ぶように進んで到着し、滕王閣の宴席に加わった。

府帥《ふすい》（洪州都督）の閻公は、集まった江南の名士たちに筆と硯をまわして、「滕王閣の記」の執筆を依頼したが、みな辞退する。ところが年少の王勃が引き受けたので、閻公は激怒して奥に引っこみ、左右の者にいった。「私は、このたび帝子《みこ》（滕王李元嬰）の旧閣を修復した。ここそ、洪都《こうと》（南昌）の絶景。だから英俊の士を集めて記念の文章を書いてもらい、不朽の名を得たいと思う。あんな小僧なぞに、名文など作れるものか」と。そして数人の官吏に、できた句を逐一《ちくいち》教えさせた。

王勃が書き始めると、一吏が入ってきて、「南昌の故郡、洪都の新府」と報告すると、公はいった、「先儒《せんじゅ》の常談（ありふれた表現）にすぎない」。続いて一吏が「星は翼軫《よくしん》を分かち、地は衡廬《こうろ》に接す」と報告すると、公はいった、「故事《こじ》（古い書物を踏まえた表現「典故《てんこ》」）のみだ」。さらに一吏が「三江《さんこう》を襟《えり》にして五湖《ごこ》を帯《おび》とし、荊蛮《けいばん》を控《ひか》えて甌越《おうえつ》を引《ひ》く」（洪州は三江や五湖〔長江中下流の大江や湖沼の泛称《はんしょう》〕を防壁のごとくめぐらす要害の地で、西の湖南・湖北や東の浙江《せっこう》一帯の地を自在に押《おさ》え取りしまる要衝《ようしょう》である）と報告すると、公は押しだまり、これ以降も官吏の報告が次々と届いたが、ただうなずくばかり。そして「落霞《らくか》は孤鶩《こぼく》と斉しく飛び、秋水は長天と共に一色なり」の句に到って、思わず几《ひじかけ》をたたいて、「此れ天才なり」といい、喜んで宴席にもどった。

王勃の文が完成すると、閻公は読んでいった、「子《し》　筆《ふで》を落《お》とせば、神助《しんじょ》有《あ》るに似《に》たり」（子《きみ》はまるで神の手助けを得たような筆づかいだ）と。そして名士たちに見せると、みな「面《おもて》　土《つち》・鉄《てつ》の若《ごと》く」（まっさおになり）、心服して一字すら添削の余地もない。閻公は王勃を上座《かみざ》に招いて、左右の者にいった、「帝子《みこ》や私の名を後世に長く伝えさせ、洪都の山河を無上の価値に高めたのは、ほかならぬ君の力だ」と。（中略）羅隠は詩を作っていう、「江神《こうしん》は才子《さいし》を怜《いとおし》む意《こころ》有《あ》り、倏忽《しゅくこつ》として（たちまち）威霊《いれい》（神霊）去程《きょてい》（旅路）を助く。……」（『全唐詩補編』上〈四八五頁〉の文字を校勘する、貴重な異文をもつ）と。

この一種の伝奇小説は、閻公が王勃の早熟な文才に驚嘆する過程を生き生きと描写している。これとほぼ同じ内容は、南宋末の陳元靚《ちんげんせい》『歳時広記』巻三五に引く『摭言《せきげん》』（『青瑣《せいさ》摭遺』の略称である『摭遺』の誤り。南宋の曽慥《そうぞう》編『類説』巻三四に収める『摭遺』のなかの「滕王閣記」の条に、この節略が見える）のなかにも見えるが、重要な異同も散見する。①13歳のとき、父の供《とも》をして江左に遊び、九月八日、馬当（江西省彭沢《ほうたく》県東北の、長江の南岸にある山の名。この付近は舟の難所）に停泊した。このとき「水元水府君」と名のる老人が現れて、翌日の重陽節に南昌（洪州）の都督が参会者たちに「滕王閣の序」を作らせることを、王勃に知らせて風で送ってくれた。②文才に富む閻公の娘婿の名を呉《ご》子章《ししょう》とする。③閻公が王勃の文を嘆賞した後、その呉子章が、王勃を「恐れげもなく陳《ふる》い作品でごまかしている」と叱りつけると、王勃はよどみなく復唱してみせた。閻公も疑って「滕王閣」詩を作らせたところ、少しも構想をねらずにすらすらと書きあげたので、呉子章は恥じて退いた、など……。

宋画中の滕王閣

　この有名な逸話を収める『中源水府伝』（南宋初めの委心子《いしんし》編『新編分門古今類事《ここんるいじ》』巻三には『中元伝』に作る）は、李剣国『唐五代志怪伝奇叙録』によれば、江淮《こうわい》の地を歴遊していた羅隠が乾符《けんぷ》年間（八七四―八七九）の末ごろ、馬当（山）を通ったとき、王勃の異聞を耳にして作ったものであり、最初に記した『唐摭言』の簡略な話は、この『中源水府伝』（＝『中元伝』）の記事にもとづきながら、荒唐無稽な部分（馬当の神事）を削ったものらしい。ただ婿の名（孟学士と呉子章。前者は「滕王閣の序」に見え、後者は見えない。ただし閻公の婿であるとする記述は、序の中に見えない）、年齢（13歳と14歳）、随行者（舅と父）など、諸書間の異同を、すべて単なる流伝上もしくは節略の過程で生まれたものと見なせるかどうかは、きわめて疑問である。長江下流の馬当（山）付近に伝わる異聞や採取者の異同にもとづく差異の結果である可能性も、充分考えられよう。

いずれにせよ、この有名な逸話は、①王勃は「六歳にして解《よ》く文を属《つづ》り、思いを構《かま》うるに滞《とどこお》ること無《な》く、詞情英邁《しじょうえいまい》なり。……文章は邁捷《まいしょう》にして、筆を下せば則《すなわ》ち成る」（『旧唐書』文苑伝上）と記される。②「滕王閣の序」に「童子《どうし》何ぞ知らん」（年少の身ながら思いがけなくも）とある、③初唐の楊炯《ようけい》「王勃集の序」に、王勃は「年十有《ゆう》四にして、時誉《じよ》斯《ここ》に帰《き》す（当時の人から称賛された）」とあること、などから生み出されたのであろう。13～14歳の作とする点は、きわめて疑わしいが、もう一つの有名な逸話「腹稿《ふくこう》」とも密接に関連して、王勃の文学を考える示唆に富んでいる。

晩唐の段成式《だんせいしき》『酉陽雑俎《ゆうようざっそ》』前集巻十二、語資篇《ごし》にこういう。

王勃は碑文《ひぶん》や頌《しょう》（人格や功績をたたえる文体）を作るとき、いつもまず墨を数升すってから、蒲団《ふとん》をかぶって寝た。そして起きあがるや、一気に書き終え、少しも添削しなかった。それで当時の人は「腹稿」と呼んだ。また若いころ、袖いっぱいの丸い墨を贈られた夢を見たともいう。

「腹稿」の逸話は、『新唐書』文芸伝上のなかにも見え、そこには「酣飲《かんいん》」（上機嫌に酔うこと）して寝こんだ後の創作だとする。

唐代、碑文や頌・墓誌銘などは、詩歌とは異なって多額の潤筆《じゅんぴつ》料を期待できた。王勃は行く先々で文の執筆を依頼され、金や帛《きぬ》の山ができるほどであったため、「心織筆耕《しんしょくひっこう》」（心で織って着、筆で耕して食べる意から、作家として生計を維持できること）と呼ばれたという（五代の馮贄《ふうし》『雲仙雑記』巻九に引く『北里志《ママ》』に見える中唐の張著《ちょうちょ》『翰林《かんりん》盛事』）。彼が執筆を頼まれた文も、碑文や頌の類《たぐ》いであろう。「滕王閣の序」の場合は、閻公から「五百縑《けん》」（一縑は布帛《ふはく》四丈の意。この縑は絹を指す。『中源水府伝』）、あるいは「百縑」（『類説』に引く『摭遺』）を贈られている。唐代、絹（縑）は金銀（特に銀）と並んで「軽貨」（軽くて高価な通貨）として広く流通していた。銀一両と絹一匹は、ほぼ同じ価値であったとされる。「滕王閣の序」の作成をめぐるこの逸話は、当時の文学環境を理解するためにも有用であり、即吟即作の文学的功名談の一つに数えてよいだろう。

江南の三大名楼の一つ、滕王閣は、まさに栄華のはかなさを象徴するかのように、過去二十数回にわたって地上から消えうせた。しかしそのたびごとに、「当《まさ》に垂《た》れて不朽なるべき」「天才」(『唐摭言』)の作たる、王勃の「滕王閣の序」とその末尾に付す「滕王閣」詩が思い起こされて、多大の困難を克服して再建されてきた。後世、数多く作られた滕王閣詩の大半が、王勃の作品を踏まえて作られている事実は、「神助有るに似たり」という絶賛が、決して過褒《かほう》ではないことを端的に物語っている。

2 旗亭画壁《きていがへき》の佳話——王之渙《おうしかん》

涼州詞　王之渙

黄河遠上白雲間
一片孤城万仭山
羌笛何須怨楊柳
春光不度玉門関

涼州詞《りょうしゅうし》

黄河《こうが》遠《とお》く上《のぼ》る　白雲《はくうん》の間《かん》
一片《いっぺん》の孤城《こじょう》　万仭《ばんじん》の山《やま》
羌笛《きょうてき》何《なん》ぞ須《もち》いん　楊柳《ようりゅう》を怨《うら》むを
春光《しゅんこう》度《わた》らず　玉門関《ぎょくもんかん》

○**涼州詞**　唐代の新しい楽府題《がふだい》。「涼州（甘粛省《かんしゅくしょう》武威市一帯）で流行する、外来系の楽曲の歌詞」の意。北宋末の郭茂倩《かくもせん》『楽府《がふ》詩集』巻七九に引く『楽苑《がくえん》』と郁賢皓《いくけんこう》『唐刺史考全編』巻三九とを総合すれば、開元九年（七二一）、河西走廊《かせいそうろう》の全域を管轄する西涼府《せいりょうふ》都督《ととく》（河西節度使）郭知運《かくちうん》が、涼州で流行している新曲を採録して玄宗に献上したものである。そのメロディーにのせて歌われた歌詞の一つが本詩である。ただし『楽府詩集』巻二二には、漢の横吹曲《おうすいきょく》（軍中の馬上で吹奏された楽曲を指し、楽器「角」の類を用いた）の一種「出塞《しゅっさい》」（辺境の城塞《とりで》を出て戦う意）を模倣した擬古《ぎこ》楽府詩（替え歌）として収録する。南宋初めの計有功『唐詩紀事』巻三六も同じ。ここでは、盛唐の芮挺章《ぜいていしょう》編『国秀集』巻下に従って「涼州詞」と題する。○**黄河遠上**……『国秀集』は起句と承句を逆にし、しかも「遠上」を「直上」（直《ただ》ちに〔まっすぐ〕上《のぼ》る）に作るが、韻律（平《ひょう》仄《そく》）上、より妥当な通行本に従う。句の転倒は、歌唱や伝写の多さに由来しよう。北宋初めの『文《ぶん》苑英華《えんえいが》』には巻一九七、楽府の条に「出塞」（明版）、巻二九九、軍旅・辺塞の条に「涼州」（宋版）として重複収録する。しかも後者は『国秀集』と同様に起句と承句を逆にし、また両者はともに「黄河遠上」を「黄沙直上」に作る。『楽府詩集』巻二二や『唐詩紀事』巻二六は、同じく「黄沙直上」に作るが、起句と承句は通行の順序である（後引の『集異記』は「黄沙遠上」に作る）。○**白雲**　高峻な深山中の石《いわ》やほら穴のなかから湧き出るものとされた。○**万仞**　仞は長さや高さの単位。一仞は八尺。ここでは山の高峻さを誇張した表現。○**羌笛**　羌族《きょうぞく》（チベット系遊牧民）の吹く横笛。ここでは広く異民族の吹く笛の意。○**怨楊柳**　離別の曲「折楊柳」の調べを哀切に吹く意と、楊柳《やなぎ》の樹が青々と芽ぶかない寒冷・荒涼な風土を嘆く意とをかねた、一種の双関語《かけことば》。「折楊柳」の曲は、漢魏・南北朝のなかで最も同名異工の作品（「小折楊柳《しょうせつようりゅう》」「折楊柳行」「折楊柳」「折楊柳歌」「折楊柳枝歌」など）を生んだが、梁・陳期の横吹曲「折楊柳」の歌詞に到って始めて、細やかな楊柳《やなぎ》の枝を折って旅立つ人に贈る習俗（拙著『唐詩歳時記』参照）を詠んだ離別の曲の歌詞になった（増田清秀『楽府の歴史的研究』）が、六朝《りくちょう》期の歌詞のなかには、従軍の労苦を詠んだものもある。盛唐の王翰《おうかん》「涼州詞」に「夜《よる》　胡笳《こか》（葦笛《あしぶえ》の一種）の折楊柳を聴《き》かば、人の意《こころ》気をして長安を憶《おも》わしむ」とあり、同じく李白の「塞下曲」（六首其一）にも「笛中《てきちゅう》に折柳を聞くも、春色　未だ曽《かつ》て看《み》ず」という。ちなみに松浦友久『唐詩の旅—黄河篇』によれば、「怨」は「恨」字とは異なり、「可変的なはずの情況が変化しないための不満・憤懣《ふんまん》」を意味し、「現在の情況の変更を求めて相手に訴えかける」語感をもつ。ここでは「帰れるはずの時期が来ていながら、現実には塞外《さいがい》にとどまらざるをえない兵士たちの心情」を訴えかけるように吹きならすことをいう、と。この指摘は、明の楊慎《ようしん》の説、「此の詩は、恩沢　辺塞《へんさい》に及ばず、所謂《いわゆる》『君門《くんもん》（天子の住む宮殿）万里よりも遠し』を言うなり」（『升庵《しょうあん》詩話』巻九）との関連でも注目されよう。暖かい「春光」は、同時に天子の慈愛深い恩沢をも暗示するからである。　**○玉門関**　前漢の武帝劉徹《りゅうてつ》の時代、陽関とともに西域へ通じる要道をおさえるために、中国領土の最西端に位置する敦煌《とんこう》の西に設けた有名な関所の名。強大な匈奴《きょうど》から国土と人民を守るために設けた「長城」の最西端に位置する最前線基地であった。玉門関の位置は、遅くとも隋《ずい》以前（六朝後期？）、大きく移動したが、前漢の創設以来、西北異民族との激しい攻防の歴史に彩られた「辺防の要害」「西域への門戸」としてのイメージは継承される。盛唐の辺塞詩人岑参《しんじん》は、「玉門関の蓋《がい》将軍の歌」のなかで、「玉門関城《かんじょう》は

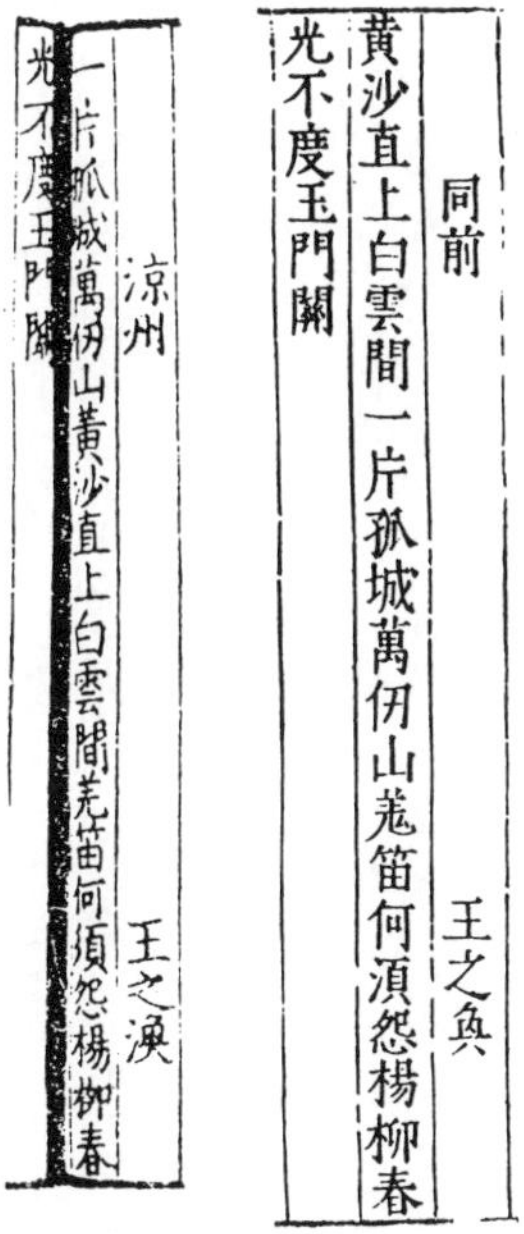
同前　王之奐
黃沙直上白雲間一片孤城萬仞山羌笛何須怨楊柳春
光不度玉門關

涼州　王之渙
一片孤城萬仞山黃沙直上白雲間羌笛何須怨楊柳春
光不度玉門關

『文苑英華』に重複所収の王之渙「出塞」「涼州」詩

迥《とお》くして且つ孤《こ》（孤立）なり」と歌う。詳しくは松浦友久編『漢詩の事典』五〇五頁以下参照。前漢の貳師《じし》将軍李広利《りこうり》が良馬を得るために西域に出陣し、戦死者が多く食糧も乏しいため、軍隊の帰還を求めたところ、武帝は激怒して玉門関を遮断《しゃだん》し、「軍に敢《あ》えて入《い》る者有らば、斬れ」（班固『漢書』巻六一）といった故事も思いあわされる。

滔々《とうとう》と流れ下る黄河の上流を、はるか遠く白雲の湧きたつ高所（河源）まで遡《さかのぼ》ってゆくと、高く険しい山々のなかに、（国境の警備にあたる兵士たちの駐屯する）城塞《とりで》が、ただ一つぽつんと築かれている。折から流れくる異人（羌族）の笛よ。どうかさびしい音色で訴えかけるように、別れの曲「折楊柳《せつようりゅう》」を吹きならすのはやめてほしい。たとえ楊柳《やなぎ》を怨んだとしても、そもそもそれを青々と芽ぶかせる暖かい春の日ざしは、玉門関のさらに西の、この最果《さいは》ての地には、もはやとどかないものを。

詩は、王翰《おうかん》の「涼州詞」とともに、広闊《こうかつ》で荒涼たる塞外《さいがい》の地を舞台とする、辺塞詩《へんさいし》の絶唱である。と同時に清初の詩人・批評家の王漁洋《おうぎょよう》（名は士禛《ししん》）が、王維の「元二《げんじ》の安西《あんせい》に使いするを送る」、李白の「早《つと》に白帝城を発す」（本書所収）、王昌齢《おうしょうれい》の「長信秋詞《ちょうしんしゅうし》」（帚《そう》を奉じて……。後述）とともに、唐代七言絶句の圧巻（最高傑作）として高く評価した名品である（沈徳潜『唐詩別裁集《べっさいしゅう》』巻

漢、玉門関址

古い烽火台の遺跡

一九）。

極西の河源地帯に出征して寒苦のなかで防備にあたる兵士たちの、絶望的な悲しみが、むせび流れる異国の笛の、嫋々《じょうじょう》たる響きにのって読者の心のなかにまで伝わってくる。遥かな道のりと地勢の高峻さを描写したあと、「一片の孤城　万仞の山」という、当句対《とうくつい》（一句中の対句）を用いた小と大の鮮明な対照《コントラスト》は、危うげで孤立する城塞《とりで》の姿と、そこで朝晩守備につく兵士たちの、孤独でやりきれない心情をも浮き彫りにする。こうしたなか、時おり流れくる離別の曲「折楊柳」の哀切なメロディー。それを聞きながら、極寒の地で日夜任務にあたる兵士たち。その労苦と孤独感を思いやる作者の優しい心情が、ひたひたと波うって感動的である。

王之渙の代表作「涼州詞」は、後世になって始めて高く評価されたわけではない。彼の生存当時、すでに都長安を中心に広く流布していた。詩題や本文に文字の異同が多いのも、主としてこのためであろう。楽府題「涼州詞」は、おそらく王之渙の詩を採りあげて歌った楽工《がくこう》（音楽家）たちの呼称であり、王之渙みずから歌詞として作成したものではないらしい。というのは、友人の高適《こうせき》に「王七《おうしち》（之渙）の『玉門関《ぎょくもんかん》にて笛を吹くを聴《き》く』に和《わ》す」（『全唐詩』巻二一四による。開元元年から天宝三載（七四四）以前の詩を収めた芮挺章《ぜいていしょう》編『国秀集』巻下には、この詩題「和王七玉門関聴吹笛」を「和王七度玉門関上吹笛」（王七の『玉門関の上《ほと》りを度《わた》りて笛を吹く（を聴く？）』に和す」に作るが、吹字の上に「聴」を脱するらしい）という詩があり、同じ韻字間《かん》・山《さん》（上平声刪《さん》韻（刪山韻））を用い（この点は王昌齢「出塞」（秦時の明月　漢時の関）も同じ韻で、王之渙の詩とは関・山の二字を同じくする）、笛の音を二詩共通の動因《モチーフ》とする（高適の詩も、詩題・本文ともに文字の異同が大きく、『唐詩選』には「塞上《さいじょう》に笛を吹くを聞く」と題し、「羌笛」の語も見える）。このため王之渙「涼州詞」の原題は、「玉門関聴吹笛」か、それに近い形であった可能性が高い（富寿蓀《ふじゅそん》「考訂二則」（『唐代文学論叢』一九八二年二期）など参照）。いいかえれば、王之渙の詩は本来、作詩時の状況に即して、ほぼ「玉門関聴吹笛」（玉門関にて笛を吹くを聴く）と題され、「涼州詞」の題は、それをのせて歌った楽曲《メロディー》にもとづく呼称となろう。これは、たとえば岑参《しんじん》の「北庭《ほくてい》（都護府）に赴かんとして隴《ろう》（山）を度《わた》りて家を思う」詩が「簇拍《そくはく》（快拍の意）陸州《りくしゅう》」とも題され、王維の「元二《げんじ》の安西に使いするを送る」詩が「渭城曲《いじょうきょく》」とも呼ばれたことが想起されよう（『楽府詩集』巻七九・八〇。前掲の富寿蓀の論文も参照）。

　王之渙「涼州詞」のもう一つの詩題「出塞《しゅっさい》」もまた、充分注目されてよい。盛唐の靳能《きんのう》撰「唐の故《もと》の文安郡文安県の尉《い》　太原の王府君（之渙）の墓誌銘《ぼしめい》并《なら》びに序」に見える次の言葉、嘗《かつ》て或いは従軍を歌い、出塞を吟じ、皦《きょう》（清らかに輝くさま、冴えわたるさま）として関山《かんざん》（関所の置かれた国境《くにざかい》の山々）の明月の悲《かな》しみを極《きわ》め、蕭《しょう》として易水《えきすい》の寒風の声《ひびき》（戦国時代の末、燕王喜《えんおうき》の太子丹《たん》の依頼を受けて、秦王の政《せい》（後の始皇帝）を暗殺するために出発する刺客荊軻《しかくけいか》が、「風蕭蕭として易水寒し」云々と歌った故事を踏まえる）を得て、楽章《がくしょう》に（のって）伝わり、布《し》きて（流布して）人の口《くち》に在り。

との関連で特に興味深い。というのは、この王之渙墓誌中の「従軍」や「出塞」の語は、それぞれ伝統的な楽府題「従軍行」や「出塞」を指す可能性が高く、撰者《せんじゃ》の靳能は、王之渙の代表作（「涼州詞」）を念頭に置いて「出塞を吟ず」と記したのだ、とも充分考えられるからである。ちなみに王之渙自身は、東北の辺境（薊門《けいもん》（北京市付近））にも西北の辺境（玉門関）にも赴いている。「出塞」の詩題も、決して軽視されるべきではない。

王之渙は、彼とその妻李氏《りし》の墓誌銘によれば、開元十年（七二二）、35歳のときには、すでに門《もん》蔭《いん》入仕（父祖の封爵や官位など、家柄による特別任官）による初任官、冀州衡水《きしゅうこうすい》県（河北省）の主簿《しゅぼ》に在任していたが、ほどなく誣告《ぶこく》されて辞任、「（絳《こう》州（山西省）の）家に在ること十五年」におよぶ閑居の期間、「（黄）河を夾《はさ》むこと数千里」にわたって漫遊し、両都（長安・洛陽）のほか、東北

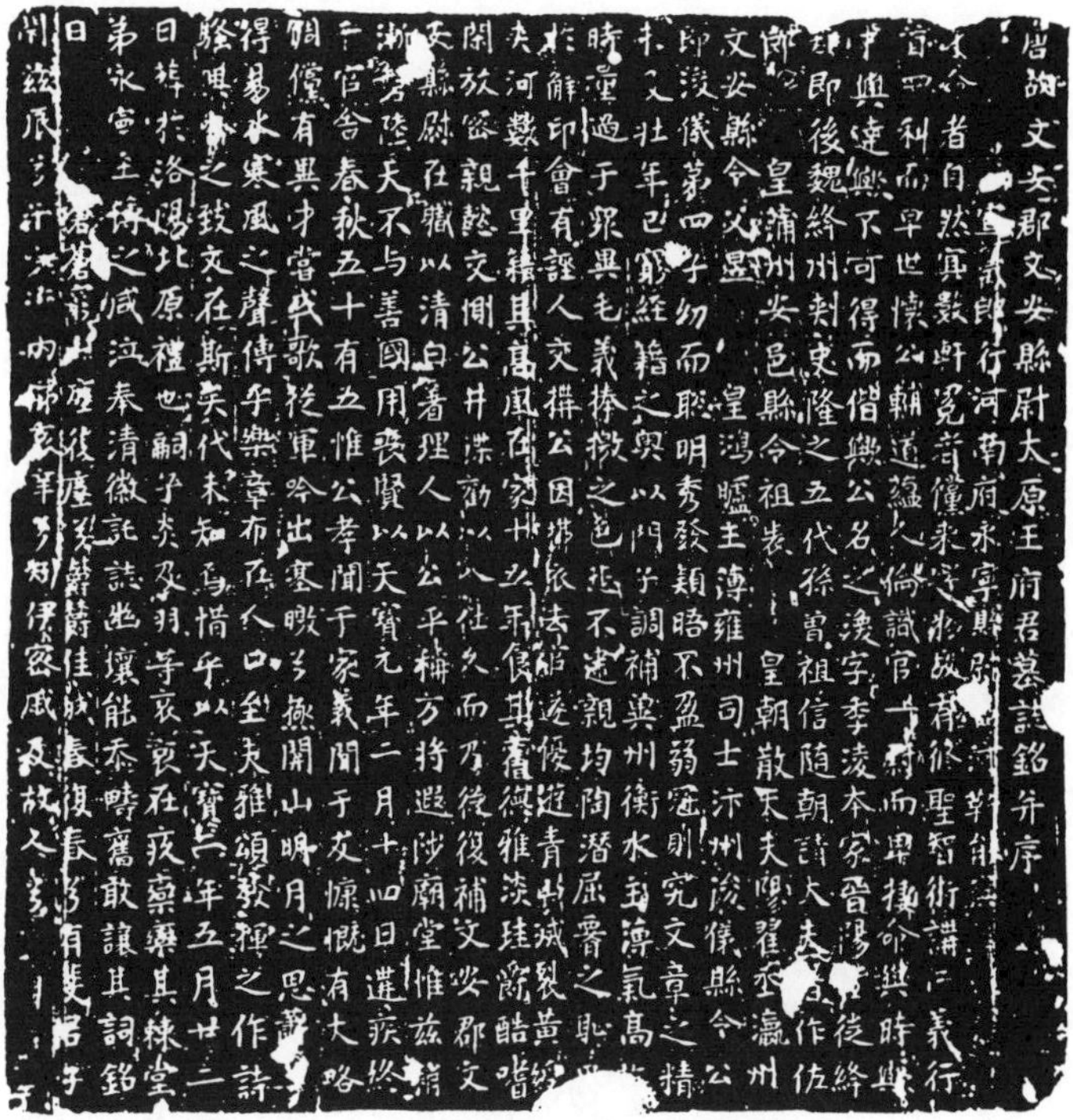

王之渙の墓誌銘

は薊庭《けいてい》（北京市付近）、西北は玉門関付近にまで行った、と考えられる。つまり「涼州詞」（「玉門関聴吹笛」？「出塞」？）は、おそらく開元十二、三年後（あるいは十四、五年後）、玉門関（唐代の位置は敦煌《とんこう》市の東北約一六〇キロの地。ただし、この隋唐期の新「玉門関」は、地上に遺跡を残さず、その正確な位置は今日なお未確認である）での実際の体験を踏まえて作ったものであろう。

墓誌銘の発見による王之渙の足跡の判明は、「黄沙直《こうさただ》ちに（まっすぐ）上《のぼ》る　白雲の間」（砂漠特有の、沙塵を垂直に巻きあげる竜巻の写実的表現）のほうが、通行の「黄河遠く上る　白雲の間」よりもまさることを、直接意味しない。本詩の場合、作者や読者がそれぞれの脳裏で、黄河をどんどん西に向かって遡り、白雲の湧く高峻な河源地帯に進んで、当地の重なりあう万仞《ばんじん》の山々のなかに、ただ一つぽつんと築かれた危うげな城塞《とりで》（兵士の駐屯地）の姿がクローズアップされる過程こそ、辺塞詩特有の壮大・悠遠な空間表現として魅力的だからである。

他方、辺境の砂漠地帯の、すさまじい竜巻を描写する写実的表現――「黄沙直ちに上る　白雲の間」は、こうしたイメージ上の広がりと飛翔感を欠いている。北宋初めの『文苑英華《ぶんえんえいが》』や北宋末の『楽府詩集《がふ》』が一様に「黄沙直上……」に作るのは、宋代の人らしい一種の合理的な判断が働いたための改変であろう。西北の玉門関と西南の河源地帯では地理上、大きな隔たりが存在するからである。しかしそのことは、本詩を味わううえで、ほとんど障害とはなっていない。

ところでこの「涼州詞」はまた、盛唐期の著名な詩人王之渙・王昌齢《おうしょうれい》・高適《こうせき》の三人が、都長安の旗亭《きてい》（高級料亭、酒楼）で、詩人としての優劣を、伶妓《れいぎ》（宮中の音楽師や歌妓）の歌う自作の詩《うた》の数の多さによって決めようとした、「旗亭画壁《きていがへき》」（旗亭賭唱《としょう》）の風流な佳話と一体になって広く流布した。この佳話は、王之渙の死後五十年にも満たない長慶《ちょうけい》四年（八二四）ごろに成るという薛用弱《せつようじゃく》『集異記《しゅういき》』巻二、王之渙の条に見え、「妓伶謳詩《ぎれいおうし》（詩を謳《うた》う）」（『説郛《せっぷ》』巻二五）、「伶妓誦詩《れいぎしょうし》」（『類説』巻八）などとも題される故事である。

玄宗の開元年間（七一三―七四一）、王昌齢・高適・王之渙は、名声を同じくする詩人たちであったが、みな不遇で生活に困窮し、遊ぶところもほぼ同じであった。雪の散らつく寒い日、三人は連れだって旗亭に出かけ、酒をつけにしてちびちび飲《や》っていた。すると、そこへ梨園《りえん》の伶官《れいかん》（宮中の音楽師・楽人《がくじん》）が十数人登楼してきて宴会を始めたので、三人は席をかえて片隅《かたすみ》に映《かく》れ、炉の火をかこんで様子をうかがっていた。まもなく四人の歌妓《うたいめ》があいついで到着した。ともに華麗な装いでなまめかしく、艶《あで》やかで美しい。さっそく音楽の演奏が始まったが、いずれも当時の名曲である。

そこで王昌齢らは、ひそかに約束した。「われわれ三人は、いずれも詩人としての名声を得ているが、これまでお互いの優劣を決めたことがない。今、そっと音楽師たちの歌う詩《うた》を聞いて、歌われた詩の多いものを優れた者としよう」。
ほどなく一人の音楽師が拍子《ひょうし》をとりつつ歌った、「寒雨《かんう》 江《こう》に連《つら》なって 夜《よる》 呉《ご》に入《い》る、……」（「一片《いっぺん》の氷心　玉壺《ぎょくこ》に在り」の名句で知られる王昌齢の七言絶句「芙蓉楼《ふようろう》にて辛漸《しんぜん》を送る」詩。『唐詩選』所収）と。王昌齢は手を引《のば》して旗亭の壁に画《か》いて（一本の線を引く、一画を記すの意であろう。杜甫「江村」詩中の「老妻は紙に画《えが》いて（紙に線を引いて）棊局《ききょく》（碁盤）を為《つく》る」も参考になる）、「一絶句」といった。続いてまた一人の音楽師が歌った。「篋《はこ》を開けば 涙 臆《むね》を霑《うるお》す、君《きみ》が前日《ぜんじつ》の書《ふみ》を見る。……」（高適の五言古詩「単父《ぜんぽ》の梁九少府《りょうきゅうしょうふ》を哭《こく》す」の冒頭四句）。高適はそこで手を引《のば》して壁に画《か》いて、「一絶句」といった。続いてまた一人の音楽師が歌った。「帚《そう》を奉《ほう》じて（帚《ほうき》を持って清掃しようとして） 平明《へいめい》（夜明け）に 金殿《きんでん》開《ひら》く、……」（天子の寵愛を失った班婕妤《はんしょうよ》（前漢の成帝の宮女）の悲しみを詠んだ、王昌齢の七言絶句「長信秋詞」。『三体詩』所収）。王昌齢はそこで手を引《のば》して壁に画《か》いて（一本の線・一画を追加して）、「二絶句」といった。

王之渙は、詩人としての名声を久しく得ていると思っていたので、二人に向かってこう豪語した、「彼らはみな、ぱっとしない無名の音楽官だ。歌うのはいずれも下里《かり》・巴人《はじん》の詞《うた》（田舎で歌われる粗野な俗調）ばかり。陽春《ようしゅん》・白雪《はくせつ》（高雅な楽曲）のごとき私の詩など、こんな俗物《やつら》にわかるはずなどないよ」と。そして歌妓たちのなかで最も美しい女性を指していった、「あの妓《こ》の歌うのを待て。もしも私の詩でなかったら、一生君たちと優劣を争うまい。もしも私の詩であったら、君たちは座具のもとに並んで平伏し、私を師匠と仰《あお》ぐべきだ」。

そこで高らかに歓笑して、しばらく待っていると、双《ふた》つの髷《まげ》を結《ゆ》った、あの美しい女性が歌う番になり、こう歌った、「黄沙遠《ママ》く上る　白雲の間、……」（「涼州詞」）と。王之渙はすぐさま二人をからかい、「どうだ。田舎奴《いなかもの》め。私がでたらめなどいうものか」というと、みんなでどっと大笑いした。

音楽師たちは、わけがわからず、みな立ちあがってきて、「あなた方は、どうしてそんなに楽しそうに大笑いしていらっしゃるのですか」と尋ねると、王昌齢らは事のいきさつを話した。音楽師たちは、いっせいに拝礼して、「凡人の眼には、神仙さまの見分けがつきません。高貴な先生がた、どうかまげて私たちの宴席においで下さい」といったので、三人は請《こ》われるままに、一日じゅう酒を飲んで酔っぱらった。

元の辛文房《しんぶんぼう》『唐才子伝《とうさいしでん》』巻三、王之渙の条には、歌妓が王之渙の「涼州詞」を歌ったあと、「復《さら》に（彼の）二絶を唱《うた》う」と補足する。しかしこれは、「一番多くの詩が歌われた者を最もすぐれた詩人と認めようとした筋書に、話の辻褄《つじつま》をあわせようとした」、編者辛文房の合理的な改変であろう（田中和夫「『集異記』試論」）。

旗亭画壁の話は、盛唐期の有名な詩人たちの、奔放な遊びぶりとその面影《おもかげ》を彷彿《ほうふつ》とさせ、則天武后が洛陽南郊の竜門で七〇〇年前後に主宰して「奪錦袍《だっきんぽう》」の故事（拙著『唐詩の風景』一五三頁）を生んだ公式の「詩賽《しさい》」（詩歌の競争）とは異なり、あくまでも私的で自発的な詩賽にすぎず、かつては単なる虚構《フィクション》と考えられた（明の胡応麟《こおうりん》『少室山房筆叢《ひっそう》』巻四一）。しかし今日では、譚優学《たんゆうがく》『唐詩人行年考《こうねんこう》』が開元二十四年（七三六）前後、周勛初《しゅうくんしょ》『高適年譜』が開元二十五年に繋年《けいねん》するように、ほぼ実在した文壇の佳話、と見なされている。ただし、王昌齢の「芙蓉楼にて辛漸を送る」詩は、彼が天宝元年（七四二）かその前年ごろ、江寧《こうねい》（江蘇省南京市）の県丞《けんじょう》に左遷されて以後の作であり、それを単なる誤記の一種、と見なしたうえでの話である。

開元二十四年当時、王昌齢は校書郎《こうしょろう》の微官《びかん》（唐代の後期には、進士科に及第した若きエリート官僚の就く栄光あるポストに変貌した）に在任していた（年齢不詳）が、王之渙は冀州衡水県《きしゅうこうすいけん》の主簿をやめた後の、十五年間におよぶ閑居・漫遊生活の末期にあたり（48歳）、高適も制挙《せいきょ》（皇帝が詔を下して臨時に行う人材登用試験）に落第して、依然として無官の布衣《ふい》であった（37歳？）。これは、『集異記』中の「時《とき》に風塵《ふうじん》未《いま》だ偶《ぐう》せず（不遇・不運）」ともほぼかなう状況である。高適と王之渙は、すでに十年以上も前からの友人同士であり、白居易の「滎陽《けいよう》（郡）の鄭公《ていこう》（名は昈《こ》）墓誌銘《ぼしめい》」（朱金城『白居易集箋校』巻四二）には、「（鄭）公は尤《もっと》も五言詩を善《よ》くし、王昌齢・王之渙・崔国輔《さいこくほ》輩《ら》と聯唱《れんしょう》迭和《てつわ》（互いに唱和）し、名は一時を動かす」とあって、王昌齢と王之渙の交遊関係も充分推測できる。

さらに高適の「単父《ぜんぽ》の梁九少府《りょうきゅうしょうふ》を哭《こく》す（単父県の県尉梁洽《りょうこう》の死を悼む詩）」は、開元二十二年（前掲の『高適年譜』）か翌年ごろの作であり、王之渙の「涼州詞」（「玉門関聴吹笛」?）の作成年代も、開元二十四年以前である。王昌齢・高適・王之渙は、いずれも盛唐期の著名な辺塞詩人たちであり、この佳話の重点は、辺塞詩の傑作「涼州詞」を作った王之渙の詩才を高く評価することにあろう。少なくとも「旗亭画壁」に類する故事は、実在したと考えてよい。

劉開揚《りゅうかいよう》『高適詩集編年箋註《せんちゅう》』は、高適の詩だけが他の三首（七言）とは異なって五言であること、および宴席で哀悼の詩を歌うこと、の二点を疑問視し、高適の別の詩が歌われたのであろう、と憶測する（八八頁）が、これは単純な誤解である。というのは、高適の「五言四句」は、文字を若干《じゃっかん》改変されて、「涼州歌」第三遍としても歌われたからである（『楽府詩集』巻七九）。南宋の王《おう》灼《しゃく》は『碧鶏漫志《へきけいまんし》』巻一のなかで、李白・元稹《げんしん》・白居易・李賀《りが》・李益《りえき》・武元衡《ぶげんこう》らの詩が歌われたことを述べた後、この佳話を引いて、「李唐《りとう》の伶伎《れいぎ》、当時の名士の詩句を取りて歌曲に入《い》るるは、蓋《けだ》し常俗（通常の風潮・習俗）なるを知る」と指摘する。いいかえれば、唐代、歌詞として作成されていない作品も、伶伎（音楽師や歌妓）たちが随意に既製の、時には新たに作ったメロディーにのせて歌うことが一般化し、その際、五言絶句よりも七言絶句のほうが歌曲に適していたことは、五言絶句（と見なしたもの）一首、七言絶句三首の比率が明瞭に物語っている。

作者の王之渙（六八八—七四二）、字《あざな》は季淩《きりょう》、絳州《こうしゅう》（山西省新絳県）の人。太原は郡望《ぐんぼう》（ある地域〔郡〕で最も名望があって家格が高いとされた一門。唐代、それを姓氏の上につけて、家柄を誇る風習があった。いわば先祖の本籍地とでもいうべきもの）である。科挙を通らずに門蔭入仕《もんいんにゅうし》して、遅くとも開元十年（七二二）には、初任の官、冀州衡水県の主簿となったが、人に誣告《ぶこく》されて辞任し、以後十五年間、閑居・漫遊の生活を送った。開元二十一年（七三三）ごろ、薊門《けいもん》（北京市付近）に仮寓し、このとき、高適が彼を訪ねて会えなかった詩を残している。開元二十七、八年以降、親戚や友人の勧めで文安郡（莫《ばく》州）文安県（天津市の西南、河北省）の尉となり、清白（廉潔）の評判を得たが、天宝元年（七四二）二月十四日、文安県の官舎で病死した。享年は55歳である。

以上の事跡は、主に盛唐の靳能《きんのう》「王之渙墓誌」（前出）による。王之渙は「涼州詞」や「鸛鵲楼《かんじゃくろう》に登る」（今日では朱斌《しゅひん》の作とする説も有力）の名作で知られる盛唐の詩人であるが、従来、彼の事跡は不明であり、天宝年間の人（『唐詩紀事』巻二六。正しくは開元年間の人）で、その生没は「六九五—?」（聞一多「唐詩大系」）などと誤解されてきた。清末?、洛陽の北に連なる著名な墓地「邙《ぼう》山《ざん》」から、彼の墓誌石が出土して、具体的な事跡がようやくわかった。一九三二年、その拓本を見た章太炎《しょうたいえん》（名は炳麟《へいりん》）は、思わず「大快也」（たいそう愉快だ）と叫んだという。

王之渙の誌石の所蔵者李根源《りこんげん》の子、李希泌《りきひつ》が編纂した『曲石精廬《きょくせきせいろ》蔵唐墓誌』（斉魯《せいろ》書社、一九八

千唐誌斎の内部（王之渙の妻や祖父母の墓誌石も、壁面にはめこまれている）

六年）には、その鮮明な墨拓（前掲の図）を収めている。ちなみに、一九三七年、抗日戦争が勃発すると、誌石の略奪を恐れた李根源は、王之渙のそれを含む唐代の墓誌九十三石を蘇州郊外、李家の墓地のそばにあった小さな池の中に沈めた。新中国が成立した後、寄贈を受けた蘇州市文物保管委員会は、水中から引きあげて陳列したが、このうち、最も貴重な王之渙の誌石だけは北京に、他の誌石は南京に運ばれたという（拙稿「唐代作家新疑年録⑽」参照）。

今日では、さらに王之渙の妻の李氏、祖父の王徳表、祖母の薛氏《せっし》の墓誌銘も発見されており（『千唐誌斎〈洛陽市の西、新安県鉄門鎮にある、張鈁《ちょうほう》〈一九六六年没〉のコレクション〉蔵誌』等所収）、王之渙の家系がより明確にわかるようになった。衡水県の主簿に在任した時期が開元十年前後であることは、当時18歳で、35歳の彼のもとに嫁いできた李氏（衡水県令の娘）の墓誌の発見によって判明したことがらである。

王之渙の現存詩は、わずか六首であるが、いずれもすぐれた作品である。たとえそのうちの一首「鸛鵲楼に登る」詩に作者上の問題が残るとしても、「涼州詞」一首だけでも充分、唐代の詩史にその輝かしい足跡を印《しる》した、と評してよい。しかもその「涼州詞」は、旗亭画壁の佳話とともに、明清期、戯曲の好箇《こうこ》の題材にもなった。王之渙の墓誌石が二十世紀の前半に出土したことは、不遇な王之渙の詩心を憐れんだ天の配剤なのであろうか。旗亭画壁の佳話は、不遇な時期、都長安で互いに詩作を競いあった詩人たちの矜持《きょうじ》と友情を、生き生きと今日に伝えている。

3

橘《きっ》皮《ぴ》画《が》鶴《かく》の伝説——崔《さい》　顥《こう》

黄鶴楼

昔人已乗白雲去
此地空余黄鶴楼
黄鶴一去不復返
白雲千載空悠悠
晴川歴歴漢陽樹
春草萋萋鸚鵡洲
日暮郷関何処是
煙波江上使人愁

黄鶴楼《こうかくろう》　　崔　顥

昔人《せきじん》　已《すで》に白雲《はくうん》に乗《の》って去《さ》り
此《こ》の地《ち》　空《むな》しく余《あま》す　黄鶴楼《こうかくろう》
黄鶴《こうかく》一《ひと》たび去《さ》って　復《ま》た返《かえ》らず
白雲千載《はくうんせんざい》　空《むな》しく悠悠《ゆうゆう》
晴川歴歴《せいせんれきれき》たり　漢陽《かんよう》の樹《き》
春草萋萋《しゅんそうせいせい》たり　鸚鵡洲《おうむしゅう》
日暮《にちぼ》　郷関《きょうかん》　何《いず》れの処《ところ》か是《こ》れなる
煙波《えんぱ》　江上《こうじょう》　人《ひと》をして愁《うれ》えしむ

○**黄鶴楼**　唐代の鄂州城《がくしゅうじょう》（＝江夏《こうか》県城。西側に長江を臨む。現在の湖北省武漢《ぶかん》市武昌《ぶしょう》区）西南角の、長江を見おろす黄鶴《こうかく》（＝黄鵠《こうこく》、鶴と鵠の二字は、かつて通用）磯《き》上にあった高楼の名（唐の李《り》吉甫《きつほ》『元和《げんな》郡県図志』巻二七）。磯とは、江中に突き出た岩山をいう。ちなみに現在の黄鶴楼（五層、高さ五十一メートル）は、蛇山《じゃざん》（古称は黄鶴山）下の黄鶴磯から東に一キロ、蛇山の頂上に場所を改めて再建されたもの（一九八五年）。盛唐の『国秀集《こくしゅうしゅう》』巻中には「黄鶴楼に題《しる》す」、敦煌《とんこう》写本（ペリオ三六一九、徐俊編『敦煌詩集残巻輯考《ざんかんしゅうこう》』所収）や、北宋の『文苑英華《ぶんえんえいが》』巻三一二、『唐《とう》文粋《もんずい》』巻一六上には、「黄鶴楼に登る」と題する。以下、語釈の条の異文は、敦煌写本および唐人選唐詩に限定して示す。ちなみに唐末の『又玄集《ゆうげんしゅう》』巻上には、詩題の下に「黄鶴は乃《すなわ》ち人名なり」という注記があるが、この注は他の三種の唐人選唐詩（後述）には見えず、崔顥自身の注とは見なしがたい。○**乗白雲**　『荘子《そうじ》』天地篇に、「彼《か》の白雲に乗りて帝郷《ていきょう》（仙郷）に至る」とある。○**此地**　『国秀集』や敦煌写本には「茲《こ》の地」に作る。○**空余**　盛唐の『河岳英霊集《かがくえいれいしゅう》』巻下には「空しく遺《のこ》す」、五代（後蜀《こうしょく》）の『才調集《さいちょうしゅう》』巻八には「空しく作る」とある。ちなみに「空」は、当然あるべきものの欠如を表す副詞。敦煌写本には「唯《た》だ余《あま》す」に作る。○**千載**　『国秀集』には「千里」に作る。○**晴川**　晴天下の陽光《ひざし》にきらめく長江。一説に「川」は、漢江《かんこう》（武漢市で長江にそそぎこむ最長の支流、全長一五七七キロ）を指すとするが、漢江の古道《こどう》（十五世紀後半、現在の河道となり、いわゆる武漢三鎮《さんちん》〈武昌・漢陽《かんよう》・漢口《かんこう》〉が成立した。いいかえれば、それ以前には漢陽の北の漢口の名は存在しない。「漢陽」〈漢江の陽《きた》〉の名も、この歴史的事実を裏づける。現在の武漢市漢陽区は、漢江の陽《きた》ではなく陰《みなみ》に位置するからである）は、漢陽城の西南、鸚鵡洲《おうむしゅう》の西北に

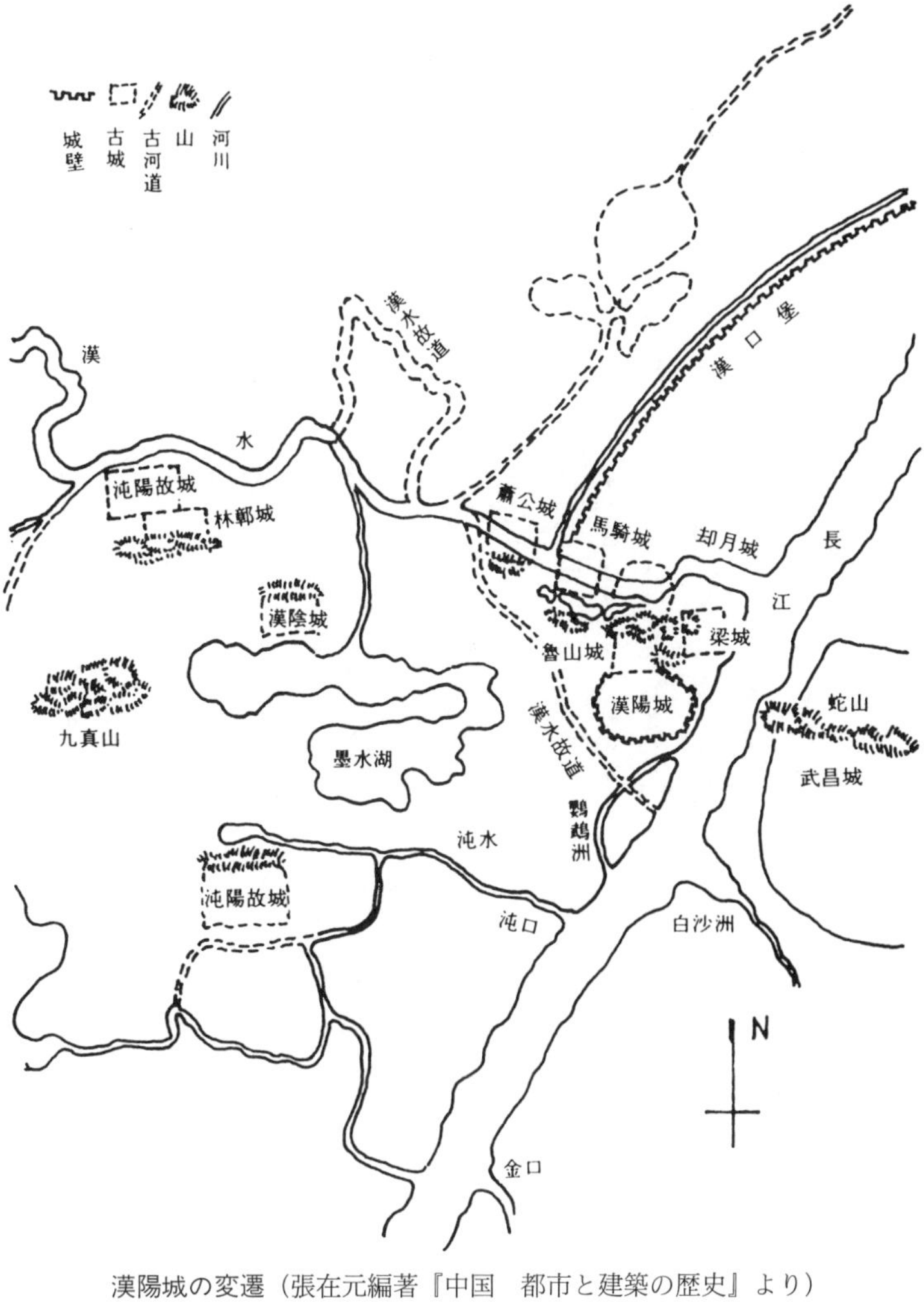

漢陽城の変遷（張在元編著『中国　都市と建築の歴史』より）

位置して、川筋自体が長江と鸚鵡洲の背後にほぼ隠れて見えにくいことを考えれば、その説には従いがたい。万敏・故斌《こひん》「武漢」（張在元編著『中国 都市と建築の歴史』（鹿島出版会、一九九四年）所収）に収める「漢陽城の変遷」図（本書に転載）参照。ちなみに「川」を水辺の平川《へいせん》（平地）、ここでは対岸のそれと見なす説もある。○**歴歴** ここでは明晰《めいせき》と行列の両意をかね、立ち並ぶ樹々がくっきりと見えるさまをいう。○**漢陽** 鄂州城《がくしゅうじょう》の西南角に建つ黄鶴楼の、ほぼ真西の対岸に建つ漢陽県城（＝沔《べん》州城、現在の武漢市漢陽区）を指す。当地の長江は北流する。○**春草萋萋** 『楚辞《そじ》』「招隠士《しょういんし》」に「王孫《おうそん》（貴公子）遊んで帰らず、春草《しゅんそう》生じて萋萋《せいせい》たり」を踏まえた表現。青々と茂りゆく春の草は、旅に出て帰らぬ人への思慕を深々とかきたてた。他方、旅人は、春の草にめぐり流れる時間の推移をまざまざと感じて、望郷の思いをかきたてられることになる。詳しくは本書の白居易の条参照。ちなみに『国秀集』や敦煌写本には、萋萋を「青青」に作る。○**鸚鵡洲** 黄鶴楼の西南一キロ強の、長江中にあった大きな中洲《なかす》の名。長江にそそぎこむ漢江古道の出口に位置していた（明代、崩落して水没）。洲の名は、後漢末の文学者禰衡《でいこう》（一七三―一九八）の名作「鸚鵡《おうむ》の賦《ふ》」（美しい羽毛と人語をあやつる異能のために捕えられた鸚鵡の運命に、他国をさまようわが身の不運な境涯を重ねあわせた長篇の美文）にちなむ。唐・宋期、禰衡はこの中洲で催された江夏太守《こうかたいしゅ》黄祖《こうそ》の宴席で賦を作り、のちその傲慢な態度がわざわいして殺され、この中洲に埋められた、と一般に考えられていた。詳しくは松浦友久編『漢詩の事典』参照。同じ盛唐の詩人孟浩然《もうこうねん》の「鸚鵡洲にて王九《おうきゅう》の江左《こうさ》に之《ゆ》くを送る」詩にも、「昔《むかし》登る 江上《こうじょう》の黄鶴楼、遥かに愛す 江中の鸚鵡洲」とある。○**郷関** 故郷。作者のそれは汴州（河南省開封市）であった。ただしこの「郷関」の語は、人生の帰宿（帰着すべき場所）の意味も内在する。○**何処是**　『河岳英霊集』には、「何れの処にか在《あ》る」に作る。○**煙波**　敦煌写本には「烟花」に作る。

その昔、かの仙人（道士）は、白雲に乗って飛び去り、この地には、ゆかりの黄鶴楼だけが空しく残されている。かの（仙人が跨《また》がった）黄色い鶴も飛び去ったきり、もはや返らず、白雲だけが千年もの間、（下界の変遷も知らぬげに）のんびりと（大空高く）流れ続ける。（高い楼上から眺めやれば）晴れわたった長江の対岸には、漢陽城《かんようじょう》の立ち並ぶ樹々が、くっきりと連なって見え、春の草が江中の鸚鵡洲《おうむしゅう》に青々と生い茂って心を傷める。やがて迫りくる夕闇《ゆうやみ》のなか、なつかしさのつのるわが故郷は、どの方角にあるのであろうか。長江の水面《みのも》は、いちめんに波だち煙《もや》がたちこめて（視界がきかず）、わが心を深い悲しみにさそうのだ。

盛唐の著名な詩人崔顥《さいこう》の手に成る本詩は、南宋末の文芸批評家厳羽《げんう》が、唐代の七言律詩の第一とたたえ（『滄浪詩話《そうろうしわ》』詩評）、かの詩仙李白でさえも、黄鶴楼の妙処を説きつくした、そのすぐれたできばえに感嘆して筆を投げすてて去った、と伝えられる古今の絶唱である。おそらく作者が開元十一年（七二三）、進士科に及第して仕官する以前、長江中下流域を漂泊していた不遇な時期の作であろう。崔顥の詩に影響を与えたらしい沈佺期《しんせんき》「竜池篇《りゅうちへん》」は、開元二年（七一四）の作である。

李白は開元十三年（七二五）、25歳の秋ごろ（一説に前年）、蜀《しょく》（四川省）を出て長江を下り、天下漫遊に旅立った。黄鶴楼の壁に題《しる》された、墨痕《ぼっこん》鮮やかな崔顥の詩を見たのは、この旅の初めらしい。北宋の李畋《りてん》『駭《がい》（該《がい》にも作る）聞録《ぶんろく》』（南宋初めの曽慥《そうぞう》編『類説』巻十九、南宋初めの胡仔《こし》編『苕《ちょう》渓漁隠叢話《けいぎょいんそうわ》』前集巻五所引）には、

李太白《りたいはく》、大名《たいめい》を負《お》うも、尚《な》お曰《いわ》く、「眼前に（佳）景有《けいあ》るも道《い》い得《え》ず。崔顥の題《しる》せし詩、上《う》頭《え》に在《あ》ればなり」。

とあって、李白が詩人としての名声を得た後のごとく記すのは、きわめて疑わしい（葛培嶺《かっぱいれい》「『黄鶴楼』初探」〈『唐代文学論叢』総第六輯〉参照）。「黄鶴楼」の語を詠みこんだ李白の「江夏《こうか》の行《うた》」も、一説に開元十三年の作とされる（安旗主編『李白全集編年注釈』）。

本詩は通常、七言律詩と見なされているが、詩の前半は韻律（平仄《ひょうそく》）的には古詩、後半は律詩であって、同じ言葉の反復《リフレーン》も多く見え、古詩の格調をまじえている点で、七言律詩としては破格である。北宋の姚鉉《ようげん》『唐文粋《とうもんずい》』が「古調歌篇《こちょうかへん》」のなかに収めるのも、このためである（巻十六上）。当時すでに七言律詩の様式は確立していたが、崔顥は逐一《ちくいち》その様式（声律《せいりつ》）に従うよりも、むしろ

あふれ出る詩精神（風骨《ふうこつ》）を尊重したようである。韻律と対句を重視する七言律詩を、元来得意としない李白が、崔顥の「黄鶴楼」詩に深く敬服したと伝えられるのも、崔顥の詩心の、自在なのびやかさに共鳴したのであろう。

現在の黄鶴楼

第一句の「白雲」は「黄鶴」にも作る。この点に関して、森槐南《もりかいなん》は『唐詩選評釈』のなかでこういう、「黄鶴楼を過ぎて、則《すな》はち黄鶴より落筆し、之《これ》を畳用《じょうよう》して第四句に至り、忽《たちま》ち『白雲千載空悠悠』を以て之《これ》を頓住《とんじゅう》（とどめる）」し、これでこそ、水流れ花開くの妙あり、もし「白雲」に作って、白雲と黄鶴の言葉を交互に畳《かさ》ねて用いたならば、あまりにも作意（技巧）的であり、「天然放筆の活趣《かっしゅ》を欠き」、従うことはできない、と。他方、高歩瀛《こうほえい》『唐宋詩挙要《きょよう》』も、「第一句に『鶴に乗る』とあるから、下に『空しく余す』というのだ。もし『白雲』に作るならば、あまりにも唐突《とうとつ》で文字が落ちつかない」という。

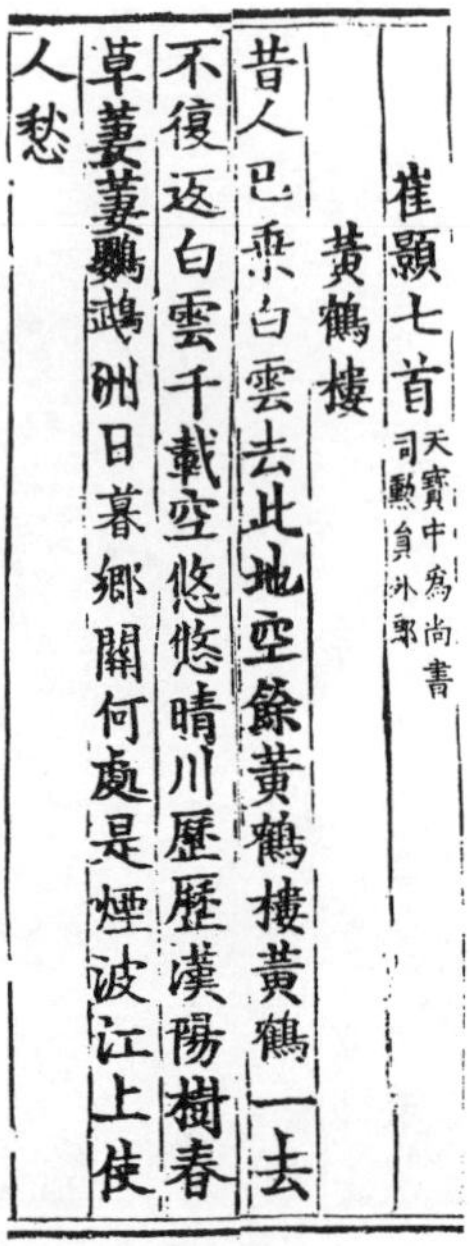
崔顥七首　天寶中為尚書司勲員外郎
黄鶴樓
昔人已乘白雲去此地空餘黄鶴樓黄鶴一去
不復返白雲千載空悠悠晴川歷歷漢陽樹春
草萋萋鸚鵡洲日暮鄉關何處是煙波江上使
人愁

王安石『唐百家詩選』（南宋版）

確かに「黄鶴」の語を三度くり返す手法は、きわめてリズミカルで余韻に富むが、この説にはにわかに賛同できない。というのは、本詩を収める唐宋期の古いテキストが、例外なく「白雲」に作るからである。いわゆる唐人選唐詩のうち、本詩を収める盛唐の殷璠《いんぱん》編『河岳英霊集』、同じく盛唐の芮挺章《ぜいていしょう》編『国秀集』、唐末の韋荘《いそう》編『又玄《ゆうげん》集』、五代（後蜀）の韋縠《いこく》編『才調集』、および敦煌写本は、いずれも「白雲」に作り、北宋期の『文苑英華』巻三一二（明版）、姚鉉《ようげん》編『唐文粋』巻十六上（明版）、王安石編『（王荊公《おうけいこう》）唐百家詩選』巻四（南宋初年刻本、古逸叢書《こいつそうしょ》三編）も、同じく「白雲」に作っている。従って「白雲」に作る表現が、今日から見て、複雑・唐突で凝《こ》りに凝った技法（白雲→黄鶴（楼）→黄鶴→白雲とくり返し、第一・三句の白雲と黄鶴は過去のもの、第二・四句の黄鶴（楼）と白雲は現在眼前にあるもの）に見えたとしても、こうしたテキストの古態は、やはり充分尊重されなければならない。たとえ本詩の格調を模倣して作ったとされる李白「鸚鵡洲」詩の冒頭三句に、「鸚鵡」の語が三回続けて用いられているとしても……（施蟄存《しちつそん》『唐詩百話』参照）。ちなみに第六句の「春草」も、「芳草」に作るものが多いが、前掲の唐宋期の古いテキストは、みな「春草」に作る。あわせてこの点にも充分留意すべきであろう。

詩は、楼名の由来伝説にもとづく前半と、楼上からの遠望にともなう作者の感慨を述べる後半とに二分される。しかしそうした区分のなかにあっても、個々の詩想がきわめてスムーズに変化・展開する。天空を飛翔する神仙説話、悠久な白雲によって浮かびあがる人生のはかなさ（むなしい不老長生への期待）、一転して「天下の絶景」と賞讃される雄大な眺望（遠景と近景）の描写。そして春の草におおわれた鸚鵡洲の姿を見て名士禰衡《でいこう》の死を悼み、蒼茫《そうぼう》と暮れゆく長江のほとりで、遊子《たびびと》としての旅愁と前途に対する憂いを表白する。

なかでも第六句「春草萋萋たり　鸚鵡洲」は、きわめて豊かなイメージをもつ。春の訪れとともに青々と生い茂る草は、悲運な最期をとげた禰衡ゆかりの旧跡さえもおおいつくして荒廃させ、『楚辞《そじ》』「招隠士《しょういんし》」（語釈参照）以来の、漂泊のうちにまたも春を迎えた旅人の悲しみを誘《いざな》い、「日暮　郷関」の下句を導き出す。しかも他国をさまよう不遇感と重ねあわされた「鸚鵡の賦」にちなむ中洲の名は、都長安を遠く離れて長江のほとりを放浪する崔顥自身の不遇感をも呼び醒《さ》ます。かくしていっそう、漂泊の悲しみが深まりゆくのである。

「黄鶴楼」詩が長く愛唱されてきたのは、こうした作品自身の優秀さのみに由来するわけではない。黄鶴楼にまつわる種々の神仙説話が、じつはそれを助けてきたのである。鶴は古来、長寿のめでたい表象《シンボル》となり、「仙鶴《せんかく》」「仙禽《せんきん》」などとも呼ばれている。黄鵠《こうこく》（＝黄鶴）磯《き》の名は、仙人子安《しあん》が黄鵠に乗って立ちよったため（南朝・梁の蕭子顕《しょうしけん》『南斉書《なんせいじょ》』州郡志下。同条に記す江《かわ》べりの「楼櫓高危《ろうろこうき》」〔危も高の意〕は、黄鶴楼の初期の姿の描写か）とされ、荀瓌《じゅんかい》が黄鶴（鵠）楼上で休憩《きゅうけい》していたとき、天空から鶴に乗った仙人が舞い降りてきて歓談した（南朝・梁の任昉《じんぼう》『述異記』。初唐の類書『芸文類《げいもんるい》聚《じゅう》』巻六三・巻九〇に『述異伝』〔『述異記』の別称〕として見える）とか、仙人費禕《ひい》がかつて黄鶴に乗って訪れて休憩したので黄鶴楼と呼ぶのだ（唐の永泰元年〔七六五〕に成る閻伯瑾《えんはくきん》「黄鶴楼記」に引く『〔鄂州？〕図経《ずけい》』）、などと伝える。

なかでも、神秘的な風趣をたたえる一篇の物語、「辛氏酒楼《しんししゅろう》、橘皮画鶴《きっぴがかく》」の伝説は、特に有名である。室町時代の笑雲清三《しょううんせいさん》述『古文真宝前集抄《しょう》』や、江戸初期の説心《せっしん》和尚『三体詩素隠抄《そいんしょう》』などに引かれる連相《れんしょう》の『善悪報応録』（本来、『三体詩』季昌《きしょう》本所引）には、こういう。

江夏郡《こうか》（武昌）の辛氏という人の酒家《のみや》に、ボロをまとった立派な体格の、一人の道士《どうし》が現れて坐り、辛氏に向かってこういった、「うまい酒を飲ませてもらえるかね」。辛氏は巨杯で飲ませた。翌日またやってきたが、酒代《さかだい》を求めずに飲ませた。こうして半年の間、辛氏は少しもいやな顔を見せず、（ただで酒を飲ませた）。

ある日、道士は辛氏に向かい、「酒代もだいぶたまったが、支払う銭《かね》がない」といって、小さな籃《かご》のなかから橘《みかん》の皮を取り出し、店の壁に黄色い鶴の絵を画《か》いて、こういった、「酒を飲みに来た客に、手拍子《てびょうし》をうって歌わせさえすれば、この鶴が必ず踊りだそう。これで酒代にあてたい」と。その言葉どおり、客の手拍子に鶴がひらひらと舞い、音律《リズム》にあわせて、くるくると回旋《まわ》った。「橘皮《きっぴ》にて画《えが》く所なるが為《ため》に、色黄《き》なり。人、これを黄鶴と謂《い》う」。これが評判になって店は大繁盛《だいはんじょう》し、十年ほどのうちに巨万の富をえた。

ある日、例の道士が現れて、「酒代になったかな」と尋ねると、辛氏は感謝していった、「あの画鶴《がかく》（壁に描かれた鶴の絵）のおかげで、酒代の百倍にもなりました。しばらく、ご滞在いただければ、一家をあげておもてなしします」と。道士はそれをことわり、「笛を取りて吹くこと数弄《すうろう》（数曲）、須臾《しゅゆ》にして（ほどなく）白雲　空より下り、画《えが》く所の鶴は、先生（道士）の前に（壁より抜け出て）飛び（きたれり）。遂《よ》りて鶴に跨《また》がり雲に乗りて去る。辛氏は後《のち》に飛昇する処《ところ》に於《おい》て楼を建て、黄鶴楼と名づく」。

この辛氏の故事は、安永三年（一七七四）に成る宇野明霞《うのめいか》著・釈大典《しゃくだいてん》補『唐詩集註《しっちゅう》』（明、蔣一《しょういっ》葵《き》注、唐汝詢《とうじょじゅん》解）に引く『報応録』にも、少し簡略された形で、「『武昌志《ぶしょうし》』（武昌の地志）に曰《いわ》く」として見えている。この『報応録』を、唐末・五代（後唐）の王轂《おうこく》の編著（三巻、散佚、一種の志怪

宋画中の黄鶴楼

小説集）と見なす説もあるが、むしろ前掲の連相編『善悪報応録』の略称と考えるべきであろう。中津浜渉《わたる》「黄鶴楼と辛氏楼」（大阪府高等学校国語研究会『新国語研究』第一六号、一九七二年）によれば、連相の『善悪報応録』は、すでに元の至大二年（一三〇九）の季昌《きしょう》自序をもつ『諸家《しょか》集註《しっちゅう》唐詩三体家法』（室町時代の写本）に見えているが、その書物はすでに散佚したらしく、編者の事跡も現在のところ未詳である。

この「辛氏酒楼、橘皮画鶴」の伝説は、たとえば前述の第一句「白雲（黄鶴）に乗る」の表現が、「鶴に跨り雲に乗りて去る」と呼応するように、数多い黄鶴楼伝説のなかでも、最も「能《よ》ク崔顥ガ詩ニアフタ」（説心和尚）ものである。このため崔顥は、この辛氏の故事を踏まえて、本詩を一気に作りあげたのだ、とも評釈される。しかしあまりにも詩の内容に忠実にできている点が、かえって疑わしく思われてくる。いいかえれば、辛氏の故事は、「黄鶴楼という名称もしくは崔顥の詩に付会して作られた」後世の捏造《ねつぞう》か、と推測する中津浜説（前掲論文）も、充分考慮に値しよう。

辛氏の故事はまた、李白の晩年の名作「史郎中欽《しろうちゅうきん》（郎中は官名）と黄鶴楼上に笛を吹くを聴く」詩のなかの、「黄鶴楼中　玉笛《ぎょくてき》を吹く」という表現との関わりでも注目されてくる（森槐南『唐詩選評釈』）。

ちなみに、この辛氏系の説話は、古くは明の包汝楫《ほうじょしゅう》『南中紀聞《きぶん》』のなかに、「碑記《ひき》を査《しら》ぶるに、黄鶴楼は辛氏の故址《こし》なり。辛氏は酒家係《た》り。一道士時《とき》に店中に来《きた》りて酒を沽《か》う」云々と見え、近年では隗芾《かいふつ》主編『中国名勝典故』（吉林人民出版社、一九八九年）や劉演林・匡導球《きょうどうきゅう》『江南三大名楼』（湖南地図出版社、一九九二年）などにも見えているが、本詩を収める中国の訳注書のなかには、ほとんど引用されていない（日本では逆にほとんど引く）。また辛氏の故事のなかに登場する無名（不特定）の道士は、後世、八仙の一人、唐の呂洞賓《りょどうひん》を指す、と見なされるようになる。

崔顥（？—七五四）、字《あざな》は未詳、汴州《べんしゅう》（河南省開封市）の人。開元十一年（七二三）の進士。それ以前、江南の各地に旅し、開元年間の後期、太原（山西省）に鎮《ちん》する河東節度使《かとうせつどし》の幕僚として、朔《さく》北《ほく》の辺境を体験。この結果、浮艶《ふえん》な詩風が気骨あるものに一変した、と評される。天宝年間の初め

呂洞賓像（明・王圻『三才図会』より）

（七四二）ごろ、都長安で太僕寺《たいぼくじ》（寺は役所の意）の丞《じょう》となり、（尚書省吏部）司勲《しくん》員外郎に至り、天宝十三載に没した。

崔顥は俊才であったが、素行が悪く、賭博《とばく》と酒を愛し、都長安に来たのち、美貌の女性を選んで妻にしたが、少し飽きるとすぐ棄ててしまうこと、三〜四回におよんだという（『旧唐書《くとうじょ》』文苑伝下など）。しかしその軽薄な崔顥も、詩歌の創作だけは寝食を忘れて没頭した。病みあがりで痩せ細っていたとき、友人がこうからかった、「君は病気のせいで、こうなったのではない。苦吟のあまり痩せたのだ（吟詩《ぎんし》に苦しみて痩《や》せたるのみ）」と。かくして詩人たちの語り草になったという（『唐才子伝』巻二）。

江南三大名楼の一つ、黄鶴楼は、創建当初（創建年代は未詳）、一種の物見やぐら（見張り台）であったらしい。唐代、特に盛唐期になると、交通の要衝《ようしょう》に位置し、しかも壮大な長江の流れが一望できるために、楼中で盛んに送迎の宴が催される、屈指の名所となった。

今日再建された黄鶴楼は、歴代十一番めのものと伝える。このたび重なる再建は、崔顥の本詩と李白の送別詩の絶唱「黄鶴楼にて孟浩然《もうこうねん》の広陵《こうりょう》（揚州）に之《ゆ》くを送る」詩によって詩跡《しせき》化し、明代には三五〇首あまりの詩を収めた孫承栄《そんしょうえい》ら編『黄鶴楼集』三巻も刊行されるほどの、武漢第一の詩跡（古典詩人たちが詠み重ね、刻みつけてきた詩心の伝統を深々と宿す聖地の意。わが国の「歌枕」と類似する詩学用語）になったからにほかならない。

離縁をくり返した軽薄な才子崔顥は、いわば「黄鶴楼」一首によって不滅の詩人になった。これはまた、詩才だけで充分名声を獲得できる新しい時代が到来したことを、はっきり告げている。

4

謫仙人《たくせんにん》の奇想——李《り》　白《はく》

秋浦歌　　秋浦《しゅうほ》の歌《うた》　　李　白

白髪三千丈　白髪《はくはつ》　三千丈《さんぜんじょう》
縁愁似箇長　愁《うれ》いに縁《よ》りて　箇《か》くの似《ごと》く長《なが》し
不知明鏡裏　知《し》らず　明鏡《めいきょう》の裏《うち》
何処得秋霜　何《いず》れの処《ところ》にか　秋霜《しゅうそう》を得《え》たる

○**秋浦歌**　宣州《せんしゅう》秋浦県（安徽省《あんきしょう》南部〔皖南《かんなん》〕、長江の南岸に位置する貴池《きち》市。李白没後の永泰二年〔七六六〕、池州が新たに設置され、秋浦県はその管轄下に入って州庁が置かれた）の山川の風物や人々の生活を詠んだ歌。本詩は連作十七首中の第十五首。秋浦県の名勝は、西南部を北流する秋浦《しゅうほ》水《すい》と、その東側を流れる清渓《せいけい》（青渓）のほとりに多く集中した。李白は、秋浦県の名の由来になった秋浦水ではなく、その傍流ともいうべき清渓の澄明な美しさを特に愛したようである。松浦友久

清　渓

『詩語の諸相―唐詩ノート』（増訂版）のなかに、「秋浦の歌」に関する専論がある。**○三千丈**　一丈は約三メートル。従って三千丈とは、約九千メートルのこと。宋版『李太白文集』巻七に「三十丈」に作るが、これでは平仄《ひょうそく》（二四不同）が合わず、「千」字の形訛《けいか》と考えてよい。「三千丈」はおそらく、黒髪を「青糸《せいし》」（青《くろ》い糸《きぬいと》）、白髪を「糸」（白い絹糸）に見立てることからの発想であろう。**○似箇**　このように。「似此」の口語的表現。**○不知**　下に疑問詞をともない、「いったい……かしら」と驚き訝《いぶか》しむ気持を表わす。**○明鏡**　きれいに磨《みが》かれた鏡。当時の鏡（青銅鏡）は、たえず磨いておかないと、すぐにさびて曇《くも》ってしまうのである。ただしここでは、清渓の清澄な水面を、曇りなき鏡に見立てた表現。李白は「清渓の行《うた》」のなかで、「人《ひと》は行《ゆ》く　明鏡《めいきょう》の中《うち》」と歌う。一説に、李白が「澄明《ちょうめい》　心魂《しんこん》を洗《あら》う」と歌った清渓河の玉鏡潭《ぎょくきょうたん》（李白の命名。李詩「周剛《ごう》と清渓の玉鏡潭にて宴別《えんべつ》す」）を指すとするが、限定しすぎであろう。澄みわたる水面を明鏡（皎鏡《こうきょう》）に見立てる発想は、すでに六朝《りくちょう》期に見られる。たとえば梁の沈約《しんやく》の詩「新安の江水《こうすい》は至って清く……」（『文選』巻二七）の、「洞徹《どうてつ》して（清らかに澄みとおって）深浅《しんせん》に随《したが》い、皎鏡のごとく　冬春無《とうしゅんな》し」は、その一例であり、梁（北周）の庾信《ゆしん》「州中の新閣に登る」詩にも、「池は明鏡の光の如《ごと》し」という。○**秋霜**　白髪の比喩。西晋の左思《さし》「白髪の賦《ふ》」（『芸文類聚《げいもんるいじゅう》』巻十七）のなかには、抜かれようとする白髪が、主人に訴えた言葉の一節に、「君《きみ》の年暮《ねんぼ》（晩年）に値《あ》い、秋霜に逼迫《ひっぱく》せられ、生《しょう》じて皓素《こうそ》たり（白いさま）。始めて明鏡を覧《み》て、惕然《てきぜん》として（恐れおののいて）悪《にく》まる」という。この「白髪の賦」では、秋の霜に苦しめ痛めつけられたために白くなったのだ、と弁明するが、本詩ではすでに白髪を「愁いに縁《よ》る」と明言するため、秋の霜は白髪そのものに対する比喩と考えてよい。李白の詩「鏡を覧《み》て懐《おも》いを書《しょ》す」には、「自《みず》ら笑う　鏡中の人、白髪　霜草《そう》の如《ごと》きを」とある。

ああ、わが白髪は、三千丈（ともいうべき、とてつもない長さ）。積もり積もった深い愁いのために、こんなにも長く伸びてしまったのだ。よく澄みきった水鏡《みずかがみ》のなかに、くっきりと映《うつ》ったわが白髪。いったいどこから、この真白《まっしろ》な冷たい秋の霜が、私の頭の上にばかり降りかかってきたのであろうか。

「白髪　三千丈」とは、謫仙人《たくせんにん》（天上〔神仙〕界で罪を得て、この世に一時的に流謫《なが》されてきた仙人。後出）たる李白らしい斬新・奇抜な表現であり、凡人の想像を絶した奇幻《きげん》の筆《ふで》、と評してよい。

作者の李白は、安史の乱が勃発する直前の天宝十三〜四載（七五四、七五五）ごろ、美しい水郷《すいごう》、秋浦県付近を放浪していた。華やかな活躍を夢見つづけた快楽主義者李白も、もはや五十代の半ばであり、経世済民《けいせいさいみん》の志もむなしく潰《つい》えようとしていた。そんな失意のある日、清渓のほとりを行吟《こうぎん》していた李白は、ふと水面に映ったわが身の姿に驚愕《きょうがく》し、その実感を思わず「白髪　三千丈」と言いきったのである。それは、単なる誇張ではなく、はじめてわが身の老いに直面したとまどいと衝撃の深さを、まざまざと伝えている。

屈原吟行図（明・陳洪綬）

楚《そ》の朝廷から追放されて沢畔《たくはん》を行吟した憂国詩人屈原《くつげん》の、「顔色《がんしょく》憔悴《しょうすい》し、形容枯槁《ここう》せる」（「漁父《ぎょほ》」）姿も、思い起こされる情景ではないか。しかもその白髪は、「愁い」のためであって、単なる衰老のためではない、と歌うのである。

秋浦——秋《あき》の浦《みずべ》の名は、万物の凋落《ちょうらく》と人生の衰老を象徴する「悲しみの秋」

への連想を呼ぶ。晩年を迎えた李白の詩心は、「長《とこし》えに秋に似たる」（第一首）秋浦の哀切な風土に鋭く感応《かんのう》して、白髪に寄せる嘆老の名作を生んだのである。

白髪を生む憂愁の深さを、巨大な山や深い水に見立てることなく、髪の長さそのものによって表現した発想も、まことに非凡である。長さが三千丈に達するとは、すでに五十余年を過ごしてきた人生のなかで、どれほどの苦悩をつぶさに味わった、と李白はいいたいのであろうか。水鏡に映る身影《かげ》を、そのままわが身の老い衰えた姿である、となかなか信じかねるところに、李白の受けた衝撃《ショック》の深さが感じられてならない。かくして秋浦は、澄んだ清渓の流れとともに、あの快活な李白が老残のわが身を深く嘆いた「悲しき秋の浦《みずべ》」として、後世忘れがたい詩跡となった。

李白（七〇一―七六二）、字《あざな》は太白《たいはく》。杜甫《とほ》とともに中国最高の古典詩人として並称されるが、彼の種族や家系・生地などは、現在もなお深い謎につつまれている。古くは巴蜀《はしょく》（四川省）生まれの漢族、と考えられてきたが、今日では「西域の胡人《こじん》」（西域生まれの異民族）、いいかえれば少数民族の子として遥かな西域のオアシス都市（一説に砕葉《スイアブ》〔キルギス共和国トクマク〕付近）に生まれ、5歳のころ、家族とともに蜀《しょく》の綿州昌隆《めんしゅうしょうりゅう》県清廉郷《せいれんきょう》（四川省江油《こうゆう》市の西南十五キロの青蓮鎮《せいれんちん》）に移り住んだ、と考えられている。父親は裕福な交易《こうえき》商人であったらしいが、正式の漢人名をもたず、「客《かく》―よそもの」という通称しか今日伝わっていない。李白が科挙を受験していないのも、異民族

（異類）の出身で、父親が商人（賈《こ》）であった家系のために、そもそも受験資格それ自体がなかったのだ、ともいう。以下、松浦友久『李白伝記論―客寓の詩想』の説を参照しつつ、時に私見をまじえて李白の伝記を紹介してみたい。

李白の名と字《あざな》は、母親が長庚星《ちょうこうせい》（金星〈宵《よい》の明星《みょうじょう》〉・太白星）を夢みて懐妊《かいにん》したため、と伝えられる。「白」の字はまた西方を意味し（五行説《ごぎょうせつ》）、日没後、西の空に明るく輝く長庚星とともに、李白の出自（遥かな西域の胡人）をも暗示するようで興味深い。

清廉郷の李白住居址？（青蓮鎮の隴西院のなか）

蜀に滞在した二十年間の少青年期、李白は清廉郷の住居を中心に活動し、読書に励むとともに、剣術や遊侠《ゆうきょう》を好み、みずから「身《み》を託《たく》す白刃《はくじん》の裏《うち》、人を殺す紅塵《こうじん》の中《うち》（繁華の地）」（「従兄の襄陽《じょうよう》の少府《しょうふ》（県尉）皓《こう》に贈る」の異文。通行本には見えない）と歌う。ここで少年李白の有名な逸話《エピソード》を、一つあげよう。

青蓮鎮の磨針渓

李白は山中で勉学に励んでいたが、途中で学業を投げ出して、谷川を渡ろうとしたところ、たまたま一人の老婆が、鉄のふとい杵《きね》を磨《みが》き研《と》いでいた。李白がわけを尋ねると、「針を作ろうとしているのだ」という。李白はその忍耐心に感心して、帰って学業を終えた。

いわゆる「鉄杵磨成針《てつしょませいしん》」（鉄の杵を磨いて針と成す）の話である。これにちなんだ磨針渓《ましんけい》も、複数伝わっている（南宋の祝穆《しゅくぼく》『方輿勝覧《ほうよしょうらん》』巻五三など）。

李白は25歳ごろ、蜀を離れて長江中下流域を探訪する。開元二十年（七三二）、32歳ごろ、安陸（湖北省）の名門、許氏《きょし》の娘と結婚し（長安と長男〔伯禽《はくきん》〕を得る）、十年前後、ここを拠点に各地を歴遊して、功業を追い求めた。このころ、都長安にも初めて求職活動のために赴いた（開元十八年ごろ、もしくは開元二十五年ごろ）が、結局失敗した。自然詩人孟浩然《もうこうねん》との交遊も、この時期である。

天宝元年（七四二）、42歳の秋、友人元丹丘《げんたんきゅう》の尽力で持盈《じえい》法師（女道士《じょどうし》となった玄宗《げんそう》の妹、玉真公主のこと。この時の推薦者を道士の呉筠《ごいん》とするのは誤り）の推薦を得て上京し、玄宗李隆基《りりゅうき》に謁見する機会を待って紫極宮《しきょくきゅう》（長安城内の東北部、興慶宮《こうけいきゅう》とも近い大寧坊《だいねいぼう》内の老子廟「太清宮《たいせいきゅう》」）に滞在していた。このとき、詩壇の長老賀知章《がちしょう》が来訪して、李白の人がらを見、その詩風を評して、「謫仙人」と呼んだ（李詩「酒に対《たい》して賀監《がかん》を憶《おも》う」など）。あるいは、こうも伝える。賀知章は李白の「蜀道《しょくどう》難《なん》」（関中《かんちゅう》〔陝西省《せんせい》〕から蜀に入る険しい山岳ルート「蜀道」を、自在なリズムと奔放な詩想を駆使して詠んだ楽府詩《がふし》。「噫《あ》吁嚱《あ》 危《あや》うい乎《かな》 高い哉《かな》、蜀道の難《かた》きは 青天に上《のぼ》るよりも難《かた》し」の句で始まる）の一篇を読むや、驚嘆して、

公《きみ》は人世《じんせい》の人《ひと》に非《あら》ず。可《あ》に是《こ》れ太《たい》

賀知章像（明・王圻『三才図会』より）

白星《はくせい》の精《せい》（地上における化身）ならざらんや。

といった（王定保『唐摭言《とうせきげん》』巻七、知己）、と。おそらく方言（呉語《ごご》）まるだしで叫んだのであろう。杜甫の詩（「遣興《けんきょう》五首」其四）に、「賀公《がこう》は　雅《つね》に呉語《ごご》す、位に在るも　常に清狂《せいきょう》なり」とある。

李白は、有力な二人の推薦と激賞を得て、同年の冬、翰林供奉《かんりんぐぶ》（天子のおそばに仕える一種の顧問役）として玄宗に仕え、詩歌を作り、詔勅などの起草にもあたった。しかしその奔放な気質と傍若無人な態度は、結局、宮廷文人としての生活に適応できなかった。杜甫の「飲中八仙歌《いんちゅうはっせんか》」（天宝五載〈七四六〉ごろの作）のなかには、当時の放恣《ほうし》な酔態ぶりと、その天才的作詩能力とを、こう歌っている。

李白一斗詩百篇　李白《りはく》一斗《いっと》　詩百篇《しひゃっぺん》
長安市上酒家眠　長安市上《ちょうあんしじょう》　酒家《しゅか》に眠《ねむ》る
天子呼来不上船　天子《てんし》呼《よ》び来《きた》れども　船《ふね》に上《のぼ》れず
自称臣是酒中仙　自《みずか》ら称《しょう》す　「臣《われ》は是《こ》れ酒中《しゅちゅう》の仙《せん》」と

後半の二句は、玄宗の住む興慶宮《こうけいきゅう》内の竜池での舟遊びを背景とする。酒中の仙とは、酒の中《くに》の

太白酔酒図（江戸・嵩山房刊『唐詩選画本』より）

太白酔酒図（清・閔貞）

仙人、あるいは酒びたりの仙人、と訳してよい。また「市上」（盛り場）とは、二〇〇軒を越す商《しょう》胡《こ》が営業して国際色に満ちた西市《せいし》を指すのであろう。西市こそ、「西域の胡人」たる李白にとって、最も似つかわしく心安まる場所であったように思われる。

天宝三載（七四四）、44歳の晩春、李白は有名な宦官高力士《かんがんこうりきし》や翰林学士張垍《ちょうき》（玄宗の娘婿）らに讒言《ざんげん》されて、足かけ三年の宮廷生活を終えて都長安を離れた。その直後の夏、東都洛陽もしくは梁《りょう》・宋《そう》の地（河南省開封《かいほう》・商丘市付近）で、李白は初めて11歳年下の杜甫と出会って意気投合し、一年半ほど交遊する。時に33歳の杜甫は、まだ無名の文学青年であった。二人は時おり斉《せい》・魯《ろ》の地（山東省済南《せいなん》・兗州《えんしゅう》市）を一緒に旅し、高適《こうせき》も後に加わって、古跡を訪ね、酒場で文学を論じあった。杜甫は李白との親密な交遊ぶりを、「……君と憐《した》しむこと　弟兄《ていけい》（兄弟）の如《ごと》し。酔《よ》うて眠《ねむ》りては秋《あき》　被《ひ》（かけ蒲団）を共《とも》にし、手を携《たずさ》えて　日《ひ》び同《とも》に行《ゆ》く」（「李十二白と同《とも》に范十《はんじゅう》の隠居を尋ぬ」、天宝四載の作）と歌っている。

中国二大古典詩人の、この稀有《けう》な出会いを、著名な文学史家・詩人聞一多《ぶんいった》は、天空の太陽と月の遭遇になぞらえた。このとき、杜甫は、すでに名声をかちえた天成の詩人李白の、文学に対する抱負と情熱に深く感銘する。と同時に、自己の非力《ひりき》を痛感して思い悩み、やがて社会の現実を熟視して人生の憂愁を歌う、独自の詩風を切り拓《ひら》いていく。この点に関して、黒川洋一『杜甫』（角川書店、鑑賞中国の古典〕には、こういう。

天才というのは、人なみはずれた豊かな感受性と、鋭い感覚の持ち主であるが、天才はその豊かな感受性と鋭い感覚に溺《おぼ》れて、思想的な深さと、社会的な広がりを持つことができないのが常である。杜甫は、そうした天才の文学の持つ欠陥に気づいたもののごとくである。杜甫は天才の文学に欠如する方向に向かって、自分の文学を切りひらいてゆくことになる。

杜甫の文学が思想性と社会性に富むのは、33歳のときに偶然出会った天成の詩人、李白の文学との格闘の結果である、とする黒川説は、きわめて興味深い。中唐以降の詩が、杜甫の詩の影響下に生まれたことを考えるならば、李白と杜甫の出会いは、まさに天空における太陽と月の遭遇に匹敵する、きわめて衝撃的な事件であったことになる。

二人は一年半後に別れたあと、二度と会う機会はなかったが、杜甫は折に触れて李白の身の上を思いやった詩を残している。離別後、李白は斉・魯や梁園《りょうえん》（開封市）を拠点に、広く各地を歴遊した。斉・魯には、李白の三番めの妻「魯《ろ》の一婦人」が住み、梁園には四番めの妻「宗《そう》夫人」が住んでいた。すでに天下に名を馳せて大詩人となった、この時期の逸話《エピソード》を、一つ紹介しよう。北宋の劉斧《りゅうふ》編『青瑣高議《せいさこうぎ》』後集巻二より引く。

華山図（明末『天下名山勝概記』より）

李白が華山《かざん》（五岳の一つに数えられる名山）に遊ぼうとして、その北麓《ほくろく》の華陰《かいん》県を通ったところ、県令《けんれい》が役所の門を開いて事件を裁決していた。李白が酒に酔って驢馬《ろば》に跨《また》がったまま通りすぎようとすると、県令は怒って捕えさせたが、李白は一言《ひとこと》もいわない。その無礼な態度をとがめる県令に対して、李白は供述書を提出したが、姓名《なまえ》を記さず、ただこう書いた、「かつて天子さまに竜巾《りゅうきん》（竜を刺繍した手巾《ハンカチ》）で自分の唾《つば》を拭《ぬぐ》ってもらい、その手を煩わして羹《あつもの》（とろりとした濃いポタージュ・吸い物）を調《ととの》えていただき、高力士《こうりきし》どのに靴《くつ》を脱がせ、楊貴妃さまに硯《すずり》を捧《ささ》げ持たせて（詩を作った）者だ。天子の門前でも馬を走らせることが許されたのに、華陰県の役所では、驢馬《ろば》に騎《の》ることさえできないとは」

と。
県令はたいそう驚き、「翰林《かんりん》（供奉《ぐぶ》）どのが、ここにお出でになろうとは。お迎えもせずに失礼しました」と、丁寧《ていねい》にわびて引きとめようとしたが、李白はそれにかまわず驢馬に跨って去った。

翰林供奉として玄宗にお仕えした李白の、並々ならぬプライドの高さを、如実《にょじつ》にうかがわせる話である。

天宝十四載（七五五）の十一月、北中国を激しい戦乱に陥れた安史の乱が勃発する。当時、李白は一貫して長江下流域に滞在して、反乱軍と直接遭遇することはなかった。ところが至徳《しとく》二載（七五七）の正月、長江下流の名勝廬山《ろざん》に隠棲していた李白は、水軍を率いて南下した江陵大都督《こうりょうだいととく》、永王璘《えいおうりん》（玄宗の第十六子で粛宗の異母弟）の招聘《しょうへい》を受けると、乱の平定に尽力するため、その幕僚となって将兵の士気を鼓舞する詩を作った（57歳）。
しかし、玄宗の帝位を（無断で）継いだ新皇帝粛宗李亨《しゅくそうりこう》の命令を無視して進む永王璘の水軍は、ほどなく反乱軍と見なされて討伐され、永王璘は敗死する。このとき、李白も捕えられて潯陽《じんよう》（江西省九江市）の獄に繋《つな》がれ、反逆者の汚名を受けて、数か月の間、獄中生活を過ごした。都長安で軟禁状態に置かれた杜甫が、有名な「春望」詩（「国破れて山河在り、……」）を作ったころである。粛宗と永王との権力争いに巻きこまれた結果とはいえ、晩年を迎えた李白の心に深い傷を負わせた。冤罪《えんざい》を主張する李白は、旧友の息子、御史中丞《ぎょしちゅうじょう》置頓使《ちとんし》、宋若思《そうじゃくし》らの尽力で釈放されたが、結局、同年の冬、遠い夜郎《やろう》（貴州省北部）の地へ永久追放となり、翌春、長江を遡っていく。

流罪の途上の乾元《けんげん》二年（七五九）、59歳の晩春・初夏、三峡の最上端、夔州《きしゅう》奉先県《ほうせんけん》（白帝城）付近で、早魃《ひでり》の解消を願って発布された恩赦にあうことになる。この赦免は、李白の無実を証明するものではないが、まるで籠《かご》から解き放たれた鳥のように歓喜して、李白は長江を下っていく。次に引く有名な詩は、このときの作と考えてよい。

早発白帝城　　早《つと》に白帝城《はくていじょう》を発《はっ》す　　李　白

朝辞白帝彩雲間　　朝《あした》に辞《じ》す　白帝《はくてい》　彩雲《さいうん》の間《かん》
千里江陵一日還　　千里《せんり》の江陵《こうりょう》　一日《いちにち》にして還《かえ》る
両岸猿声啼不尽　　両岸《りょうがん》の猿声《えんせい》　啼《な》いて尽《つ》きざるに
軽舟已過万重山　　軽舟《けいしゅう》已《すで》に過《す》ぐ　万重《ばんちょう》の山《やま》

○**早発白帝城**　早発は朝早く出発すること。また白帝城とは、後漢の初期、自立を図った公孫述《こうそんじゅつ》が、長江に臨む北岸の白帝山上に築いた城塞《とりで》の名。重慶市（旧四川省）奉先県の東にあり、長江三峡の入口にあたる。唐代の夔州城（＝奉節県城）は、山上の白帝城を基礎《ベース》に、西北の傾斜地に向かって拡張された城《まち》であったため、白帝城は夔州奉節県の雅称ともなる。本詩は一説に開元十三年（七二五）、25歳のころ、故郷を出て三峡を下った青年時代の作ともいう。石川忠久「李白『早発白帝城』と『峨眉山月歌』について」（『東方学会創立五十周年記念　東方学論集』一九九七年）にいう――「峨眉山月の歌」に詠まれた「君（峨眉の女性〔美人〕）」は、巫山《ふざん》の神女の故事（朝雲暮雨）を連想させる「彩雲」を用いた本詩のなかにも影を落としており、この二絶句はいずれも特定の女性（恋人）と別れ、故里《ふるさと》の山国と別れて、新しい天地へ乗り出す心情を歌う、一種の連作詩である、と。興味深い一説として紹介しておく。○**彩雲間**　朝焼け雲のたなびく間《あたり》。白帝城（＝夔州城）の地勢が高峻で、長江の舟下りが、まるで天空から落ちゆくかのような落差をもつことを暗示し、後半の舟足の速さを導く伏線となる。また彩雲の彩は白帝（城）の白と対比されて、雲の色の鮮やかさをきわだたせるとともに、早朝の爽快感をも印象づける。○**千里江陵……**　江陵は「巴蜀《はしょく》（四川省）の門戸」にあたり、山国の蜀から平野部の楚《そ》（湖北・湖南）へと抜け出る交通の要衝に位置した（湖北省荊州市《けいしゅうし》）。唐代の江陵城（＝荊州城）は、「三十万戸」（『資治通鑑』巻二五三、乾符《けんぷ》五年）と記される繁華な重鎮であり、盛唐の杜甫は、「雄都《ゆうと》（雄大な都城「江陵」）は尤《もっと》も壮麗《そうれい》」（「江陵にて（天子の）幸《みゆき》を望む」詩）と歌っている。この一句は、じつは北魏の酈道元《れきどうげん》『水経注《すいけいちゅう》』巻三四に見える次の言葉、「或《も》し王命《おうめい》急《きゅう》に宣《の》ぶれば、時《とき》有りて、朝《あした》に白帝（城）を発すれば、暮《ひぐれ》に江陵に到る。其《そ》の間《かん》、千二百里、奔《ほん》（馬）に乗り風に御《の》ると雖《いえど》も、以て疾《はや》しとせざるなり」を踏まえた表現である。ほぼ同じ内容の記述は、すでに南朝・宋の盛弘之《せいこうし》『荊州記』（『太平御《ぎょ》覧《らん》』巻五三所引）のなかに見え、杜甫の「最能行《さいのうこう》」詩にも、「朝《あした》に白帝を発して　暮《ひぐれ》には江陵、頃《けい》来《らい》（近ごろ）目撃《もくげき》して　信《まこと》に徴有《しるしあ》り（裏づけられた）」という。ちなみに、断崖絶壁が迫って激浪のさかまく「七百里」の三峡（瞿塘《くとう》峡〈広陵《こうりょう》峡〉・巫《ふ》峡・西陵《せいりょう》峡）を通過しても、江陵に到るまでには、さらに五百里（しばらく『水経注』の記載による。里は約五〇〇メートル）の道のりがあった。作者の故郷でもない「江陵」に対して「還《かえ》る」と詠んだところにも、囚《とら》われの身から解放された作者の、抑えがたい喜びがこめられていよう。この点は、「軽舟」の軽字にも同様に認められる。**○猿声**　前掲の『水経注』巻三四には、続いて三峡の風景をこう記す、「常《つね》に高猿《こうえん》（高所の猿）長く嘯《な》き、属引凄異《しょくいんせいい》なる（尾を引いてすさまじいこと）有り。空谷《くうこく》に響きを伝え、哀《かな》しく転《こだま》して久しくして絶《た》ゆ。故に漁者《ぎょしゃ》歌いて曰《いわ》く、『巴東《はとう》（郡）の三峡　巫峡長し、猿鳴くこと三声　涙（衣）裳《しょう》を霑《うるお》す』」と。**○啼不尽**　「啼不住」（啼いて住《や》まざるに）にも作るが、ほぼ同意（住は停止）。野猿の声が次から次へと絶えまなく聞こえてやまない意。鳴き声がこだまして消えさらない意も含まれる。**○已過**　已は、いつのまにか、とっくにの意。

早朝、美しい朝焼け雲のなかにそそりたつ白帝城に別れを告げ、千里下流のかなた、江陵にまで、わずか一日で帰りゆく。三峡地帯の両岸の絶壁に鳴き叫ぶ野猿《やえん》の声、そのひびきがまだ耳につ

三峡図（明・楊爾曽『海内奇観』より）

いて離れないうちに、激流に乗った軽やかな小舟は、いつしか幾重《いくえ》にも連なる山々の間を一気に通りぬけていた。

詩は、夔州城（三峡の入口）付近で恩赦の知らせを受け、激浪のさかまく七百里の三峡を、軽舟に乗って一気に流れ下った時の作。スリルあふれるスピード感を、流動感に富む筆致で、一気呵成《かせい》に描ききった神品である。折しも春夏の増水期にあたる。おそらく三峡を出てまもないころの、舟中の作であろう。

晩春・初夏の早朝、美しい彩雲《あやぐも》のなかに浮かびあがる、高峻な白帝城。蘇生の思いが捉《とら》えた、清冽で夢幻的な光景である。昨日《きのう》までの鬱屈した心境を一《ひと》思いに

長江三峡の風景

晴らすべく、名うての激流下りを楽しむ。「辞《じ》す」の語には、昨日までの自分と訣別して、希望に満ちた新しい門出《かどで》を祝う気持も、当然こめられていよう。「千里」と「一日」、鮮やかな空間と時間の対比が、まるで飛びゆくような舟足の速さを強調する。

後半は、岩を嚙《か》む奔流に身をゆだねる、スリルあふれる爽快感。走馬燈のように目まぐるましく移りゆく両岸の青山、万重の峰々。おぼろにかすむ視覚（景観）とは対照的に、いつまでも鮮明に耳朶《じだ》に残って、消えることのない猿声の余韻（聴覚）。峡谷にこだまする野猿の清遠なひびきが、七百里の三峡を一気に駆けぬけた後もなお続くのだ。

逆賊の汚名を受けて、重い心で「三朝《さんちょう》」（三日がかりで）黄牛《こうぎゅう》（峡）を上《のぼ》り、三暮《さんぼ》（三日たっても）行《ゆ》くこと太《はなは》だ遅《おそ》し。三朝　又《ま》た三暮、覚《おぼ》えず　鬢《びん》糸《いと》（白い絹糸）と成《な》る」（李詩「三峡を上る」）と歌った、苦しい舟旅（難所では、多数の人夫によって引かれて遡上《そじょう》する）を体験した直後だけに、その爽快感・スピード感は、とりわけ強く印象づけられたようである。目眩《くら》み心驚く体験が、赦免された歓喜の心情と一つに融けあって、詩中に躍動する。古来、「三声《さんせい》　涙《なみだ》　裳《しょう》を霑《うるお》す」と歌いつがれた悲痛な猿の声も、本詩ではかえって舟足の速さをきわだたせるだけの素材となり、壮麗な三峡の風景を充分満喫《まんきつ》できなかった心残りさえも、ほのかにただよってくる。本詩が、死を三年後にひかえた老詩人の作であることを考える時、その清新でみずみずしい感性に、あらためて驚かされる。まさに謫仙人ならではの名品である。

李白は赦免されると、長江中下流域にもどり、宣城《せんじょう》（安徽省宣州市）を中心に、ふたたび従来の酣飲《かんいん》・高歌《こうか》の、気ままな生活を送った。そして宝応元年（七六二）の冬十一月、宣州当塗《とうと》県の県令李陽冰《りようひょう》の家で病没した（62歳）。現存詩は約一千首である。

李白の超俗的な魅力にとりつかれた愛好者たちは、彼の平凡な病死など、そのままでは受け入れがたい。「太白星の精なる謫仙人」李白は、やはりその呼称にふさわしく、遥かな天空に帰って永遠の生を謳歌《おうか》しているのだ、と考えてみたくなるのも、人情であろう。月夜、李白は采石磯《さいせきき》（安徽

李白像（『晩笑堂画伝』より）

省馬鞍山《ばあんざん》市の西南七キロ、長江中に突き出た、高さ約五〇メートルの険しい岩山（断崖）。もと当塗県に属し、牛渚磯《ぎゅうしょき》ともいう）の江中に舟を浮かべ、酒に酔って水面に映る美しい月を捉《とら》えようとして溺死《できし》した、という「水中捉月《そくげつ》」伝説の誕生は、その端的な表れと考えてよい（清の王琦《おうき》「李太白年譜」に引く五代・王定保『（唐）摭言《せきげん》』、南宋の洪邁《こうまい》『容斎随筆』巻三など）。

この有名な終焉《しゅうえん》伝説は、李白が生涯愛した月光と飲酒と（長江の舟）旅の三要素（これは同時に李白詩の主要な題材でもある）から成っており、終生貧困・飢餓《きが》・老病に苦しんだ杜甫の「牛肉白《ぎゅうにくはく》酒飫死《しゅよし》（飽食死）」伝説（洪水のために飢えに苦しんでいたとき、耒陽《らいよう》（湖南省）の県令が送ってくれた牛肉と白酒《どぶろく》の過食・過飲によって一晩で死んだという。杜甫の条参照）と鮮明な対照《コントラスト》をなしており、まさにそれぞれの詩と人生を鮮やかに照射する逸話である。

元和十三年（八一八）に成る白居易の詩「李白の墓」に、「采石《さいせき》の江辺《こうへん》　李白の墳《はか》」とある。この采石磯の墓は、当時広く流布した「水中捉月」の伝聞によって作られた、一種の衣冠塚《いかんづか》であろうか。もしそうならば、李白の死後五十年もたたないうちに、伝聞が発生していたことになる。韓愈《かんゆ》「杜工部《とこうぶ》（甫）の墳《はか》に題《だい》す」詩（『全唐詩補編』三八五頁）にも、すでに「月を捉《とら》えんとして走り入《い》る千丈《せんじょう》の波《なみ》」とあって、李白の水中捉月伝説を詠むが、この韓愈詩はやはり後世（北宋中期以前）の偽作、と見なすべきであろう。もちろん、逆にこの墓の存在が、水中捉月伝説を生んだ可能性もあるが……。

水中捉月伝説は、やがて溺死から、「巨大な鯨《くじら》（神秘的な海洋の大魚、というイメージをもつ）に騎《の》って遥かな天空に昇っていった」という、幻想的な昇仙《しょうせん》伝説へと、少しずつ変貌していく。ここにはやはり、溺死を不祥《ふしょう》とする当時の通念も介在していよう。晩唐の詩僧貫休《かんきゅう》（八三二―九一二）「李翰林《りかんりん》の真《しん》（画像）を観《み》る」詩（二首其二）には、杜甫の「孔巣父《こうそうほ》（李白と杜甫共通の友人。竹《ちく》渓《けい》の六逸《りくいつ》の一人）の　病《やまい》と謝《しゃ》して（病気を理由に辞職して）帰り、江東《こうとう》に遊ぶを送り、兼《か》ねて李白に呈《てい》す」詩（天宝六載（七四七）ごろの作）中の、「南《みなみ》のかた禹穴《うけつ》（夏王朝を創った禹王の遺跡）を尋ねて李白を見《み》ば、……」の異文「若《も》し李白の　鯨魚《げいぎょ》に騎《の》るに逢《あ》わば」を踏まえて、こう歌う、「宜《うべ》なる哉《かな》(もっともなことよ) 杜工部《とこうぶ》(甫)、錯《あやま》らず 鯨《くじら》に騎《の》ると道《い》いしは」と(裴斐《はいひ》「李白的伝奇与史実」参照)。貫休はおそらく鯨魚《くじら》に騎って昇仙する李白の絵姿を見たのであろう。「水中捉月」終焉伝説は、晩唐期、すでに「太白星の精なる謫仙人」李白のイメージに即して、当初の「捉月溺死」から「捉月昇仙」伝説を派生していったのである。

北宋の梅尭臣《ばいぎょうしん》は、「採《さい》(=采)石《せき》の月《つき》 郭功甫《かくこうほ》(李白の後身とも称された人物)に贈る」詩のなかで、この「捉月昇仙」伝説の完成形態を、こう歌っている(一〇五四年の作。原文は『古文真宝』前集や『漢詩の事典』五一七頁参照)。

采石磯《き》を照らす月光のもと、謫仙人李白の遺跡を訪ねた。彼は昔、月夜、錦《にしき》の袍《うわぎ》を着て釣船《つりぶね》に乗って遊んだ。酒に酔いつつ江面《かわも》に映る月影《かげ》を愛《め》で、戯れに手で捉《と》ろうとして、ひっくり返って水中に沈んだ。もともと仙人の李白のこと、飢《う》えて涎《よだれ》を流す蛟《みずち》のえさになって急死するはずはないので、きっとあの巨大な鯨の背に跨《また》って青天に上っていったに違いない。

最後に、李白の「捉月溺死」の可能性も十分ある、と見なす研究者安旗《あんき》の『李白縦横探《じゅうおうたん》』(増訂本)の一節を引いておきたい(大意)。

仲冬《ちゅうとう》（十一月）のある夜、李白はかつて翰林院で着た宮錦袍《きゅうきんぽう》（宮中で着た礼装用の錦《にしき》の上着）を着て小舟に乗り、采石磯の江中に遊び、「一葦《いちい》（葦《あし》のひと葉のような小舟）の如《ゆ》く所《ところ》を縦《ほしいまま》にして、万頃《ばんけい》の茫然《ぼうぜん》たるを淩《しの》げり（果てしなく広がる水面を渡りゆく）」（蘇軾「（前）赤壁の賦」）。そして酒を飲み、（理想の破れた挫折感を）「大鵬《たいほう》（『荘子』逍遥《しょうよう》篇に見える空想上の大鳥。自己の比喩）飛びて八裔《はちえい》（八方の大気）を振《ふる》わせしも、中天《ちゅうてん》にて（翼は）摧《くだ》けて力《ちから》済《すく》わず、……」（「臨終の歌」）と歌った。……

夜、すでにふけた。人、すでに酔った。歌、すでに終った。涙、すでに尽《つ》きた。李白の命も最後の一刻《とき》になった。この時、夜月が中天にかかり、水波《なみ》は起こらず、月が江中に映って、あたかも白玉《はくぎょく》の盤《おおざら》のよう。一陣の微風が吹き過ぎると、またも万点の銀の光が散乱する。なんて美しいのであろう。なんて輝いているのだろう。なんて魅惑《みわく》的なのであろう。「私は一生のあいだ、光明《かがやき》を追い求めてきたが、それは何とここにあったのだ」。酔って船舷《ふなべり》にもたれていた李白は、両手を伸ばして、いちめんの銀色の輝きに向かって突き進んだ……。

ただ船頭の驚きの声だけがひびきわたり、詩人はすでに万頃の波濤《なみ》のなかへと沈んでいった。船頭はおぼろげながら見たような気がした。さきほど自分を誘って三杯飲んだ李さんが、鯨魚《くじら》の背に跨り、江《かわ》の流れに随って遠ざかりゆき、永遠に去っていったのを。

これは、史実を越えて、李白の最期を美しくつづった一篇の童話《メルヘン》、と評せよう。明るい盛唐の気象を体現した瓢逸《ひょういつ》・奔放な詩歌をこの世に残し、不老長生の道教を愛し、自由の天地を求め続けて漂泊した永遠の旅人、李白の「死」にふさわしい情景である。「天上の星、地上の英《はな》」(明の李《り》贄《し》)と讃美する李白の熱烈な愛読者《ファン》の気持を、美しく代弁した一首の篇章《うた》、と呼んでもよいであろう。

5

人生を写す詩史《しし》——杜《と》　甫《ほ》

贈衛八処士　杜　甫

人生不相見
動如参与商
今夕復何夕
共此燈燭光
少壮能幾時
鬢髪各已蒼
訪旧半為鬼
驚呼熱中腸
焉知二十載

贈衛八処士
衛八処士《えいはちしょし》に贈《おく》る

人生《じんせい》　相《あ》い見《み》ざること
動《やや》もすれば参《しん》と商《しょう》との如《ごと》し
今夕《こんせき》は　復《ま》た何《なん》の夕《ゆうべ》ぞ
此《こ》の燈燭《とうしょく》の光《ひかり》を共《とも》にす
少壮《しょうそう》　能《よ》く幾時《いくとき》ぞ
鬢髪《びんぱつ》　各《おのお》の已《すで》に蒼《そう》たり
旧《きゅう》を訪《と》えば　半《なか》ばは鬼《き》と為《な》り
驚呼《きょうこ》して　中腸《ちゅうちょう》熱《ねっ》す
焉《いずく》んぞ知《し》らん　二十載《にじっさい》

重上君子堂　重《かさ》ねて君子《くんし》の堂《どう》に上《のぼ》らんとは
昔別君未婚　昔《むかし》別《わか》れしとき　君《きみ》未《いま》だ婚《こん》せざりしに
児女忽成行　児女《じじょ》　忽《たちま》ち行《こう》を成《な》す
怡然敬父執　怡然《いぜん》として父《ちち》の執《とも》を敬《うやま》い
問我来何方　我《われ》に問《と》う　「何《いず》れの方《かた》より来《きた》れる」と
問答乃未已　問答《もんどう》　乃《すなわ》ち未《いま》だ已《や》まざるに
駆児羅酒漿　児《じ》を駆《か》りて酒漿《しゅしょう》を羅《つら》ぬ
夜雨剪春韮　夜雨《やう》に春韮《しゅんきゅう》を剪《き》り
新炊間黄粱　新炊《しんすい》に黄粱《こうりょう》を間《まじ》う
主称会面難　主《あるじ》は称《しょう》す　「会面《かいめん》難《かた》し
一挙累十觴　一挙《いっきょ》に十觴《じっしょう》を累《かさ》ねよ」と
十觴亦不酔　十觴《じっしょう》も亦《ま》た酔《よ》わず
感子故意長　子《し》が故意《こい》の長《なが》きに感《かん》ず
明日隔山岳　明日《みょうにち》　山岳《さんがく》を隔《へだ》てなば

世事両茫茫　世事《せいじ》　両《とも》に茫茫《ぼうぼう》たらん

○衛八処士　衛は姓、八は排行《はいこう》（祖父・曽祖父を同じくする一族間における、同世代の男たちの出生順序。詳しくは李斌城《りひんじょう》ほか『隋唐五代社会生活史』参照）。処士《しょし》は、仕官していない読書人（士人）の通称であり、「隠士」とほぼ同意。衛八の名は未詳。南宋の王十朋《おうじっぽう》?集注『杜陵詩史《とりょうしし》』巻八に引く師先生《しせんせい》（名は古。『杜詩詳説』の著者）の注には、「甫は、李白・高適《こうせき》・衛賓《えいひん》と相《あ》い友《とも》とし善《よ》し。時に賓は年最も少《わか》し。小友《しょうゆう》と号《よ》ぶ」という『唐史拾遺《とうしじゅうい》』（著者未詳）の説を引いて、衛八は衛賓のことかと推測する。年齢的にはその可能性も充分あるが、確証に乏しい。また『唐史拾遺』のなかにも見える高適の詩に、「衛八の雪中に寄《よ》せらるるに酬《むく》ゆ」「衛八と同《とも》に陸少府《りくしょうふ》（衛州衛県の尉《い》?）の書斎に題《しる》す」がある。この二詩は、開元二十四年（七三六）、淇上《きじょう》の別業《べつぎょう》（淇水〔河南省の東北部〕のほとりの別荘）での作（孫欽善《そんきんぜん》『高適集校注』）、もしくは開元二十九年、淇上に仮寓していた時の作（周勛初《しゅうくんしょ》『高適年譜』）と推測されている。二詩の季節感（冬末・春初）がほぼ同じであることを考えれば、衛八の家も、淇水のほとり（東都洛陽の東北約二〇〇キロ付近）から至遠の地にあったとは考えにくい。とすれば、洛陽から華州（陝西省華県。華山の西北麓《ろく》）に帰る途中の杜甫が、気やすく立ち寄れる場所ではない。この点は、本詩の作成年代の異説（安史の乱が起こる前、作者が長安を拠点に求官活動をしていたころの作）においても、ほぼ同様である。杜詩の衛八と高詩の衛八、さらに『唐史拾遺』の衛賓、の三者を結びつけて、杜詩中の「衛八処士は衛賓である可能性が高い」と見なす説（李殿元・李紹先《しょうせん》『杜甫懸案掲秘《けんあんけっぴ》』）もあるが、現時点では論拠に乏しい。○**参・商**　参《しん》はオリオン座の三つ星。商《しょう》はサソリ座のなかの、ひときわ紅《あか》く光るアンタレス（火《か》・大火《たいか》）。両者はそれぞれ冬と夏の夜空に見え、同時に天空に現れることがない。このため、互いにすれ違ったり、遠く隔たったまま、なかなか会えない状況の比喩となる。○**今夕**……『詩経』唐風「綢繆《ちゅうびゅう》」篇のなかの、新婚の喜びを歌う一節、「今夕《こんせき》は何《なん》の夕《ゆうべ》ぞ、此《こ》の良《よ》き人《ひと》を見る」云々を踏まえた表現。生涯忘れがたい夜を、望外の喜びをこめていう慣用句となる。五字句にするために新たに追加された「復」の字は、強勢の助字。「夕」は、夕方をも含んだ、夜全体を指す言葉。○**少壮**……前漢の武帝劉徹《ぶていりゅうてつ》「秋風《しゅうふう》の辞《じ》」に、「少壮幾時《しょうそういくとき》ぞ　老《お》いを奈何《いかん》せん」とある。○**鬢髪**……鬢《びん》（耳ぎわの毛）や髪の毛。広く頭髪を指す、と考えてもよい。蒼の字は、ここでは光彩に乏しく、くすんだ灰色を指す。蒼白・老蒼の蒼にあたり、ごましお頭を形容する。津阪東陽《つさかとうよう》の『夜航詩話《やこうしわ》』巻四にいう、「蒼は灰惨《かいさん》の色（暗い灰色）を謂《い》い、青・緑（の字）と義《ぎ》（意味）異《こと》なれり。蒼松・蒼竹・蒼蒼などの語は、皆黯惨《みなあんさん》の意有り。故《ゆえ》に人を寿《ことほ》ぐ詩には、これを用いるを忌《い》む。蒼鬢《そうびん》・蒼顔は、並びに老衰の色を謂う。尤《もっと》も宜《よろ》しく避くべし。『詩（経）』秦風《しんぷう》（「蒹葭《けんか》（アシやヨシ）」）に、『蒹葭蒼蒼《そうそう》として、白露《はくろ》　霜《しも》と為《な》る』と。『（経典《けいてん》）釈文《しゃくもん》』に云う、『蒼蒼は物老いるの状なり』と。蓋《けだ》し光沢尽《つ》きて蒼白なり」。○**訪旧**　二人（衛八と杜甫）に共通する友人を話題にとりあげて、その消息や安否を問うこと。訪は問の意。○**半為鬼**　半は「半分」ではなく、「大半」の意であろう。鬼は死者・亡者の意。○**驚呼**　友人の思いがけない死を聞くたびに、思わず驚きの声をあげること。呼は叫ぶの意。○**熱中腸**　おなかの中が焼け焦《こ》げるように、キリキリと痛むさま。これは、「断腸」や「嘔心《おうしん》（心臓を嘔《は》きだす）」のように、具体的な臓器のリアルなイメージを用いて感情を形容する、中国独特の表現。天宝十四載（七五五）に成る杜甫の「京《けい》より奉先県《ほうせんけん》に赴く詠懐五百字」にも、「窮年《きゅうねん》（一年じゅう）黎元《れいげん》（人民）を憂《うれ》え、嘆息して腸内《ちょうない》熱《ねっ》す（はらわたの中が煮えくり返る。焦慮《しょうりょ》・痛嘆するさま）」という。○**君子堂**　君子は教養のある立派な男《ひと》。ここでは衛八に対する敬称。堂は表座敷。ここでは韻字として用いられ、家の意味に用いる。○**児女**　児《むすこ》と女《むすめ》。清の仇兆鰲《きゅうちょうごう》『杜詩詳注』巻六には「男女」に作る。同意。○**忽成行**　目の前にふいにぞろぞろ出現するさま。二十年前に訪れたときの記憶が今なお鮮明な作者が受けた、心理上の驚きが、「忽ち」（不意をついて突然）の語に凝縮されている。○**父執**　父の親友、ここでは杜甫自身を指す。執は執友《しつゆう》の略称。『礼記《らいき》』曲礼《きょくらい》篇上に「父の執《とも》を見る」云々とあり、後漢の鄭玄《じょうげん》の注に「父の同志を敬《うやま》うこと、父に事《つか》うるが如《ごと》くす」とある。○**乃未已**　乃は「却《かえ》って」（心理や行動の意外さ、屈折を表わす）とほぼ同意。『杜詩詳注』などには、「未及已」（未《いま》だ已《や》むに及ばざるに）に作る。○**駆児**　児女《こども》たちをせきたてて使う。子どもらしい好奇心から、いろいろ質問ぜめにするさまを見て、「早くお酒を持っておいで」と追いたてること。『（宋本）杜工部集《とこうぶしゅう》』巻一には「児女」に作る。○**酒漿**　酒。漿《しょう》には薄い酒の意味もあり、ここでは二字で酒を指す、一種の類義語。○**春韮**　春の韮《にら》の若葉は、特に柔らかくて香りが高い。山住まいを好んだ南斉《なんせい》の周顒《しゅうぎょう》は、山菜のなかで一番うまいものを尋ねられたとき、「春の初めの早韮《そうきゅう》、秋の末《すえ》の晩菘《ばんしゅう》（菘は唐菜《とうな》）」と答えた（梁の蕭子顕《しょうしけん》『南斉書』巻四一）。○**間黄粱**　黄粱《おおあわ》を間《まぜ》こむ。間は、まぜこむ、まじる意（去声）。黄粱は、粒の大きな黄色い上等のアワ。芳しくおいしい。『楚辞《そじ》』や『文選《もんぜん》』のなかに収める宋玉《そうぎょく》の「招魂《しょうこん》」篇に、「稲《こめ》と粢《きび》と穱《えら》びし麦に、黄粱を挐《まじ》う」という。○**主称**……「主は称す、『会面難し』と」とも訓める。南宋の蔡夢弼《さいぼうひつ》編『草堂詩箋《そうどうしせん》』巻十四の、「一挙に十觴《じっしょう》を蒙《こうむ》る（頂戴《ちょうだい》する）」とある「累」の異文「蒙《もう》」の字も、この解釈を助けるが、ここでは「称す」の語を次句までかけて、衛八の歓待ぶりを特に印象づける訓み方を採る。○**一挙**　たて続けに。一度の行動で。○**不酔**　衛八の友情の深さに感動して胸がいっぱいになったため（一種の倒置法）であるが、同時にまた、明日の悲しい別れを思い浮かべるためでもあろう。○**山岳**　西岳華山《かざん》を指すか。人の力ではどうにもならない巨大な障害をも象徴する。○**世事**　人間社会のいとなみやできごと。個人の状況（運命）と社会の情勢（安史の乱の続く時局）の双方をかねていう。○**茫茫**　遠くはるかで、不明瞭なさま。再び相互の消息がとだえようとする不安感も、ひときわ惜別の情をつのらせるのである。

人としてこの世に生まれ、あわただしく暮らすなかで、お互いに顔をあわせて語りあうことは、とてもむずかしい。ともすれば、天空に同時には現れない、かの参《しん》と商《しょう》の星のようにすれ違いになりがちなものだ。ところが今夜はまた、なんとすばらしい夜なのであろう。お互いに（今ここで）この明るい燈火《ともしび》をともにして語りあうことができようとは。

それにしても若くて元気な時期は、なんと短いことか。お互い年をとって、鬢《びん》の毛も髪の毛も、すでにごま塩になってしまった。旧友の消息をあれこれ尋ねてみると、大半はもう亡くなっている。思わずえっと驚きの声をあげるたびに、腸《はらわた》の奥までかあっと熱くなって、ひりひり痛むのだ。まったく思いがけないことに、二十年後、再びこうしてあなたの家にお邪魔《じゃま》することになろうとは。昔別れたとき、君はまだ独身の青年だったのに、ふいに息子や娘さんがぞろぞろと出てくるではないか。子どもたちは、にこやかに父の友人である私を敬《うやま》って、「どこからお出でになりましたか」などと尋ねてくれる。

この問答《やりとり》がまだ終わらないうちに、君は子どもたちをせきたてて、お酒を並べさせた。そしてみずから夜の雨をついて（食べごろだからといって）春の柔らかな韮《にら》を切ってきて（料理し）、炊《た》きたての米飯《ごはん》のなかには、かぐわしい黄粱《おおあわ》がまぜてある。主人《あるじ》の君は、しみじみとこういう、「めったに会えるものじゃない。さあひと息に十杯、酒を飲みほして下さい」と。（今夜は）十杯飲んでも、私はまだ酔えない。昔と少しも変わらない君の友情の深さに接して、胸がしきりにうちふるえてやまないのだ。明日《あす》はまた別れ。ひとたび山々に隔てられてしまえば、この先、お互いの人生、そしてそれにふりかかる世の中のできごとが、いったいどうなってゆくものやら、茫々《ぼうぼう》とかすんで、まったく見定めがたいのだ。

作者の杜甫は、安史の乱が続く乾元《けんげん》元年（七五八）六月、罷免《ひめん》された宰相房琯《ぼうかん》（玄宗系の官僚）の党派《グループ》の一員と見なされて、華州司功参軍《かしゅうしこうさんぐん》に左遷された。同年の冬、すでに反乱軍から奪い返されていた東都洛陽に帰って、旧居にたちより、友人たちを訪ねた。詩は、翌乾元二年の春、華州に帰る途中、二十年ぶりに旧友衛八の家を訪ねて一泊したときの感慨を詠んだ、五言古詩の名篇である（48歳の作）。

多彩な題材に富む唐詩の世界にあっても、一家をあげての歓待ぶりを、これほど細《こま》やかに生き生きと歌って、つつましく生きる一家庭の、ほのぼのとした雰囲気を彷彿《ほうふつ》とさせる作品は他《ほか》にない。しかも安史の乱がすでに四年間も続く、食糧の乏しい戦時下のことである。作者は、精いっぱいの暖かいもてなしに感激しながら、旧友衛八と交歓する場面や濃《こま》やかな心の交流を、時間を追って飾りけなく綴《つづ》っていく。

確かに動乱の世の作とはいえ、特別なことが詠まれているわけではない。二十年ぶりの再会と、心のこもったもてなしに接したときの、誰でも感じそうな心の動きが克明《こくめい》に表現されているため、その一つ一つが読者の心の琴線に触れて深い感動を呼ぶのである。

杜甫の詩は、唐代以来、「詩史《しし》」（詩の形を用いて述べた、時事性豊かな現代史）と評され、宋代には『杜陵詩史《とりょうしし》』（現存）や「詩史堂《ししどう》」のように、杜甫集の書名や彼を祀《まつ》る祠堂《しどう》の名称にも用いられた。さらには「詩史」の語で杜甫の詩集そのものを指す用法さえ生じ、詩集を一部の史書と見なし、杜甫を漢代の有名な歴史家司馬遷《しばせん》になぞらえる評語も生まれていく（陳文華『杜甫伝記唐宋資料考弁』参照)。この場合の「詩史」は、「詩を用いて歴史を語る史家」の意味になろう。
晩唐の光啓《こうけい》二年(八八六)の自序をもつ孟棨《もうけい》『本事詩《ほんじし》』高逸《こういつ》篇には、こういう。

杜(甫)は(安)禄山《ろくざん》の難《なん》に逢《あ》い、隴蜀《ろうしょく》(甘粛《かんしゅく》・四川省)に流離《りゅうり》(漂泊)し、畢《ことごと》く詩に陳《の》べ、見《あらわ》れたるを推して隠れたるに至り、殆《ほと》んど遺事《いじ》(言い遺《のこ》した事がら)無《な》し。故《ゆえ》に当時号《よ》びて詩史と為《な》す。

杜甫像(『晩笑堂画伝』より)

文中の「見《あらわ》（＝現）れたるを推して隠れたるに至る」（推見至隠）は、明らかに『史記』司馬相《しばしょう》如《じょ》伝の論中に見える司馬遷の言葉、「『春秋《しゅんじゅう》』は見れたるを推して隠れたるに至る（明瞭な実際の人事〔人間社会のできごと〕を通して鋭く推しはかり、物ごとの奥底に隠れた真相〔隠微な天の摂理〕にまで迫り到達する）」（『漢書』司馬相如伝の賛にも司馬遷の言葉として見える）を踏まえている。『春秋』とは、孔子が編纂したとされる魯《ろ》の国の歴史書（五経の一）である。その一字一句には、孔子自身の褒貶《ほうへん》や評定が込められている、と考えられてきた。いわゆる春秋の筆法である。

杜甫の詩は、安史の乱前後の政治的、軍事的、社会的状況を鋭敏に反映する。これは、個別的な体験や社会の各種の事件を歌うとき、それを普遍化・典型化することなく、逆に徹底的にその個別性を直視して描写することを通して、常にある種の普遍的な真実や真相に迫ろうとする、杜甫独特の作詩手法と関連する。「衛八処士に贈る」詩の作られた乾元二年はまた、農民の窮状を目《ま》のあたりにして社会の矛盾を鋭く告発した社会詩の名作「三吏三別《さんりさんべつ》」（「石壕《せきごう》の吏」「新婚の別れ」など）が誕生した年でもあった。歴代、杜甫の詩や詩集を「詩史」と呼んできたのは、当然そうした時事性に富む「三吏三別」や「兵車行《へいしゃこう》」（玄宗の無益な領土拡張政策を非難）などの作品群を中核としながらも、詩の題材を身辺に求めて人の心のありようを見つめ、心の真実を掘りおこして歌いあげた杜詩への、深い共感にもとづくはずである。

衛八は、杜甫の詩によって、心の交流を大切にする一人の誠実な人物として、永遠に記憶される

杜甫生誕の地？（鞏義市の東北、南瑶湾村）

ことになった。その人物像は、正史《せいし》の列伝のなかに客観的、かつ抽象的に描かれた人物よりも、生き生きとして血がかよい、深い親しみをおぼえさせる。「衛某のような社会的には無名の人物をも、すぐれた人格的存在として記録」する「衛八処士に贈る」のような詩も、当然「詩史」の評のなかに含めて考えるべきだ、と主張する横山伊勢男『唐詩の鑑賞―珠玉の百首選』の説は、充分傾聴に値する。これはまた、杜詩の本質――人生に対する誠実さの具体的な表われであり、「見れたるを推して隠れたるに至る」『春秋』の筆法にも通底する手法になろう。

杜甫（七一二―七七〇）、字《あざな》は子美《しび》、河南府《かなんふ》鞏県《きょうけん》（河南省鞏義市《きょうぎし》）の人。西晋の将軍で名著『春秋左氏伝』をもつ杜預《どよ》を遠祖とし、初唐（則天武后朝）の宮廷詩人杜審言《としんげん》を祖父にもつ家系の出身である。父は杜閑《とかん》、母は崔氏《さいし》。唐代三百年のなかでも最高峰に位置する「盛唐《せいとう》」期は、玄宗《げんそう》李隆基《りりゅうき》の即位した先天元年（七一二）から次の粛宗李亨《しゅくそうりこう》の宝応元年（七六二。この年、玄宗と粛宗があいついで逝去）までの五十年間を指す。李白や杜甫・王維《おうい》・孟浩然《もうこうねん》・王昌齢《おうしょうれい》・岑参《しんじん》・高適《こうせき》・崔顥《さいこう》らが輩出した時期であり、わが国の奈良時代（七一〇―七九四）のなかに含まれている。玄宗の四十五年間に及ぶ長い治世の終りにあたる天宝十四載《さい》（七五五）、安史の乱が勃発し、以後の六年間は内乱の続く激動の時代となる。李白の詩は、いわば明るくのびやかな盛唐の気象《きしょう》を反映し、杜甫の詩は、安史の乱勃発後の社会の憂愁を鋭敏に反映したもの、と評してよい。盛唐が、杜甫の誕生した年に始まり、李白の逝去した年で終わる点も象徴的である。

杜甫は七歳のときから作詩を始め、病弱と貧窮にたえながら万巻の書を読んだという。

　性《せい》は豪《ごう》にして　業《すで》に酒を嗜《この》み
　悪《あく》を嫉《にく》みて　剛腸《ごうちょう》（剛直な腸《こころ》）を懐《いだ》く

とは、杜甫みずから語る十代後半の姿である（「壮遊」詩）。

士人の家庭に生まれた彼は、その前半生を、科挙《かきょ》による任官を目標とし、努力と苦労を重ねた。幼くして母を失って洛陽で成長し、二十代、呉《ご》・越《えつ》（江蘇《こうそ》・浙江《せっこう》省）や斉《せい》・趙《ちょう》（山東・山西省）の地を歴遊する。天宝三載（七四四）、33歳のときには、東都洛陽付近で初めて李白と会って交遊し、

杜甫の家系図

（四川省文史研究館『杜甫年譜』より）

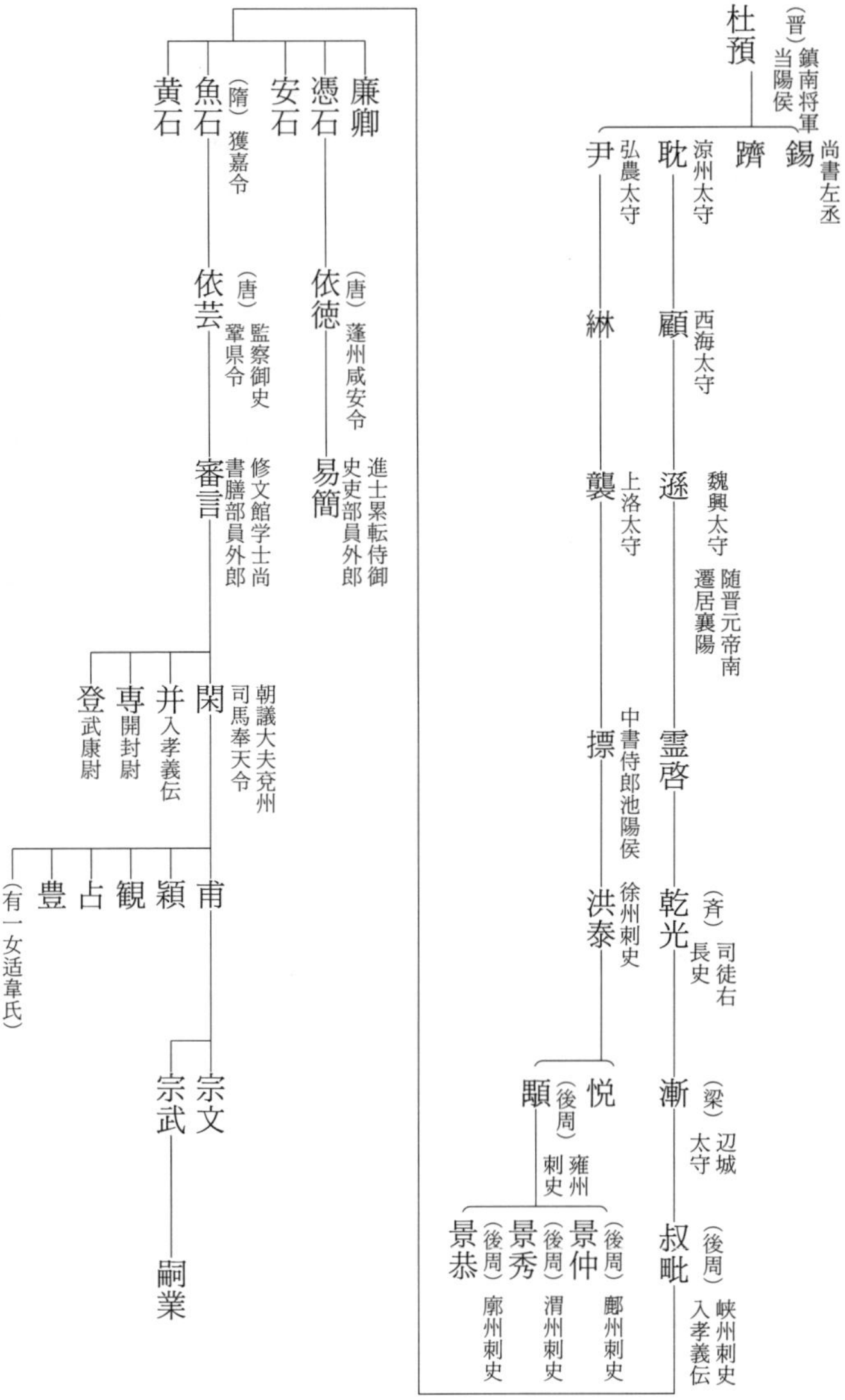

途中から高適も加わって、梁《りょう》・宋《そう》（河南省）の地を一緒に旅し、酒を飲んで詩を論じた（李白の条参照）。すでに何度か進士科を受験して落第を経験するとともに、天宝六載の制挙《せいきょ》（皇帝が詔を下して臨時に行われる人材採用試験）も受験したが、宰相李林甫《りりんぽ》は受験者全員を落第させた。杜甫はすでに前年の35歳のとき、都に出てきており、以後十年間、都長安を拠点に仕官の口を求めて奔走する、困窮の日々を過ごすことになる。

驢《ろば》に騎《の》ること三十載《さんじっさい》
旅食《りょしょく》す　京華《けいか》（都）の春《はる》
朝《あした》には富児《ふじ》（成金〔蔑称〕）の門を扣《たた》き
暮《ひぐれ》には肥馬《ひば》（大官）の塵《ちり》に随《したが》う
残杯《ざんぱい》と冷炙《れいしゃ》と
到《いた》る処《ところ》　潜《ひそ》かに悲辛《ひしん》す

とは、杜甫みずから当時の屈辱的な就職活動を詠んだ、有名な一節である（天宝九載〔七五〇〕、39歳ごろに成る「韋《い》左丞丈《さじょうじょう》に贈《おく》り奉《たてまつ》る二十二韻」詩）。終りの二句は、彼らが残した酒を飲み、食べ残した冷たい焼き肉を食べて、何とか生き長らえていれば、どこへ行っても人知れず悲しくもつらい思いをするばかり、の意である。杜甫は三十代の半ばすぎ、楊《よう》夫人と結婚し、後に三男二女をもうけている。

何度も賦《ふ》（長篇の美しい韻文）を献上した後、天宝十四載（七五五）、44歳のとき、杜甫はようやく右衛率府兵曹《うえいそっぷへいそう》（一説に冑曹《ちゅうそう》）参軍事《さんぐんじ》（武官の簿書《ぼしょ》をつかさどる、従八品下の東宮《とうぐう》官）に任ぜられた。その年の冬十一月、安史の乱が勃発する。杜甫は乱の起こる直前、すでに泰平のはらむ危機を察知し、貧富の大きな隔差を、

　朱門《しゅもん》（富貴の邸宅）には酒肉臭《しゅにくくさ》きに
　路《みち》（その豪邸の前の道）には凍死《とうし》の骨《ほね》有《あ》り

と歌っている（「京《けい》より奉先県に赴く詠懐五百字」）。臭は腐臭を発する。一説に芳香を発する意とする）。こうしたなまなましい眼前の事態は、従来の詩人たちなら決して採りあげなかった題材であるが、杜甫はその野暮をあえて冒《おか》し、なまなましい言葉で社会の現実を抉《えぐ》り出すことに成功した。この一種のリアリズム文学は、人類全体をおおいつくす偉大なヒューマニズムに支えられている。乱の翌年、家族を北方に疎開させた苦しい旅路を回想する「彭衙《ほうが》（地名）の行《うた》」の一節には、こういう。

　痴女《ちじょ》は飢《う》えて我《われ》を咬《か》み（一説に咬はせがむ意）
　啼《な》いては虎《とら》・狼《おおかみ》の聞《き》くを畏《おそ》る
　中《うち》に懐《いだ》いて其《そ》の口《くち》を掩《ふさ》げば
　反側《はんそく》して（身をのけぞらせて）声《こえ》愈《いよい》よ嗔《いか》れり

痴女とは、あどけなく聞きわけのない娘。中に懐くは、胸のなかにしっかり抱きしめること。当時の情景がありありと思い浮かぶ、こうした精細な描写も、従来の詩には乏しいものである。

安史の乱勃発後の十五年間は、短い官僚生活と長い西南漂泊から成る。杜甫の詩は、動乱期の苛酷な現実を直視する強靭《きょうじん》な精神力に支えられて急成長し、後世、「詩聖《しせい》」（最も完璧な古今最高の詩人）と評されるほどの詩の充実を見せる。

天宝十五載（＝至徳元載《しとくがんさい》、七五六）、都長安が陥落して玄宗は蜀（四川省）の地へ逃げ、太子の李《り》亨《こう》が八月、霊武《れいぶ》（寧夏回族《ねいかかいぞく》自治区）で即位して粛宗《しゅくそう》となる。杜甫は、その行在所《あんざいしょ》（亡命政府）に赴く途中、反乱軍に捕えられ、都長安城内に軟禁された。このとき、有名な五言律詩「月夜《げつや》」や「春望《しゅんぼう》」（翌年（至徳二載）の春の作）が作られている。ちなみにこのころ李白も、粛宗に敵対した永王璘《えいおうりん》の水軍に参加した罪を問われて、尋陽《じんよう》（江西省九江市）の獄《ごく》に繫《つな》がれていた。

夏四月、杜甫は反乱軍占領下の長安を脱出して、当時、鳳翔《ほうしょう》（陝西省）に置かれていた粛宗の行在所に赴き、左拾遺《さしゅうい》（天子の言動を諫める官。門下省に属する従八品上の官）を授けられた。しかし就任後ほどなく、罷免された宰相房琯《ぼうかん》を弁護して粛宗の怒りをかい、乾元《けんげん》元年（七五八）六月、華《か》州司《しゅうし》功《こう》参軍に左遷される。翌乾元二年、48歳の年は、杜甫の生涯のなかで最も大きな転換期となる。洛陽からの帰途に作られた「衛八処士に贈る」詩は、「明日《みょうにち》 山岳《さんがく》を隔《へだ》てなば、世事《せいじ》 両《とも》に茫《ぼう》茫《ぼう》たらん」と結ばれていた。この一聯《いちれん》こそ、二度と京洛《けいらく》（長安・洛陽）の地には帰れず、未知の

蜀の険しい桟道（明末『名山図』より）

茫々たる長い漂泊の旅立ちを暗示する「詩《し》讖《しん》」（詩による予言）となった。

同年の初秋七月、関中《かんちゅう》一帯を大饑饉《だいききん》が襲い、当時の政治状況（房琯系の人物の左遷）にも深く失望していた杜甫は、ついに官職を棄て（一説に戦時下で作った「三吏三別」の筆《ひっ》禍《か》による罷免とする）、十人前後の家族を引きつれて秦州《しんしゅう》（甘粛省天水市）へと旅立った。これは、騒乱の続く故郷（洛陽付近）に帰れなかった苦渋の選択である。秦州の地にも安住できず、食糧を求めて転々とし、険しい蜀《しょく》の桟道《さんどう》を通って、同年の歳末、杜甫の一家は蜀の成都にたどりついた。杜甫は、このわずか一年の間に、中原の洛陽付近から中国西南部の成都まで大旅行したことになる。ちなみに李白は、この年の初夏、夜郎《やろう》への流罪の途中、恩赦に会って長江を下り、「早《つと》に白帝城《はくていじょう》を発す」詩（本書所収）を作っている。

杜甫は翌年の春、成都の西郊に、ささやかな草堂（浣花草堂《かんかそうどう》・杜甫草堂）を築いて暮らした。つらい戦乱・飢餓《きが》、苦しい旅路をつぶさに体験した後だけに、前後三年あまり住んだ草堂付近で作られた詩は、「江村《こうそん》」や「春夜《しゅんや》　雨を喜ぶ」など、心の寛《くつ》ろぎと安らぎを感じさせる佳品に富む。

昼《ひる》には老妻《ろうさい》の　小艇《しょうてい》（小舟）に乗《の》るを引《みちび》き
晴《は》れては稚子《ちし》（子どもたち）の　清江《せいこう》に浴《よく》（水あび）するを看《み》る

平和な江村での、日常生活の一コマである（「艇《ふね》に進《すす》む〔乗る〕」）。杜甫はこのころ、自然が人間に示す善意にも目ざめて、

寂寂《せきせき》として（音もなく）　春将《はるまさ》に晩《く》れんとし
欣欣《きんきん》として（喜ばしげに）　物自《ものみずか》ら私《わたくし》す

などと歌う（「江亭《こうてい》」）。「物自ら私す」とは、生きている者はみな、それぞれの生活を思い思いに精いっぱい遂《と》げることをいう。

この漂泊生活のなかで、杜甫はあらためて詩人としての自覚を深め、「語《ご》　人《ひと》を驚《おどろ》かさずんば　死《し》すとも休《や》まじ」（上元二年〔七六一〕、50歳のとき、浣花草堂で作った「江上《こうじょう》　水《みず》の海勢《かいせい》の如《ごと》くなるに値《あ》い……」）と、詩にかける意気ごみを歌い、少し後には、「詩《し》は是《こ》れ　吾《わ》が家《いえ》の事《こと》（杜審言以来の世襲

杜甫草堂（成都）

杜甫草堂の一角

の事業《いとなみ》」（「宗武《そうぶ》（杜甫の次男）の生日《せいじつ》」）と歌っている。

広徳《こうとく》二年（七六四）には、友人でパトロンでもあった厳武《げんぶ》が剣南節度使《けんなんせつどし》・成都尹《せいといん》に再任されることを聞いて、杜甫は二年ぶりに成都に帰り、六月にはその幕僚、節度参謀《せつどさんぼう》・検校工部員外郎《けんこうこうぶいんがいろう》となり、約半年間、この職をつとめた。時に53歳である（李白はすでに二年前に病没）。後世、杜甫を「杜工部」と呼ぶのは、このためである。ただし近年、検校工部員外郎は、単なる虚銜《きょかん》（実際の職務をもたない、名目的な官銜《くらい》）ではなく、杜甫が幕僚をやめてまもない永泰元年（七六五）の春ごろ、厳武が朝廷に奏請《そうせい》した結果えられた中央官であるともいう。この職に任じられた杜甫は、草堂で年老いる初志を変えて長江を下り、荊州《けいしゅう》（江陵）・襄陽《じょうよう》（襄樊《じょうはん》）を通って入朝しようとしたが、途中病気のために皇帝に謁見《えっけん》する機会を失い、その官職もまた失ったのだ、と。この新説は、検校《けんこう》官《かん》の制度が唐前期の「正式には任命されていないが、すでにその職務を実際に処理している職事《しょくじ》官《かん》。一種の見習い官」から、「節度使や度支使《たくしし》など、令外《りょうげ》の官たる使職とその幕僚たちが帯びる、禄米《ろくまい》を支給する際の基準となる名目的な寄禄官《きろくかん》」へと変化したことに着目して、杜甫の官銜《かんかん》「前剣《ぜんけん》南《なん》節度参謀、宣義郎《せんぎろう》、検校尚書工部員外郎、賜緋魚袋《しひぎょたい》」（『（宋本）杜工部集』など）を解説し、あわせて、成都を離れた後の杜甫の詩中にくり返される尚書省《しょうしょしょう》の郎官《ろうかん》を自任する発言とを分析・総合して下した陳尚君《ちんしょうくん》『唐代文学叢考《そうこう》』の説である。この問題は、杜詩の解釈にも大きな影響をおよぼすため、今後充分検討される必要があろう。

漂泊する杜甫（『唐詩選画本』より）

蜀中の乱を予感した杜甫は、比較的平穏《へいおん》な成都での生活に終止符をうち、永泰元年（七六五）の三～四月ごろ（四月末の厳武の死以前）、長江を下り、雲安《うんあん》（重慶《じゅうけい》市（旧四川省）雲陽県）で病気療養をする。大暦《たいれき》元年（七六六）、55歳の初夏には、三峡の入口にあたる夔州《きしゅう》（重慶市（旧四川省）奉節県）に移り住み、わずか二年の滞在期間に、四百首を越す優れた詩（現存一四五〇首中の七分の二）を作っている。なかでも「秋興《しゅうきょう》八首」「詠懐古《えいかいこ》跡《せき》五首」「登高《とうこう》」などは、特に著名な七言律詩である。従来、宴会の遊戯にすぎなかった即興《そっきょう》・応詔《おうしょう》詩としての律詩を、細密な感情のおののきを表白する、景情一致の優れた抒情詩型として完成させた。当時、杜甫が瘧疾《マラリア》・肺病《ぜんそく》・神経痛（風痺《ふうひ》）・糖尿病をわずらい、歯も半ば落ち、耳もほとんど聞こえない老残の身であったことを考えると、詩作に命をかけ、詩作を生の証《あかし》とする、すさまじいばかりの執念を知ることができよう。

晩年の杜詩は、老衰・多病・愁時《しゅうじ》（時勢を愁う）・帰心《きしん》の四要素が緊密にからみあい、彷徨《ほうこう》する魂の哀感を切々と訴えつづける。詩中の風景は、すでに作者の繊細な心象風景としての深みをたたえ、香り高い景情一致の言語芸術となっている。

無辺《むへん》の落木《らくぼく》　蕭蕭《しょうしょう》として下《くだ》り

不尽《ふじん》の長江《ちょうこう》　滾滾《こんこん》として来《きた》る　（「登高」）

「一生愁えた」杜詩の憂愁は、すでに従来の、自己の不遇に対する、さらには国家や社会の不正・不公平に対する憤りとは異なって、ある種の荘厳なひびきを奏《かな》で始めている。吉川幸次郎「杜甫について」（『吉川幸次郎全集』第十二巻所収）には、こういう。

晩年の杜甫は、津津《しんしん》と湧いて出る自己の憂愁、その憂愁の底に、人間の生命力というものを認めたようです。人間の生命力は無限であって、永遠に持続する。そうした持続の一つとして自分の憂愁もあるというような思想、思想といっていいすぎならば感情が、杜甫に感得された、と思います。

杜詩の憂愁が、人の生命の短さから発せられた古来のそれとは一線を画する点に、充分注意すべきである。それは、従来の悲観的な人生観を克服して、人生を起伏に富む長い持続の過程と見なす、北宋の蘇軾《そしょく》らの楽観的な人生観へと連なりゆく性質のものであった。

大暦三年（七六八）正月、杜甫は夔州を去って、さらに長江を下りつづけ、冬の終りには洞庭湖《どうていこ》のほとりに位置する岳州《がくしゅう》（湖南省岳陽市）について、有名な「岳陽楼《がくようろう》に登る」詩を作った。その後、洞庭湖の南を北流する湘江《しょうこう》を舟で遡っていく。大暦五年（七七〇）、杜甫は、

乾坤《けんこん》（天地）万里《ばんり》の内《うち》
身《み》を容《い》るる畔《さかい》（場所）を見《み》る莫《な》し

と嘆き（「難《なん》を逃《のが》る」）、夏四月には耒陽《らいよう》（湖南省耒陽市）で洪水に出くわして引き返し、同年の冬、潭州《たんしゅう》（長沙市）から岳州に向かう舟中（洞庭湖付近）で病死した。その59歳の生涯は、まさに誠実・沈鬱な詩歌でつづられた一篇の悲劇、と評してもよいだろう。

杜甫には、すでに李白の条で述べたように、有名な「牛肉白酒飫死《ぎゅうにくはくしゅよし》（飽食死）」伝説が伝わっている。杜甫が耒陽で洪水のために飢えに苦しんでいたとき、耒陽の県令《けんれい》がその窮状を知って、牛肉（牛炙《ぎゅうしゃ》）と白酒《どぶろく》を大量に送ってくれ、その食べすぎと飲みすぎによって一晩のうちに急死したとい

う、有名な終焉《しゅうえん》伝説である。これは、没年に作られた杜甫自身の「聶耒陽《じょうらいよう》（耒陽の県令聶某。名は未詳）、僕《ぼく》が水《みず》に阻《はば》まるるを以《もっ》て、書《しょ》もて酒肉《しゅにく》を致《いた》し（手紙を寄こして慰問し、あわせて酒や肉を送りとどけてくれ）、饑《う》えを荒江《こうこう》に療《いや》さしむ。……」詩にもとづいて生まれ、新旧『唐書』杜甫伝のなかにも明記されている（ただし『新唐書』は「大酔《たいすい》して一夕《いっせき》にして卒《しゅっ》す」と記し、牛肉の過食には直接言及しない）。この終焉伝説は、飢餓と老病に苦しんだ最晩年の、困窮した漂泊生活の最期に似つかわしく、中晩唐期、この伝聞は広く流布し（晩唐の鄭処誨《ていしょかい》『明皇雑録《めいこうざつろく》』補遺。ただし「甫、飲むこと過《か》多《た》にして、一夕にして卒す」とあって、飲酒を致命傷とする）、その終焉の地と伝えられた耒陽には、杜甫の墳《はか》も造られて、晩唐の詩人たち、羅隠《らいん》・斉己《せいき》らによって詩のなかに詠まれ、杜甫の主要な四つの墓のなかでは唯一の詩跡となる。

杜甫は中唐以後、韓愈《かんゆ》・白居易・元稹《げんしん》らに高く評価され、それぞれの詩風の形成に大きな影響を与えた。元稹は「詩人《しじん》（『詩経』の詩人《うたびと》）以来、未《いま》だ子美《しび》（杜甫の字）の如《ごと》き者《もの》有《あ》らず」（「唐の故《もと》の工部員外郎杜君《とくん》の墓係銘《ぼけいめい》」序）と絶讃し、杜甫の詩一帙《いっちつ》（十巻）を焼いて灰にし、蜂蜜とまぜて飲みこみ、「吾《わ》が肝腸《かんちょう》をして此《こ》れより改易《かいえき》せしめよ」（五代の馮贄《ふうし》『雲仙雑記』巻七）といった、熱烈な崇拝者張籍《ちょうせき》も出現した。

北宋期、詩人としての名声の確立と杜甫の伝記研究の進展につれて、前掲の酒肉飫死《よし》伝説は、杜甫に対する一種の侮辱とも考えられて、酔後の大水による溺死や、病死説へと変化し、今日では病死説が広く支持されている。ちなみにその死因は、いったいどう考えられているのであろうか。その代表的な説を二、三あげてみたい。①肺病《ぜんそく》によって引き起こされた糖尿病の合併症《がっぺいしょう》、②重い高血圧症と飲酒過多による脳溢血《のういっけつ》、③心筋梗塞《しんきんこうそく》など……。

しかし今日もなお、耒陽での死亡説（飽食死説に拘束されない）も依然として存続し、さらには酒肉死亡説でさえ消滅してはいない。郭沫若《かくまつじゃく》『李白与《と》杜甫』には、こういう。

杜甫の墓（鞏義市〔旧　鞏県〕のもの）

聶《じょう》県令の贈った牛肉は、きっとかなり多かったので、杜甫も一度には食べ切れなかったのだ。暑い時だから、冷蔵のしかたが良くないと、すぐに腐ってしまう。腐った肉には毒性がある。特に腐敗して二十四〜二十八時間後に生じはじめる毒は最も劇烈であり、人の神経を麻痺させ、心臓を悪化させて、死に至らしめる。そのうえさらに白酒《どぶろく》は、毒素が血液中に循環するのを促進する。杜甫の身体《からだ》は、もともと半身不随《ふずい》の状況下にあり、さらに糖尿病と肺病《ぜんそく》にかかっていたため、腐った肉で中毒死するのは、不可能ではなく、充分可能なのだ。

まるで死因を科学的に解き明かす、一種の探偵小説のような趣がある。

杜甫は、李白に比べると、その逸話《エピソード》は格段に乏しい。数少ない一つをあげて、杜甫の章の結びに代えたい。

杜甫は瘧疾《マラリア》の病人を見ると、「私の詩を誦《とな》えればなおる」といった。その詩は何かと尋ねられると、「夜闌《よふ》けて更《さら》に燭《しょく》を乗《と》り（もう一度灯《ひ》をつけ足して）、（家族と）相《あ》い対《たい》すれば夢寐《むび》の如《ごと》し」（至徳二載（七五七）、46歳のとき、鄜州《ふしゅう》に疎開していた家族のもとを訪れ、その夢のような再会を詠んだ句。「羌村《きょうそん》」（其一））の句を教えた。しかし病気は、いっこうによくならない。

そこで杜甫はさらに、「子章《ししょう》の髑髏《どくろ》　血模糊《ちもこ》たり。手《てずか》ら提《ひっさ》げて崔大夫《さいたいふ》に擲《なげう》ち還《かえ》す」（「戯《たわむ》れに花卿《かけい》の歌《うた》を作る」詩の一節。武将花驚《かけい》（敬）定《てい》は、上元二年（七六一）、反乱を起こした梓州刺史《ししゅうし》段子《だんし》章《しょう》をうち破って殺し、血がべっとりついたその髑髏《どくろ》（首級）を手にぶらさげて、それを主将の崔大夫（成都尹の崔光遠）にほうり投げてやった、の意）の一聯《いちれん》を教えた。病人がその言葉どおりに誦《とな》えると、病気は果たしてなおった。詩が鬼神《きしん》を感動させるというのは、うそではない。

この話は、北宋の李頎《りき》『古今詩話』（南宋の郭知達《かくちたつ》編『九家集注《しっちゅう》杜詩』巻七所引など）のなかに見える、奇怪な逸話であるが、次の話をおのずと思い起こさせる。後漢の末、頭風《とうふう》（頭が痺《しび》れる病気）の発作に苦しんでいた曹操《そうそう》は、寝たまま陳琳《ちんりん》が書いた手紙（あるいは檄文《げきぶん》）の草稿を読んだところ、すっくと起きあがっていった、「此《こ》れ　我《わ》が病《やまい》を愈《いや》せり」（陳寿《ちんじゅ》『三国志』王粲《おうさん》伝に引く『典略』）と。

引用文終りの「詩《し》　鬼神《きしん》（神秘的な霊的存在）を感《かん》ぜしむ」とは、詩歌の効用を説いた『詩経《しきょう》（毛詩）』大序《たいじょ》中に見られる有名な言葉であるが、ここの「鬼神」は、鬼の字に重点を置いた偏義複《へんぎふく》詞《し》としての用例であろう。杜甫の詩句が病気を起こす恐ろしい悪鬼《あくき》（魔物）の心さえも揺り動かしたのだ、という。この逸話は、「語《ご》　人を驚かさずんば　死すとも休《や》まじ」（前掲）と歌った悲劇の詩人《うたびと》、杜甫の強烈な自負心とも通底する。彼の苦渋に満ちた境涯に同情・共感した後人《こうじん》が、その不運な詩心を慰めるために創作した一種の虚構《フィクション》なのであろうか。

6　寒山寺の幻影——張《ちょう》継《けい》

楓橋夜泊　　張継

月落烏啼霜満天
江楓漁火対愁眠
姑蘇城外寒山寺
夜半鐘声到客船

楓橋夜泊《ふうきょうやはく》

月《つき》落《お》ち　烏《からす》啼《な》いて　霜《しも》　天《てん》に満《み》つ
江楓《こうふう》　漁火《ぎょか》　愁眠《しゅうみん》に対《たい》す
姑蘇城外《こそじょうがい》　寒山寺《かんざんじ》（寒山《かんざん》の寺《てら》）
夜半《やはん》の鐘声《しょうせい》　客船《かくせん》に到《いた》る

○**楓橋**　蘇州城《そしゅうじょう》（江蘇省蘇州市）の西郊約五キロの運河に架かる橋の名。長江系風土を代表する楓樹《ふうじゅ》（モミジの一種。紅葉の美しさで有名）にちなむ命名らしい。張継の本詩と杜牧《とぼく》の「呉中《ごちゅう》の馮《ふう》秀才《しゅうさい》を懐《おも》う」詩によって、蘇州付近で最も有名な橋となる。ちなみにこの楓橋は、隋代に成る江《こう》南《なん》運河（いわゆる大運河）そのものではなく、そこへ流入する水路に架かっていた。古刹《こさつ》「寒山寺」は、その東南約二〇〇メートルに位置する。○**夜泊**　唐代の都城や州県城は、みな治安本位の制度が施《し》かれ、城門や坊門《ぼうもん》はみな朝夕打ち鳴らされる太鼓（暁鼓《ぎょうこ》・暮鼓《ぼこ》）によって開閉された。このため、日没後は城の中《まち》に入れず、「南船北馬」の南方では、郊外の水路に停泊して一夜を明かすことになる。**○月落烏啼**　少し後の劉禹錫《りゅううしゃく》「踏歌詞《とうかし》」四首其三にも、「月落ち烏啼《からすな》いて　雲雨《うんう》のごとく散《さん》ず」とある。陰暦七日ごろ以前の月は、夜半、西に沈む。また夜中に鳴くカラスも、昔から詩中に詠まれ、楽府題《がふだい》「烏夜啼《うやてい》」もある。月の光の明るさに鳴きさわぐ場合（曹操《そうそう》「短歌行」など。いわゆる月夜烏《つきよがらす》）が多いが、ここでは夜気の冷えこみのためとも、月が沈んで暗くなったためとも考えられる。**○霜満天**　霜の気が白いモヤのように天空に満ちわたるさま。霜や雪をつかさどる秋の女神青女《せいじょ》（青霄玉女《せいしょうぎょくじょ》）が、天空から降らせるのだという（前漢の劉安《りゅうあん》編『淮南子《えなんじ》』天文訓）。杜甫の「秋夜《しゅうや》」五首其四に、「飛霜《ひそう》は青女に任《まか》す」とある。**○江楓**　水辺の楓樹《ふうじゅ》。江は、長江を含めた南方の大きな川を広く指す言葉。南宋の龔明之《きょうめいし》『中呉紀聞《ちゅうごきぶん》』巻一には「江村《こうそん》」（水辺の村）に作る。これこそ、宋代の旧籍の文字で一字千金の価値がある、と見なす説（寒山寺の詩碑《しひ》の裏《うら》に刻まれた清末の兪樾《ゆえつ》の説）がある。確かに北宋初期の『文苑英華』巻二九二（宋版）にも「江村」に作るが、本詩を収める最古の総集、唐の高仲武《こうちゅうぶ》編『中興間気集《ちゅうこうかんきしゅう》』巻下以下、北宋の王安石編『(王荆公《おうけいこう》)唐百家詩選』巻九（南宋初期刻本）、南宋初めの計有功《けいゆうこう》『唐詩紀事《きじ》』巻二五、南宋の范成大《はんせいだい》『呉郡志《ごぐんし》』巻三三などは、いずれも「江楓」に作っており、その説は精審さに欠ける。**○漁火**　いさり火。暗い夜、小舟のうえで魚を集めるため、あるいは単に魚を採るために燃やす火。漁師は、月の沈むのを待って漁火《いさりび》をともすのである。五山（室町時代）の禅僧の一人、横川景三《おうせんけいさん》は、「唐（中国）に在りし僧云《そうい》う、寒山寺の前に殿有《でんあ》り。殿前に水有《あ》り。魚《うお》多し。漁人《ぎょじん》、終夜《しゅうや》之《これ》を釣《つ》る、と。此《こ》の詩に謂《い》う所の者は実《じつ》（事実）なり」（『三体詩幻雲抄《げんうんしょう》』所引）。○**愁眠**　旅愁のために目覚《めざ》めがちな浅い眠り。江戸初期の説心和尚『三体詩素隠抄《そいんしょう》』にいう、「旅人ハ眠ルカト思ヘバ、チヤツト目ガサメ、目ガサムルト思ヘバ、トロトロトネムルヤウニアルゾ」と。○**姑蘇城**　春秋・戦国時代、呉《ご》の都にもなった蘇州の城《まち》の雅名。ちなみに蘇州は、隋《ずい》の開皇九年（五八九）、西南郊外の姑蘇山《こそざん》（春秋時代の後期、呉王闔閭《こうりょ》が築き、子の夫差《ふさ》が拡張した壮麗な離宮「姑蘇台」の置かれた場所。拙著『唐詩の風景』二三三頁の地図参照）にちなんで名づけられた呼称。○**夜半**　『文苑英華』や『中呉紀聞』には「半夜」に作る。同意。

月が沈み、からすが鳴いて、霜の降る冷ややかな気《け》はいが、暗い秋の夜空に満ちわたる。岸べの紅葉した楓樹《もみじ》と紅《あか》く燃える漁船のいさり火とが、旅愁のために寝つけない私の眼にうつる。折しも蘇州城外の「寒山寺」（さむざむとした晩秋の山寺）から、夜半をつげる鐘の音が、旅人たる私の乗る舟のなかにまで聞こえてきた。

詩は、春秋・戦国以来、長い歴史をもつ古都蘇州《そしゅう》付近の、晩秋の清冷な夜景の描写を通して、そこに船泊《ふなどま》りした遊子《たびびと》の深い孤独感を詠んだ、美しい七言絶句である。今日、四十首弱の詩を伝える張継は、まさにこの一首によって唐代の詩史に不滅の足跡を残した、と評してよい。わが国に

蘇州の古運河

あっては、唐詩に関する有名な選集《アンソロジー》『唐詩選』と『三体詩《さんたいし》』の双方に収められていることによって、室町時代以降、広く愛唱されてきた。野口寧斎《のぐちねいさい》『三体詩評釈』にいう。

神韻綿渺《しんいんめんびょう》、声調暢達《せいちょうちょうたつ》。故《ゆえ》に流伝《るでん》するもの最も遍《あま》ねく、文字を解せざる者と雖《いえど》も、月落《おち》烏啼《なく》といへば、其《その》詩なるを知る。

他方、中国にあっても、至徳元載《しとくがんさい》（七五六）から大暦《たいれき》十四年（七七九）に到る粛宗《しゅくそう》・代宗《だいそう》朝の優れた詩人たち——当時、張継はまだ在世——の詩を収めた高仲武《こうちゅうぶ》編『中興間気集《ちゅうこうかんきしゅう》』巻下のなかに早くも収められ、北宋の『文苑英《ぶんえんえい》華《が》』や王安石編『唐百家詩選』のなかにも収録されて、楓橋と寒山寺（鐘を含む）は、南宋以降、蘇州第一の詩跡（古典詩人たちが詠み重ね、刻みつけてきた詩心の伝統を深々と宿す聖地）として確立した。たとえば、南宋の陸游《りくゆう》は、著名な旅行記『入蜀記《にゅうしょくき》』巻一のなかに、「楓橋寺（寒山寺の別称）の前に宿《やど》る。唐人《とうひと》の所謂《いわゆる》『半夜《ママ》の鐘声　客船に到る』者なり」と述べ、この時に作った「楓橋に宿る」詩にも、

七年到《いた》らず　楓橋寺《ふうきょうじ》
客枕依然《かくちんいぜん》たり　半夜《はんや》の鐘《かね》

と歌っている（後句の前半は、旅寝の枕もとに昔のままに聞こえてくる意）。明初の姚広孝《ようこうこう》「寒山寺　重《ちょう》興記《こうき》」（周義敢《しゅうぎかん》『張継詩注』所収）のなかにも、こういう。

寺は山水の間《かん》に在りて、甚《はなは》だしくは幽邃《ゆうすい》ならざるも、来遊者は虚日無《きょじつな》し（遊覧者の来訪しない日はない）。唐の詩人張懿孫《ちょういそん》（継の字《あざな》）は、「楓橋夜泊」を賦《つく》りて、「姑蘇城外　寒山寺、夜半の鐘声　客船に到る」の句有り。天下伝誦《でんしょう》す。是《ここ》に於《お》いて黄童《こうどう》・白叟《はくそう》（子どもと老人）すら、皆《みな》寒山寺有《あ》るを知る。

かくして楓橋、寒山寺、そしてその夜半の鐘は、中国の内外に広く知られる著名な詩跡となった。

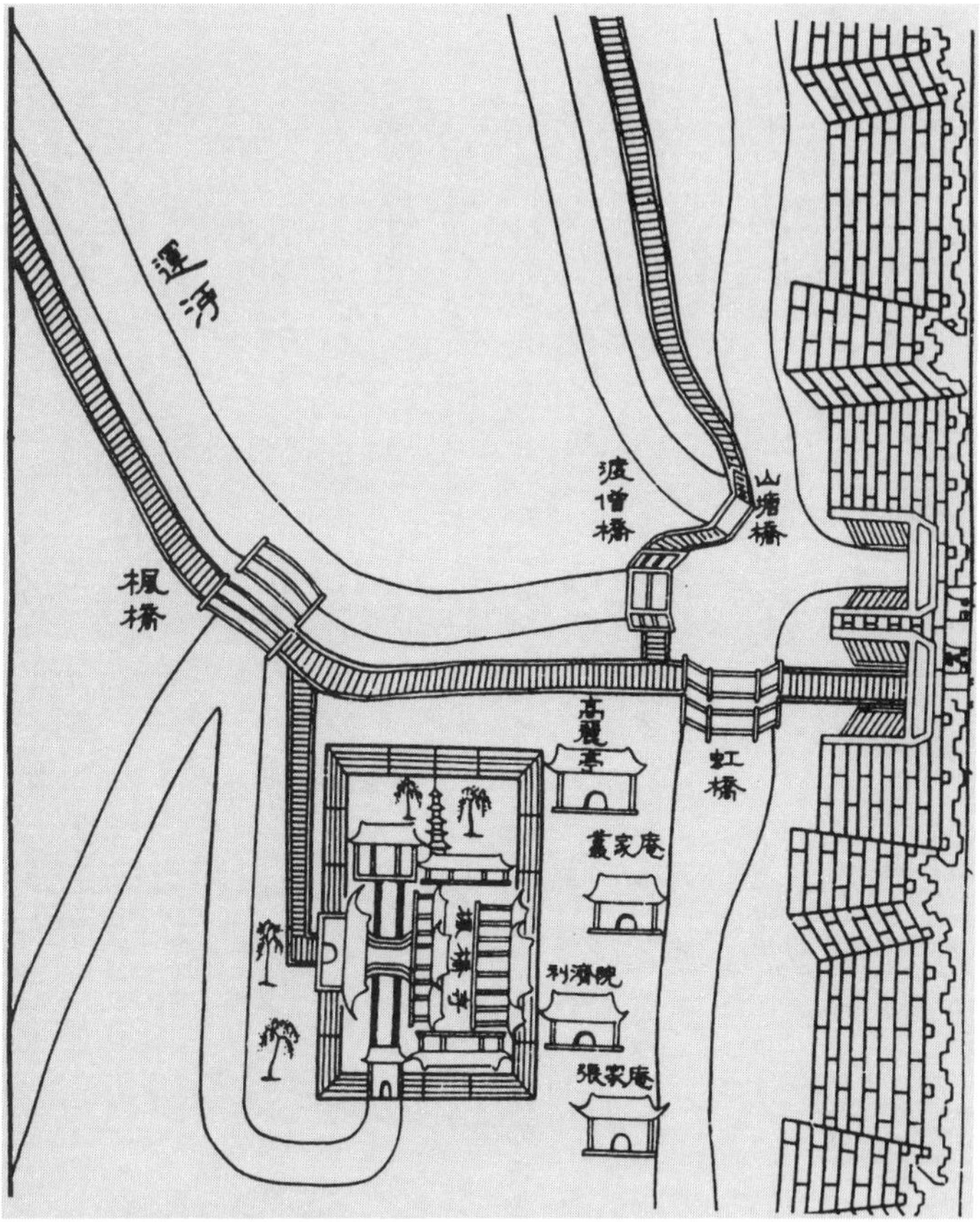

南宋の寒山寺〔楓橋寺〕(南宋「平江図」より)

かつて筆者は、「大運河の水運が生んだ文化の花の一つ」(高木正一『唐詩選』)とも評される本詩に対して、ほぼ次のように評釈したことがある(東方書店刊『人生の哀歓(心象紀行　漢詩の情景2)』)。

詩は、旅寝《たびね》の浅いまどろみが捉えた、一幅の「秋江夜景図《しゅうこうやけいず》」である。静寂(烏啼)と冷気(霜満天)がおおいつくす暗闇《くらやみ》(月落)の深夜、そのなかで点々と燃える漁火《いさりび》と、その火に映《は》える楓樹の紅葉……。ゆらゆらと水面をこがす紅《あか》い火影《ほかげ》が、もの悲しく作者の旅愁をいざなう。突然鳴りひびく夜半の鐘——分夜鐘《ぶんやしょう》。あれは、古都の名刹《めいさつ》寒山寺の鐘であろうか。まだ夜半と知り、秋の夜長をかこつため息がもれてくる。「寒山寺——晩秋のさむざむとした山中の寺」の語感も、旅の哀愁とみごとに融けあっている。眠りの浅い旅の身のみが聞く夜半の鐘声。作者の脳裡には、いったいどんな寒山寺の姿が浮かんだのであろうか。

この評釈自体は、今も基本的には変わらないものの、解説を少し補充しておきたい。起句《きく》は、鋭敏になった作者の神経(視覚・聴覚・触覚)を通して、夜半、ふと目覚めた時の夢うつつ(半醒半睡《はんせいはんすい》)のなかで、はや夜明けかと錯覚した晩秋の夜景が描き出される。続く承句《しょうく》の江楓と漁火は、上方から眼前の水平方向へと転じた視線が捉えた、心のぬくもりをわずかに感じさせる暖かい色彩であり、互いに映発しあって、江南の「水国《すいこく》」らしい夜景の美しさが浮かびあがる。『楚辞《そじ》』や『文選《もんぜん》』のなかに収める宋玉《そうぎょく》の「招魂《しょうこん》」篇に、

湛湛《たんたん》たる（澄みきって深いさま）江水《こうすい》　上《ほと》りには楓有《ふうあ》り
目《め》は千里《せんり》を極《きわ》めて　春心《しゅんしん》を傷《いた》ましむ

と歌われるように、江楓は人の哀愁をそぞろに誘う江南の風物であった。異文の「江村」は、色彩（夜の闇のなかの紅《あか》いアクセント）と旅愁の両面において「江楓」に劣る、といわざるをえない。

詩の後半は、いわば「借声伝影《しゃくせいでんえい》（声《おと》を借りて影《すがた》を伝える）」と「動中《どうちゅう》に静《せい》を寓《ぐう》す」（静中の動）の手法を用いて、寒山寺とその夜半の鐘を著名な詩跡に決定づけた名句である。すでに陳邦炎《ちんぽうえん》「〝夜半鐘声〟談」（霍松林《かくしょうりん》・林従竜選編『唐詩探勝』所収）のなかに指摘されるように、転結の二句は、単に鐘の音だけで間接的に寒山寺の形影《すがた》を伝え、寺院そのものに対する直接的、具体的な描写は、まったくない。しかしそれゆえにかえって、読者の想像力をかきたてることになり、それぞれ自分の脳裡に一人だけの美しい寒山寺の姿を思い浮かばせることになったのである。指折り数えてまだ夜半とわかった鐘の音は、深夜の静寂を鋭く破りながら、かえって静寂と作者の旅愁を深め、秋の夜長を過ごしかねるやりきれなさがおのずと滲《にじ》み出て、感銘がひときわ深い。

張継の詩は、旅人の「愁眠」と旅寝の孤独感を歌った古今の絶唱である。それだけに長い享受《きょうじゅ》

史《し》をもち、種々の興味深い話題を提供してきた。詩のなかに虚構《うそ》をまじえてはならぬ、と主張する北宋の有名な文学者欧陽脩《おうようしゅう》が、『六一詩話《りくいっしわ》』のなかで、「詩句はよいけれども、三更《さんこう》（真夜中）は鐘をつく時ではない」と論評して以来、その当否をめぐる議論が盛んに行われた。この過程で夜半の鐘——分夜鐘《ぶんやしょう》・無常《むじょう》鐘《しょう》を詠んだ唐詩がいくつも発見され、宋代の詩人たちのなかにも夜半の鐘を実際に聞いた体験をもつ者も現れて、欧陽脩の軽率な誤解、という結論に達した。

しかしこの議論のおかげで、詩の素材としての「夜半の鐘」の斬新さが、くっきりと浮き彫りにされたのである。劉学鍇《りゅうがくかい》は本詩に対する鑑賞（蕭滌非《しょうできひ》ほか編『唐詩鑑賞辞典』所収）のなかで、こう指摘する。

> 夜半の鐘の風習は、『南史《なんし》』（初唐の李延寿《りえんじゅ》撰。巻七二、文学伝〈呉仲孚《ごちゅうふ》〉など）のなかに早くも記載されているが、それを詩歌のなかに詠みこみ、詩境の点眼《ポイント》にしあげたのは、張継の創造である。張継と同時、あるいは以後、多くの詩人が夜半の鐘を描写したが、もはや張継の水準には到達していない。

この論評は、充分注目に値する。ほぼ同じ時期、張継の年上の友人皇甫冉《こうほぜん》（七一七？—七七〇？）も、「秋夜《しゅうや》　厳維《げんい》の宅《たく》に宿《やど》る」詩のなかで、

秋《あき》は深《ふか》し　水《みず》に臨《のぞ》む月《つき》
夜《よる》は半《なか》ばなり　山《やま》を隔《へだ》つる鐘《かね》

と詠んでいる（会稽《かいけい》〔浙江省紹興《しょうこう》市〕での作）。このため、単に詩材の新しさという点だけでは、皇甫冉の詩の作成年代が不明瞭なため、両者は甲乙《こうおつ》をつけがたい。南宋初めの計有功は、『唐詩紀事』巻二五のなかで、「継は其《そ》の異《い》（夜半の鐘の珍しさ）を志《しる》せしのみ」と述べたが、その詩的効果には、まったく言及していない。夜半は、通常の人なら熟睡している時間帯であり、旅愁のために目覚めがちな遊子《たびびと》であってこそ、その鐘声を聞きつけたのである。その絶妙な意境は、前掲の皇甫冉の詩には乏しい。この意味で「夜半の鐘声」の本意《ほんい》（最もそれらしい優美なありかた）の発見は、明らかに張継なのである。

欧陽脩像（清・顧沅『呉郡名賢図伝賛』より）

ところで現在、寒山寺には二つの鐘——二層六角《ろっかく》式の鐘楼《しょうろう》内にかかる大鐘と、大雄宝殿《だいおうほうでん》（本堂、大雄は仏のこと）内にかかる青銅鐘《せいどうしょう》——がある。前者は、清末の光緒《こうしょ》三十二年（一九〇六）、江蘇巡撫《こうそじゅんぶ》（長官）の陳夔竜《ちんきりゅう》が寒山寺を再建したときに鋳造したもの。他方、後者は、同じ年（＝明治三十九年）、わが

寒山寺の鐘楼

国で寄附をつのり、日本の工匠の手で鋳《ちゅう》造《ぞう》した後、桜の木と一緒に寄贈したものである。朱小平《しゅしょうへい》「寒山寺古鐘今何在?」(施宣円ほか主編『中国文化之謎』第三輯所収)にいう。

日本の首相伊藤博文《いとうひろぶみ》(一八四一―一九〇九)みずから梵鐘《ぼんしょう》に刻みつける文(梵鐘を贈る理由を説明)と詩を書いた。その詩には、

姑蘇非異域　姑蘇《こそ》(蘇州)は異域《いいき》(遠い外国、別世界)に非《あら》ず
有路伝鐘声　路《みち》有《あ》りて　鐘声《しょうせい》を伝《つた》う
勿説盛衰迹　説《い》う勿《なか》れ　盛衰《せいすい》の迹《あと》を
法灯滅又明　法灯《ほうとう》　滅《き》えて又《ま》た明《あき》らかなり

とある(声と明が韻字)。……古鐘はすでに失われ、明代の鐘も毀《こわ》されて、現在はただ清代の鐘と、友情の証《あか》しである日本製の鐘とが互いに照りはえつつ、寒山寺の鐘の声韻《ひびき》を永遠に伝え

ている。

じつはここまでは、主《おも》に通説に従って解説してきた。しかし「楓橋夜泊」という詩題、および固有名詞としての「寒山寺」には、大きな疑問がある。この疑問は、主に①本詩を収める最古の総集で、しかも張継在世当時の詩を収録した中唐の高仲武編『中興間気集』のなかに、「夜泊（宿にも作る）松江」（夜《よる》 松江《しょうこう》に泊《はく》す（宿《やど》る））と題すること。松江とは、太湖《たいこ》から流れ出て蘇州の南郊五十里（約二十五キロ）を通って東海にそそぐ呉淞江《ごしょうこう》（蘇州河）を指す。②本詩の作成当時、「寒山寺」という名の寺院は存在しなかったらしいこと、この二点にもとづく。

寒山寺の名は、唐代の奇僧・詩僧寒山《かんざん》（子《し》）が一時期住んだための呼称、という俗説は、明初《みんしょ》の蘇州の人、姚広孝《ようこうこう》の「寒山寺重興記《ちょうこうき》」を初出の文献とするらしく、明代以降は、寒山（禅）寺が正式の寺名として定着した。ところでその「寒山寺重興記」には、唐の元和《げんな》年間（八〇六―八二〇）、寒山子が当地で草庵を結んだあと、天台山《てんだいさん》（浙江省にある道教・仏教の霊場）の寒巌《かんがん》に赴いて

夜泊松江
月落烏啼霜滿天江楓漁火對愁眠姑蘇城外寒山寺
夜半鐘聲到客船

張継の詩（和刻本『中興間気集』より）

隠棲したので、希遷禅師《きせんぜんじ》は寺院を建てて記念し、「寒山寺」と名づけたのだという。しかしこれでは、張継の死後、寒山寺が建立されたことになり、希遷禅師の生没年代（七〇〇―七九〇、北宋の賛《さん》寧《ねい》『宋高僧伝』巻九）とも矛盾してしまう。そもそも寒山・拾得《じっとく》と並称される寒山の事跡自体、きわめてあいまいで、その存在すらも疑われている（本書終りの寒山の条参照）。

こうした素朴な疑問をほぼ解決したのは、三沢玲爾「『姑蘇城外寒山寺』小考」（『八代学院大学紀要』第三十号）と、楊明《ようめい》「張継詩中寒山寺弁」（『中華文史論叢』一九八七年二・三号合刊）である。この二論文の主張を要約すれば、ほぼ以下のようになる。

①寺の名称としての寒山寺は、早くとも南宋、あるいは明代以降であり、それ以前は、妙利普《みょうりふ》明塔院《みょうとういん》・普明禅院《ぜんいん》・楓橋寺などと呼ばれていた。

②唐代の高仲武編『中興間気集』には、「夜 松江に泊す」と題する。

③欧陽脩『六一詩話』には、第三句を「姑蘇台下寒山寺」に作る（ただし詩題を欠く）。姑蘇台（前掲の語釈参照）は蘇州の西南、太湖のほとりの姑蘇山上にあった。

④詩中の「寒山寺」は本来、固有名詞ではなく、後世の人が寺名と誤解し、その論拠として楓橋寺の存在を指摘した。しかしその寺は、山の上にないので、寒山・拾得《じっとく》の伝説にこじつけたのだ。

要するに、張継の詩は、古く「夜 松江に泊す」と題されるように、蘇州の西南、松江に舟どま

太　湖

りしたとき、太湖沿岸の山寺でつき鳴らす夜半の鐘声を聞いて作ったものであり、楓橋とはまったく無関係な作品、ということになる。つまり張継詩の「寒山寺」は、本来、「寒山（晩秋のさむざむとした山）のなかの寺」を意味し、この点では、中唐の韋応物《いおうぶつ》「恒粲《こうさん》に寄《よ》す」詩の、

独《ひと》り秋草《しゅうそう》の径《こみち》を尋《たず》ね
夜《よる》　寒山《かんざん》の寺《てら》に宿《やど》る

の用例と同じである。

この二氏の説は、充分説得力をもつ。ただ「楓橋夜泊」という詩題は、早くも北宋初めの『文苑英華』や北宋後期の王安石編『唐百家詩選』以降、急速に流布し、北宋末〜南宋初の蘇州の人、葉夢得《しょうぼうとく》（一〇七七―一一四八）は『石林詩話《せきりんしわ》』巻中のなかで、後半の二句を

引用して、「此《こ》れ、唐の張継、城西の楓橋寺《ふうきょうじ》に題《しる》せし詩なり」という。かくして遅くとも南宋初期には、楓橋のそばにある楓橋寺が、張継詩中の「寒山寺」である、と考えられていく。前掲の陸游《りくゆう》の文と詩は言うまでもなく、南宋初めの孫覿《そんてき》「楓橋寺に過《よぎ》りて遷老《せんろう》に示す」詩の、「烏啼《からすな》き月落《つきお》つ橋辺《きょうへん》の寺《てら》、枕《まくら》に欹《よ》りて猶《な》お聞《き》く半夜《はんや》の鐘《かね》」も、すでにそうである。

しかしこの考え方は、唐代にまで遡《さかのぼ》らせることはできないであろう。『中興間気集』の詩題「夜泊松江」を、張継詩の原題と見なす施蟄孫《しちつそん》『唐詩百話』は、寒山寺を普明禅院《ふみょうぜんいん》（北宋の朱長文《しゅちょうぶん》『呉郡図経続記《ごぐんずけいぞくき》』巻中、禅院は寺院の通称）の俗称と見なし、「楓橋夜泊」の詩題そのものは、宋代の人の改変、と考えている。しかしこの考え方は、寒山寺を寺名と見なす従来の説に惑わされたものにすぎず、客観的な論拠に乏しい。

いずれにしても、張継詩の後半二句「姑蘇城外寒山寺、夜半鐘声到客船」は、寺からわずか二〇〇メートルほどの至近距離に停泊した場合の表現とは考えられず、清澄な秋気をふるわせて、隠々《いんいん》と遠くまでひびきわたる鐘の音を詠んだものであろう。いいかえれば、鐘を打つ寺と舟の停泊地とは、かなり遠く離れていた、と考えてよい。とすれば、蘇州第一の詩跡「寒山寺」は、いわば作品享受史における誤解が生み出した、幻の著名な詩跡となろう。

ちなみに、「寒山の寺」とする解釈は、じつは前掲の二論文が最初、というわけではない。南宋初めの張邦基《ちょうほうき》は『墨荘漫録《ぼくそうまんろく》』巻九のなかで、「楓橋は（蘇州の）城《まち》を去ること数里、諸山を距《へだ》つる

楓橋夜泊
張繼
月落烏啼
霜滿天
江楓漁火對
愁眠
姑蘇城外
寒山寺
夜半鐘
聲到
客船

張継詩意図（『唐詩選画本』より）

こと、皆遠《みなとお》からず」と述べて、「楓橋夜泊」の詩題のままで、詩中の「寒山寺」を楓橋から遠くない山々の、ある寺院を指す、と考えている（楊論文参照）。

　たとえ「寒山寺」が「寒山の寺」であるとしても、作品の魅力が著しく減少するわけではない。それは、「声《おと》を借りて影《すがた》を伝え」、「動中《どうちゅう》に静《せい》を寓《ぐう》す」る手法自体には、少しの変化もないからである。おそらくこの誤解は、名作を漠然とした広範囲の地域にではなく、ある特定の場所の、具体的な事物（ここでは建物）と結びつけ、その場に直接臨んで、すぐれた詩境をじかに味わってみたい、という歴代の詩人や遊覧者・愛読者たちの「心の声」を、切実に反映するもの、と理解すればよいだろう。これはまたこれで、名詩のもつ不可思議な魔力のなせるわざ、といえるのではなかろうか。

張継（？—七七九・七八〇？　一説に七二五ごろ生？）、字《あざな》は懿孫《いそん》、襄州《じょうしゅう》（湖北省襄樊《じょうはん》市）の人。南陽《なんよう》（河南省）は郡望である。「累代《るいだい》の詞伯《しはく》（代々詩文の大家を輩出した家柄）」（『中興間気集』）とされるが、その家系は未詳である。先賢の遺風をもつ気節の士であり、天宝十二載（七五三）、進士科に及第するが、その二年後、安史の乱が勃発する。至徳《しとく》年間（七五六—七五八）、北方の戦乱を避けて南の呉《ご》・越《えつ》の地（越州〔紹興〕・杭州・蘇州・潤州〔鎮江〕など）を、十年前後漂泊した。「楓橋夜泊」（「夜泊松江」）詩は、この漂泊の初期の作（至徳年間）、と考えられる。

代宗の広徳《こうとく》元年（七六三）、安史の乱が平定された後、張継はほどなく、洪州《こうしゅう》（江西省南昌市）で財賦《ざいふ》（財務）をつかさどる職（転運・租庸《そよう》・塩鉄判官《はんがん》の類）となる。遅くとも大暦四年（七六九）ごろには着任し、大暦十四年（七七九）か、翌建中《けんちゅう》元年、在職のまま洪州の地で没したらしい。

建中元年の秋、友人の劉長卿《りゅうちょうけい》は随州《ずいしゅう》（湖北省）刺史《しし》に赴任する途中、洪州にたちより、「張員外《ちょういんがい》継《けい》を哭《こく》す（死を悼む）」詩を作り、みずから「公及《およ》び夫人、相《あ》い次《つ》いで洪州に歿す」と注している（儲仲君《ちょちゅうくん》『劉長卿詩編年箋注』は、この詩を大暦十一年（七七六）、睦《ぼく》州に左遷されるときの作とするが、ここでは楊世明《ようせいめい》『劉長卿集編年校注』に従う）。員外とは、洪州における財務担当の職が、いわゆる令《りょう》外《げ》の官《かん》たる使職の幕僚であったため、「検校祠部員外郎《けんこうしぶいんがいろう》」という名目的な寄禄官《きろくかん》（俸禄支給の基準になる官銜《くらい》）を授かっていたための呼称である。

張継は中唐初期の著名な詩人であり、その詩は清迥《せいけい》（清麗悠遠）と評され、紀行遊覧の作が多い。これから官界で活躍しようという時期に、安史の乱と遭遇し、この結果、あまり戦禍のない江南の地で後半生を過ごすことになった。「楓橋夜泊（夜泊松江）」詩に詠まれた深い旅愁は、後半生初期の、よるべない無官の漂泊の境涯のなかから、おのずと生まれ出たものである。夜半の静寂《しじま》を破る寒山寺（寒山の寺）の鐘は、時空を越えて読者の心のなかにまで鳴りひびき、かくして寒山寺の幻影もまた、永遠に一人一人の脳裡に美しく再生し続けるのである。

7

鬼《き》謡《よう》十字の落《らっ》句《く》——銭《せん》　起《き》

湘霊鼓瑟　　湘霊《しょうれい》　瑟《しつ》を鼓《こ》す　　銭　起

善鼓雲和瑟　善《よ》く雲和《うんわ》の瑟《しつ》を鼓《こ》するは
常聞帝子霊　常《つね》に聞《き》く　帝子《ていし》の霊《れい》なり、と
馮夷空自舞　馮夷《ひょうい》は　空《むな》しく自《みずか》ら舞《ま》い
楚客不堪聴　楚客《そかく》は　聴《き》くに堪《た》えず
苦調凄金石　苦調《くちょう》　金石《きんせき》よりも凄《すさま》じく
清音入杳冥　清音《せいおん》　杳冥《ようめい》に入《い》る
蒼梧来怨慕　蒼梧《そうご》は　怨慕《えんぼ》を来《いた》し
白芷動芳馨　白芷《はくし》は　芳馨《ほうけい》を動《うご》かす
流水伝湘浦　流水《りゅうすい》　湘浦《しょうほ》に伝《つた》わり

悲風過洞庭　悲風《ひふう》　洞庭《どうてい》を過《す》ぐ
曲終人不見　曲《きょく》終《お》わりて　人《ひと》見《み》えず
江上数峰青　江上《こうじょう》　数峰《すうほう》青《あお》し

○**湘霊**　湘水（広西チワン族自治区の東北部に源を発し、永州・衡陽《こうよう》・長沙《ちょうさ》市などを経て洞庭湖《どうていこ》にそそぐ、湖南省最大の清流の名。全長八五六キロ。湘江《しょうこう》ともいう）の神霊《かみ》。古代の神話によれば、南巡（南征）途中の舜帝《しゅんてい》が、蒼梧《そうご》（洞庭湖のはるか南、湘水の水源の一つ、九疑山《きゅうぎさん》〔楚《そ》の南境、湖南省南端〕）のほとりで没すると、その二妃《にひ》（尭帝《ぎょうてい》の女《むすめ》、娥皇《がこう》と女英《じょえい》）は悲嘆のあまり、湘水に身を投げて死に、その水神になったという。湘霊とは、水神と化した二妃を総称し、後世の詩では湘《しょう》君《くん》・湘夫人・湘妃などとも呼ぶ。○**鼓瑟**　瑟《しつ》（二十五弦の大型のコト）を鼓《ひ》く。鼓は、かき鳴らす意。太帝《たいてい》（＝泰帝、太古の伏羲《ふっき》）が、五十弦の瑟《おおごと》を鼓《ひ》かせたところ、音色の悲しさにたえかねて、それを破《こわ》し、二十五弦にした、と伝える（『史記』封禅書《ほうぜんしょ》など）。ちなみに「湘霊鼓瑟」という題は、戦国・楚の詩人屈原《くつげん》の作と伝える「遠遊」篇（『楚辞《そじ》』所収）の、「使湘霊鼓瑟兮、令海若舞馮夷」（湘霊をして瑟《しつ》を鼓《こ》せしめ、海若《かいじゃく》〔海の神〕をして馮夷《ひょうい》〔水の神〕を舞わしむ）」にもとづく。○**善鼓**　北宋初期の『文苑英華』巻一八四には、「善撫」に作る。撫《ぶ》も「鼓」の類義語。冒頭の二句は、一種の倒置法である。○**常**　「曽《かつ》て」の意味にもとれる。○**雲和瑟**　雲和の山（所在不詳）で産する桐《きり》を用いた名琴。○**帝子**　古代の聖天子尭帝の子《むすめ》、娥皇（姉）と女英（妹）を指す。この言葉も、屈原の作と伝える「湘夫人《しょうふじん》」（『楚辞』「九歌」の一）の、「帝子《ていし》北渚《ほくしょ》（湘水の北の水辺）に降《くだ》る」を意識した表現。○**馮夷** 「遠遊」篇に見える水の神（水仙）の名。氷夷とも書く。一説に黄河の神「河伯《かはく》」のこととする。○**楚客** 楚の逐客《ちくかく》（都から放逐された臣）、屈原《くつげん》を指す。戦国後期の楚国の賢臣屈原（名は平、前三五三？—前二七七？）は、楚の王族の出身であり、秦の天下統一がさし迫るなか、楚の国家と人民を深く愛した憂国詩人、とされる。頃襄王《けいじょうおう》の時代、再び讒言《ざんげん》されて宮廷から追放され、洞庭湖や湘水のほとりを放浪し、楚の都郢《えい》が秦の軍によって陥落すると、祖国の前途に絶望して、汨羅江《べきらこう》（湘水の一支流）に身を投げて死んだと伝える。屈原の深い憂愁は、『楚辞』のなかに収める「離騒《りそう》」（騒《うれ》いに離《あ》う意）「九歌」「九章」「天問」などに表出し、懐才不遇《かいさいふぐう》意識の源泉の一つとなった。○**苦調……** 苦調は苦渋に満ちた瑟の調べ。金石は、鐘《しょう》や磬《けい》などの打楽器。澄んだ悲しいひびきを発する。『文苑英華』には、「逸韻諧金石」（逸韻《いついん》（妙《たえ》なる韻《ひびき》）は金石に諧《かな》う）に作る。○**入杳冥** 杳冥は遠く奥深いところ。ここでは、単に遥かな天空のかなただけでなく、深い水の底をも指す（松浦友久ほか『中国の名詩鑑賞6—中唐』）。ちなみに『文苑英華』には、「入」を「発」（発《おこ》る）に作る。○**蒼梧** 舜帝が埋葬された九疑山の別称。『山海経《せんがいきょう》』「海内南経《かいだいなんけい》」に、「蒼梧の山は、帝舜《ていしゅん》を陽《みなみ》に葬る」とある。ここではその魂魄を指す。○**来怨慕** 従来、一般に「来《きた》りて怨慕し」と訓《よ》むが、「来」字が下句の「動」と対《つい》することを考慮して、ここでは「怨慕を来《いた》し（招く、引き起こす、生じる意）」と訓む。『文苑英華』に見える異文「成」（成《な》す）も、この傍証となろう。○**白芷** 「湘夫人」に「沅《げん》（水《すい》のほとり）に芷《し》有《あ》り 澧《れい》（水のほとり）に蘭《らん》有り」と歌われた香草の名。和名はヨロイグサ。○**流水** 流れる水と、流れる水のごとき琴瑟《きんしつ》の調べ（琴曲「緑《りょく》〔淥〕水《すい》」）の両意をもつ、一種の双関語《かけことば》。琴の名手伯牙《はくが》が流水を思いつつ弾《ひ》くと、よき理解者鍾子期《しょうしき》は、すぐさま盛んにあふれ流れる大河のありさまを思い浮かべたという（『列子《れっし》』湯問篇など）。銭起と同じ年に進士科に及第した荘若訥《そうじゃくとつ》の「湘霊鼓瑟」詩に、「悲風　糸上《しじょう》に断《た》ち、流水　曲中に長し」とある。糸は弦の意。○**湘浦**　湘水の水辺。明《みん》、銅活字本『銭考功集《せんこうこうしゅう》』巻六には、「瀟浦」に作るが、「瀟湘」という言葉の語義の変遷（本来、「瀟《しょう》〔水が清くて深い〕湘《しょう》〔水〕」を意味した。それが瀟水と湘水の二水を意味するようになった時期は、本詩よりやや後の柳宗元や呂温《りょおん》ら以降らしい。松浦友久編『漢詩の事典』四六六頁参照）を考えれば、ここは『文苑英華』に従って「湘浦」に作るべきであろう。○**悲風**　対《つい》をなす「流水」と同様に、悲風（悲しげなひびきをたてて吹く烈しい風）と、悲風のごとき琴瑟の調べ（琴曲「悲風《ひふう》操《そう》」）の両意をもつ双関語。李白の「月夜　盧子順《ろしじゅん》の琴を弾《ひ》くを聴く」詩に、「忽《たちま》ち聞く　悲風の調べ、宛《さなが》ら寒松《かんしょう》の吟《ぎん》ずるが若《ごと》し」という。これは、「悲風操」「寒松操」という琴曲の名を踏まえた表現とされる。ちなみに「悲風」の語は、三国・魏《ぎ》の曹植《そうしょく》「雑詩《ざっし》」（其五）に、「江介《こうかい》（長江のほとり）悲風多《おお》し」とあり、『初学記《しょがくき》』巻三に引く『梁元帝纂要《りょうげんていさんよう》』には、高風・凄風《せいふう》・激風・涼風などとともに、秋の風を呼ぶ言葉の一つとする。○**洞庭**　湖南省の北部に位置し、湘水・資水・沅《げん》水《すい》・澧水《れいすい》の四大河川が流れこんで、北は長江と連なる巨大な湖の名。かつては「八百里の洞庭」と呼ばれる中国最大の淡水湖であり、「日月《にちげつ》　其《そ》の中《うち》に出没するが若《ごと》し」（北魏《ほくぎ》の酈道元《れきどうげん》『水経注《すいけいちゅう》』巻三八、湘水）などと記された。前掲の「湘夫人」に「嫋嫋《じょうじょう》たる秋風、洞庭波《なみ》だって木葉下《もくようくだ》る」と見える。○**数峰青**　陳季《ちんき》「湘霊鼓瑟」に、「一弾《いちだん》（一曲）新月白く、数曲　暮山《ぼざん》青し」という。

しばしば耳にしたことがある——湘水の神霊《かみ》と化した尭帝の娘たち、娥皇と女英は、(月夜)巧みに雲和の瑟《おおごと》をかなでて(愛する夫(舜帝)を失ったさびしさをまぎらわせる)のだ、と。その美しい調べに誘われて、水の神馮夷《ひょうい》は、彼女たちの心の痛みに気づかぬまま、水上で踊りはじめ、楚の逐臣《ちくしん》屈原は、悲しい胸の内を察して、聴くに忍びず、(その思いを詩のなかに詠みこんだ)。悲痛な調べは、鐘《しょう》や磬《けい》よりも凄絶《せいぜつ》にひびきわたり、清怨《せいえん》な響きは、飛揚して暗い大空のかなたへ、そして深い水底《みなそこ》へと消えてゆく。

遥かな蒼梧《そうご》の山に眠る舜帝《しゅんてい》の魂も、(かつての妻たちがかなでる)哀切なひびきに接して、思慕の情を切なく呼びさまされ、水辺の香草白芷《よろいぐさ》も、(身をふるわせて感動し)、芳しい馨《かお》りをただよわせる。流れる水のような調べは、清らかな湘水の流れにのって流域一帯に伝わり、悲しい風を思わせる調べは、吹きよせる烈しい風にのって洞庭湖の水面《みのも》を渡ってゆく。いつしか曲がとだえて静まりかえった今、瑟をかなでていた人の姿は、どこにも見えず、ただ滔々《とうとう》と流れゆく湘水《しょうすい》の岸辺に、いくつかの峰々が(夜の闇のなかに)青黒くそそりたつばかり。

詩は、「省試《しょうし》 湘霊鼓瑟《しょうれいこしつ》」(前掲の『銭考功集』巻六など)とも題されるように、天宝十載《じっさい》(七五一)の省試(尚書省礼部《しょうしょしょう》が実施する科挙、ここでは進士科の試験)に出題された、詩の問題に対する答案、いわゆる試帖詩《しじょうし》・省試詩である。この省試(礼部試《れいぶし》)を受験するためには、国立学校の生徒、もしくは地方試験「郷試《きょうし》」（州試・府試）の合格者（郷貢進士《きょうこうしんし》）であることが必要であった。

銭起の場合、後者の郷試に及第して、省試のなかでも最難関とされる進士科《しんしか》を受験したのである。彼の「闕下《けっか》（都長安）にて裴舎人《はいしゃじん》に贈る」詩の、「賦《ふ》を献《けん》じて（抜擢を請《こ》うこと）十年　猶《な》お未《いま》だ遇《あ》わず」によれば、銭起は十年前後、落第し続けたあげく、天宝十載、ようやく念願の及第を果たしたことになる。

中晩唐期、数回の落第は、ごく普通のことであった。この進士科を含む科挙（省試）に及第しさえすれば、たとえ任官できなくとも、賦役《ふえき》の免除という特権を享受できた。なかでも進士科の場合、家族全員の賦役が免除され、エリート官僚としての昇進が約束されることもあって、貴族たちでさえ多く受験し、その試験は激烈をきわめたのである（傅璇琮《ふせんそう》『唐代科挙与文学』第十五章参照）。

ところで唐初の進士科の試験問題は、ただ策《さく》（対策《たいさく》・時務策《じむさく》ともいい、駢文《べんぶん》を作成する課題）だけであったが、則天武后がすでに実権を掌握した高宗の永淳《えいじゅん》元年（六八二）以後、帖経《じょうけい》（経書《けいしょ》〔五《ご》経《きょう》〕中の伏せ字をあてさせる問題。より正確には二年前の調露《ちょうろ》二年〔六八〇〕より加わる）と雑文《ざつぶん》二首が加わって、合計三種の試験問題が確定した。それぞれ一日がかりの試験である。唐代の後期、この「雑文二首」は詩と賦《ふ》の各一首（多く五言六韻〔十二句六十字〕の排律〔時には五言四韻の律詩〕と三五〇字以上の律賦《りっぷ》〔一般に八韻〕）を意味し、その両者を、一日のうち（基本的には卯《う》の時〔午前六時前後）から酉《とり》の時（午後六時前後）までであるが、この時間内に終らない場合は三本の燭《しょく》（ろうそく）の使用が許されて、夜間まで続行できた）に作る決まりになった。

しかし唐代の前期は、これとは異なり、雑文二首は一般に箴《しん》・銘《めい》・論《ろん》・表《ひょう》などを指していた。そして玄宗《げんそう》の開元年間、文治政策による文学の重視にともない、時おり詩や賦が雑文二首のなかに加えられていく。雑文二首の試験が、もっぱら詩と賦の各一首に固定化したのは、玄宗の天宝年間の末（清の徐松《じょしょう》『登科記考』巻二、永隆二年の条）、現存資料によれば、中唐の大暦《たいれき》八年（七七三）にまで下ることになる（王勛成《くんせい》『唐代銓選与《せんせんと》文学』は、詩賦の固定化を中宗（七〇五―七一〇年在位）の時と推定するが、それを傍証する資料に乏しい。しかし天宝末と推定する徐松の説よりも早い可能性はある）。

唐朝の建国から、すでに一〇〇年以上たつ玄宗の開元・天宝年間（七一三―七五六）四十三年間のなかで、雑文の試験問題が未詳な天宝十三載を除けば、現存資料によるかぎり、開元二十二年（七三四、知貢挙《ちこうきょ》は張説《ちょうえつ》に文才を認められた制誥《せいこう》の名手孫逖《そんてき》）と、この天宝十載の二回だけ、詩と賦のセットが進士科の「雑文二首」の問題として用いられただけであった（羅聯添《られんてん》『唐代文学論集』下冊）。ただし、開元五年（七一七）に及第した王泠然の「古木臥平沙」詩（『文苑英華』巻一八七、省試）が、この時の試帖詩であるとすれば、同年、「止水賦」が出題されているため、現存文献上、開元五年がほぼ確定できる最初の年になる。

唐代の後期、毎年、千名を越す受験者のなかで、三十名前後しか及第せず、「三十歳ならば老いたる明経《めいけい》、五十歳ならば少《わか》き進士」（「三十老明経、五十少進士」〔五代・王定保『唐摭言《とうせきげん》』巻一〕）といわれた、高等文官資格認定試験「進士科」。しかもその試験を行う順序の変更（帖経《じょうけい》・雑文・策の順序が中唐以降、雑文〔詩賦〕・帖経・策に変化）によって、詩賦が極度に重視された。この第一の試験に失敗すれば、次の帖経を受験することもできず、ただちに落第したことを考えると、開元二十二年（「梓材《しざい》〔良材の意〕の賦《ふ》」と「武庫《ぶこ》の詩」）と天宝十載（「豹舃《ひょうせき》〔豹の毛皮で造ったくつ〕の賦」と「湘霊鼓瑟」）の進士科の試験は、中唐以降、特別に注目されてくる条件を、すでに備えていたのである。

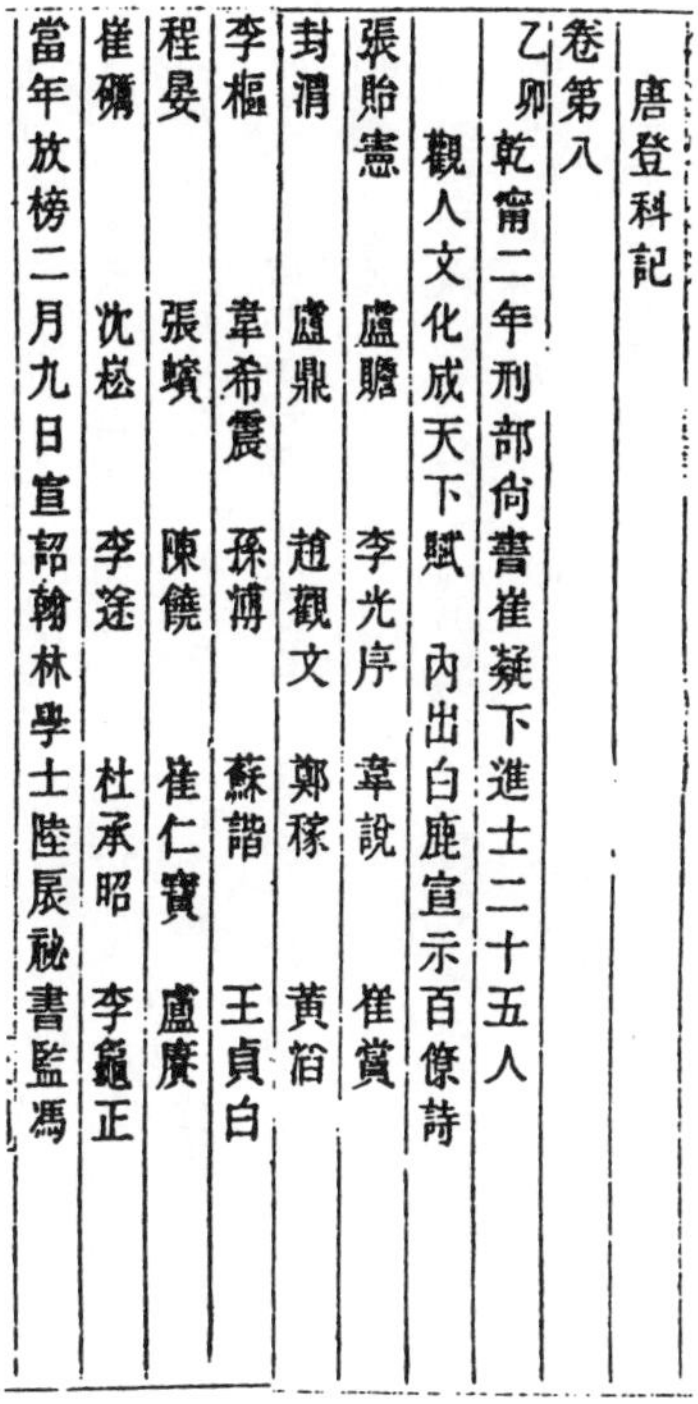
唐登科記
巻第八
乙卯乾甯二年刑部尙書崔凝下進士二十五人
觀人文化成天下賦　内出白鹿宣示百僚詩
張貽憲　盧贍　李光序　韋説　崔賞
封渭　盧鼎　趙觀文　鄭稼　黃滔
李樞　韋希震　孫溥　蘇諧　王貞白
程晏　張蠙　陳饒　崔仁寶　盧廣
崔礪　沈崧　李途　杜承昭　李龜正
當年放榜二月九日宣詔翰林學士陸扆祕書監馮

唐・宋期の『唐登科記』の残巻（叢書集成新編『莆陽黄御史〔滔〕集』より）

進士科の作詩問題は、詩題が指定されるので、すぐにその出処（原典）を思い浮かべ、それを踏まえて、一般に五言十二句（六韻）の排律《はいりつ》（首尾の一聯二句を除いて、四組の対句《ついく》を用いる近体詩）を作らなければならなかった。しかも詩の韻字は、詩題中の平声《ひょうせい》（低めで平らな調子、下がり気味の調子）の字のなかから選び取ることを、通常の程限《きまり》（作詩の規定。程課ともいう）とした。いわゆる題中用韻である。

銭起が受験した天宝十載の場合、『楚辞』「遠遊」篇のなかから、「湘霊鼓瑟」が出題された。そこで銭起は試帖詩《じじょうし》としての詩型「五言排律」（六韻）を用い、「湘霊鼓瑟」中の平声の字、湘と霊のうちの「霊」字を韻字として用い、霊《れい》・聴《てい》（ちょう）・冥《めい》・馨《けい》・庭《てい》・青《せい》と押韻したのである。銭起と一緒に及第して同じ題の試帖詩を残す魏璀《ぎさい》・陳季《ちんき》・荘若訥《そうじゃくとつ》・王邕《おうよう》のうち、魏と陳の詩は銭起と同じ下《か》平声《ひょうしょう》「青」韻、荘と王の詩は、「湘」字を韻字として用いた下平声「陽」韻である。

天宝十載の進士科に及第した二十名（受験生は四百人前後？）のうちで、成績が第一である「状《じょう》頭《とう》」（榜頭《ぼうとう》・状元《じょうげん》）は、李巨卿《りきょけい》であった。しかし彼の作品はすでに失われ、詩を残す五人のなかでは、「不」の字を二度用いた難点はあるものの、銭起の詩が格段にすぐれている。おそらく帖経《じょうけい》や策《さく》（銭起は謝良輔《しゃりょうほ》とともに賦も伝える）を加えた総合成績の結果でもあろうが、銭起の成績は第六位であった（南宋の王応麟『困学紀聞』巻十八、評詩の原注）。

詩題・詩型・韻字・作成時間が厳しく限定され、しかも一般に皇帝の功徳を讃美し、出題内容を肯定する方向で作らなければならない試帖詩のなかに、すぐれた作品が乏しいのは当然である。しかし銭起の「湘霊鼓瑟」詩は、稀有《けう》の名詩であり、明の王世貞《おうせいてい》は『芸苑卮言《げいえんしげん》』巻四のなかで、銭起の詩を「億《おく》に一《いっ》を得《え》ざる」（一億首のなかで一首すら得がたい）省試《しょうし》詩《し》（試帖詩）の傑作だ、と称賛した。

これは、出題された『楚辞』の世界特有の浪漫《ろうまん》・哀切なイメージをたたえた典雅な言葉を巧みに織りまぜながら、題意にそって湘水の女神がかなでる瑟の清怨なひびきを、幻想的に詠んだその手腕の冴えにあろう。特に結びの一聯《いちれん》「曲終人不見、江上数峰青」は、「銭起、是《こ》れを以《もっ》て名《な》を得《え》たり」（南宋の葛立方《かつりっぽう》『韻語陽秋《いんごようしゅう》』巻四）と評される名句である。

哀切なメロディーの終了とともに、詩人（聴者）の五官は、聴覚から突然視覚へと切り換わる。今まで演奏していた女神の姿は、瞬時に消え去って見えず、無理やり現実の世界に引きもどされた詩人の前には、夜の闇のなかに浮かびあがる、瀟湘《しょうしょう》の青黒い峰々の姿ばかり。まだ耳のなかには、さきほどの哀切なひびきが鮮明に残る、というのに。夢幻と現実とが妖しく交錯する、絢爛《けんらん》たる美の世界の結びにふさわしい表現である。「含蓄不尽《がんちくふじん》の意《い》（意境）あり」（南宋の魏慶之《ぎけいし》編『詩人玉屑《しじんぎょくせつ》』巻三）と評されるのも、充分うなずけよう。

君山（洞庭湖中の島）の湘妃祠

試帖詩とは思われない、このみごとな結びは、作成した詩賦が進士科の及第をまず決定づけた唐代の後期、作詩に対する関心の急速な高まりと呼応するかのように、人の能力を超えた「神助《しんじょ》」の作、とも見なされるようになる。元の辛文房《しんぶんぼう》『唐才子伝《とうさいしでん》』巻四に、こういう。

銭起は都長安に赴いて進士科を受験しようとして、（故郷の呉興《ごこう》（江蘇省《こうそしょう》 湖州市。太湖のほとり）を出て江南運河を通り）、京口《けいこう》（江蘇省鎮江市。対岸の揚州は、北上する大運河の起点）の旅館にとまった。月夜散歩していると、戸外《おもて》から歩きながら詩を口ずさむ声が聞こえてきた。
「曲終《おわ》りて 人見《み》えず、江上《こうじょう》 数峰青

し」と歌いながら、何度も行ったり来たりしている。銭起は急いで追いかけてみたが、人かげはなかった。

銭起はいつもこのことをいぶかしく思っていたが、進士科の試験場（都長安の皇城《こうじょう》内に置かれた礼部南院《れいぶなんいん》）に入ると、作詩問題の課題は「湘霊鼓瑟」であった。そこで銭起は、「輒《すなわ》ち就《な》し（すぐさま詩を作りあげ）、即《すなわ》ち鬼謡《きよう》（幽霊の謡《うた》）を以て落句《らっく》（結びの一聯《いちれん》二句）と為《な》し」た。主文《しゅぶん》（知貢挙《ちこうきょ》（省試を主宰し、及第の判定を下す責任者））の李暐《りい》（李麟《りりん》の誤り）は、たいへんこの結びが気に入って称賛し、しばらくの間、拍子《ひょうし》をとって吟詠したあと、「是《こ》れ必ず神有《しんあ》りて、これを助くるのみ（きっと神《かみ》の助けがあったに違いない）」といった。そこで上位の成績で及第させた。

この有名な「月夜《げつや》　鬼謡《きよう》を聞く」話は、古くは『旧唐書《くとうじょ》』巻一六八、銭徽《せんき》（銭起の子）伝のなかに、ほぼ同じく見えている。

初め郷薦《きょうせん》に従《したが》いて（州府の推薦を受けて上京・受験すること）、江湖《こうこ》に寄家《きか》す。嘗《かっ》て客舎《はたご》に於《お》いて月夜独《ひと》り吟《ぎん》ず。遽《にわ》かに人の　庭《にわ》に吟ずるを聞くに、「曲終人不見、江上数峰青」と曰《い》う。起は愕然《がくぜん》として、衣《ころも》（の乱れ）を摂《ととの》えてこれを視《み》るに、見る所無《な》し。以《もっ》て鬼怪《きかい》（物《もの》の怪《け》のしわ

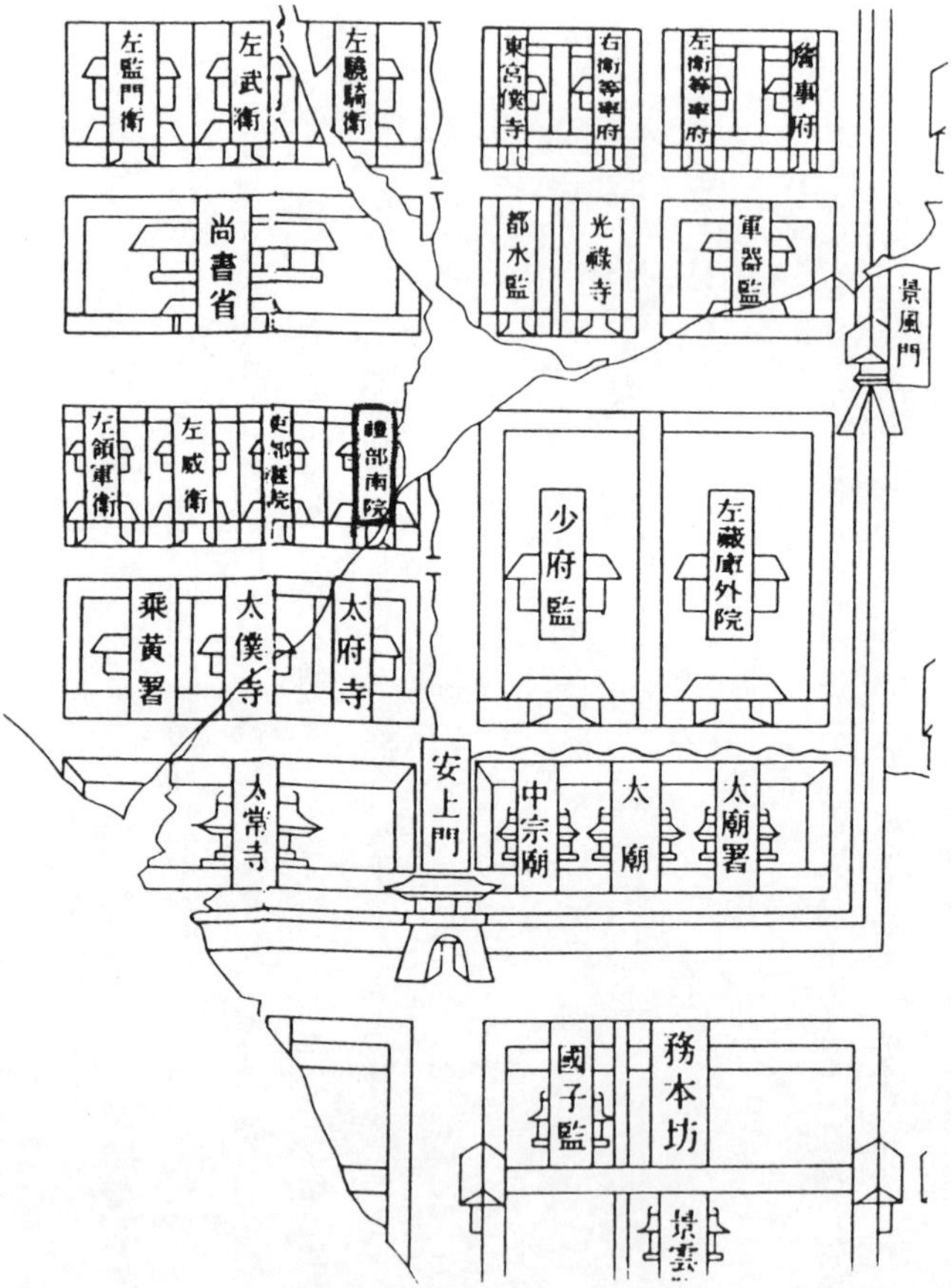

礼部南院の場所（北宋・呂大防石刻「長安城図」の一部）

ざ）と為《な》し、其《そ》の一十字を志《しる》せり（記憶した）。
　起、試《し》に就《つ》ける（受験）の年、李暐《りい》（李麟の誤り）の試みる所の「湘霊鼓瑟」の詩題中に、「青」の字有れば、起は即ち鬼謡十字を以て落句《らっく》と為す。暐《ママ》は深くこれを嘉《よみ》し、称《たた》えて絶唱と為す。是《こ》の歳《とし》（天宝十載）登第《とうだい》す。

「京口の客舎《はたご》」という場所の指定はないものの、逆に韻字の規定に関する言葉が見える。「詩題中に、『青』の字有り」とは、詩の韻字を限定する詩題中の平字《ひょうじ》のなかに、「青」字と押韻できる「霊」の字があることをいう。

　この『旧唐書』と前掲の『唐才子伝』に記される「月夜　鬼謡を聞く」故事は、遅くとも十月下旬には都長安に到着して来春正月（時に二月）の受験に備えなければならなかったことを考えると、前年（天宝九載）もしくは何年か前の秋ごろに発生した事件のように思われるが、この点は明瞭ではない。

　他方、北宋の李頎《りき》『古今詩話』（北宋末の阮閲《げんえつ》編『詩話総亀《そうき》』前集巻五十、「鬼神門」所引）には、宿泊した駅舎《えきしゃ》（宿場の旅館）で「曲終……」の二句を聞いた「十年後、試《し》に就《つ》き」云々と見え、しかも「落句（結びの一聯二句）、意久《いひさ》しく属《つづ》かず、遂《つい》に（そこで）此《こ》の一聯を以《もっ》てこれに続け、乃《すなわ》ち魁《かい》選《せん》に中《あた》る（なんと第一位で及第した）」とある。これによれば、銭起は「落句」の作成に苦慮したあげく、鬼謡の十字をそのまま借用して及第した、というのである。「十年」の数字は、すでに述べた、十年間におよぶ落第の悲しみを嘆いた詩句と関連して興味深い。また第六位の及第を第一位の「魁選」と述べて、鬼謡十字の果たした効果を強調している点も、充分注意されてよい。

村上哲見『科挙の話』（講談社・学術文庫）は、「（律詩の）対句《ついく》は工《たく》みなり易《やす》く、結句は工みなり難《がた》し」という明《みん》の徐師曽《じょしそう》『文体明弁《ぶんたいめいべん》』巻十四の説を引いた後、こういう。

> 銭起がこの二句を本当に上京の途中の旅宿で耳にしたのか、あるいはたまたま平生作っておいたものかはわからないが、とにかく既製のものとしてもっていたのは事実ではないかと思われる。とすれば、試験場で詩題を与えられたとき、銭起はシメタと思って心を躍《おど》らせたに違いない。もっとも苦心するはずの結び二句がみごとにできているのだから、そこへ集約するように十句を作るのは、熟達した詩人にとってはわけもないことだった。『唐才子伝』に「輒《すなわ》ち就《な》る（たちどころにできた）」としるすのは、そのときの銭起の躍るような気持ちを伝えている。

銭起にとって幸いであったのは、「湘霊鼓瑟」のテーマが、彼にとって、すでになじみのものであった可能性が高いからである。というのは、銭起には、

二十五《にじゅうご》弦《げん》（の瑟を）　夜月《やげつ》に弾《だん》ずれば

清怨《せいえん》に勝《た》えず　却飛《きゃくひ》して来《さ》る

と詠んだ、同じ動因《モチーフ》の名作「帰雁《きがん》（春、北に帰る雁）」詩（拙著『唐詩歳時記』参照）があったからである（後句の「来」は去の意。押韻の関係で「来」字を助字的に用いたもの）。「帰雁」詩の詳細な作成年代は未詳であるが、天宝十載以前の、十年間にわたる落第時期の作ではなかろうか。試帖詩の課題は多岐にわたり、予測はほとんど不可能である。しかし銭起の場合、すでに習熟した詩の題材であった可能性がかなり高い。この意味でも、まさに「神助」があった、といわなければならない。

ところで「神助」という言葉は、すでに本書初めの王勃《おうぼつ》の条にも見えるが、古くは南朝・宋《そう》の山水詩人、謝霊運《しゃれいうん》の発言が最も有名である。梁の鍾嶸《しょうこう》『詩品』中品・謝恵連《しゃけいれん》（謝霊運の従弟）の条には、『謝氏家録《かろく》』を引いてこういう。

謝霊運は、謝恵連と向かいあっていると、いつも佳語《かご》（佳《よ》い表現）が浮かんだ。のち永嘉《えいか》（浙江省）の太守に在任中、西堂（霊運の居室）で詩句を考えていたが、一日たっても、できあがらない。夢のなかで、ふと謝恵連に会うと、すぐさま「池塘《ちとう》　春草《しゅんそう》を生《しょう》ず」（「池上の楼に登る」詩）の名句ができあがった。だから彼はいつも、「此《こ》の語《ご》は神助有《しんじょあ》り。吾《わ》が語《ご》（私自身が思いついた言葉）に非《あら》ざるなり」といっていた。

この逸話は、『南史《なんし》』巻一九、謝恵連伝のなかにも見えている。じつは銭起の「鬼謡十字」の場合も、「これを夢に得《え》」た、とする伝承もあった（『詩人玉屑』巻三、省題詩句）。雑文二首が詩と賦に固定化して、その作成の困難さが進士科の受験生たちにひときわ痛感された中晩唐期、銭起の結びの一聯は、まさに人間わざを越えた「神助」の賜物《たまもの》として羨望視《せんぼうし》され、いわば「鬼謡」のように語り伝えられることにもなったのであろう。

ちなみに、唐代の試帖詩のなかで、この銭起の詩と並称される傑作は、開元十二年（七二四）に及第した祖詠《そえい》の試帖詩「終南山《しゅうなんざん》（都長安の南に連なる長大な山脈の名。秦嶺《しんれい》山脈の中段部分）余雪《よせつ》（残雪）を望《のぞ》む」詩である。開元年間当時、毎年四百名前後が進士科を受験し、本年の及第者は、わずか二十一名であった。

終南陰嶺秀　終南《しゅうなん》 陰嶺《いんれい》（陰《きた》の嶺《みね》）秀《ひい》で
積雪浮雲端。　積雪《せきせつ》 雲端《うんたん》（雲の端《はし》〔上端〕）に浮《う》かぶ
林表明霽色　林表《りんぴょう》（林の上空） 霽色《せいしょく》（霽《は》れた色《ひかり》）明《あき》らかに
城中増暮寒。　城中《じょうちゅう》（都長安城内） 暮寒《ぼかん》を増《ま》す

終南山の遠景

指定された詩題ながら、淡雪《あわゆき》がやんだ後の早春の空の青さ、夕暮れどきの肌寒さが伝わってくる、すぐれた五言絶句である（『唐詩選』所収）。北宋の銭易《せんえき》『南部新書《なんぶしんしょ》』巻乙《おつ》には、こういう。

　祖詠は、「雪霽望終南（雪霽《ゆきは》れて終南を望む）」詩の答案を書いた。六十字（五言十二句の排律）で作りあげるべきなのに、四句ができると提出した。主司《しゅし》（試験官。このときの知貢挙は、吏部考功員外《こうこういんがい》郎《ろう》の賈季陽《かきよう》）が、試帖詩の規定にはずれていることをとがめると、こうお答えした、「意《い》尽《つ》きたり（これで充分、詩題の意《こころ》を描きつくし、これ以上続けますと、かえって詩の意境をだめにします）」と。

『南部新書』に記す試帖詩の題は、盛唐の殷璠《いんぱん》編『河岳英霊集《かがくえいれいしゅう》』巻下の「終南望余雪作（終南余雪を望んで作る）」や、南宋初めの計有功『唐詩紀事《きじ》』巻二〇の「終南山望余雪」（訓みは前掲）とも異なるが、「山」字を含む『唐詩紀事』の題が最も妥当のようである。というのは、試帖詩は、すでに述べたように、詩題中の平声《ひょうしょう》の一字（終・南・山・余・望（平仄両用字））を選び取って韻字とする原則をもつ。本詩の韻字――端と寒の二字は、桓韻《かんいん》と寒韻《かんいん》（平水韻《へいすいいん》「寒」韻）に属する字である。韻を限定する前掲の五字のうち、「山」字は山韻（平水韻「删《さん》」韻）に属して、この二字と同じ山摂《さんせつ》（摂（韻摂《いんせつ》）とは、語末の語尾が同じく、主要母音が近似している各韻をまとめたもの）に属し、桓・寒・山の韻を通押した例も、実在するからである（鮑明煒《ほうめいい》『唐代詩文韻部研究』参照）。ただし、「山」の字それ自体は、韻字としては用いられていない。本詩は、単に詩型の面だけでなく、押韻の面でも、やや寛《ゆる》やかに作られていることになろう（ただし、開元二十六年に及第した崔曙《さいしょ》の試帖詩も四韻（八句）である）。『南部新書』と『河岳英霊集』に見える詩題は、「終南山」の一字を脱した可能性が高い。

永淳《えいじゅん》元年（六八二）、進士科の試験に雑文二首が加えられて以降、約四十年間の出題は、大半が賦や頌《しょう》であった。開元十二年の祖詠の詩は、前述の王冷然の例を除けば、詩を作る問題が出されたときの、ほぼ最初の答案の一つなのである。いいかえれば、開元十二年に成る祖詠の「終南山　余雪を望む」詩は、確定できる現存最古の試帖詩である。彼の合格は、単に詩自体がすぐれているばかりでなく、進士科の「雑文二首」の一つに詩を加えた、ほぼ最初の試みであり、文学、特に詩歌を重視する開元年間の風潮が、彼に幸いしたと評すべきであろう。前年の開元十一年から同二十三年に到る期間、崔顥《さいこう》・儲光羲《ちょこうぎ》・崔国輔《さいこくほ》・綦毋潜《きぶせん》・王昌齢《おうしょうれい》・常建《じょうけん》・王維・劉長卿《りゅうちょうけい》・李頎《りき》・賈至《かし》といった著名な詩人たちが、進士科に及第していることは、充分留意されてよい。

つまり祖詠の詩は、ほぼ現存最古の試帖詩であり、雑文二首が詩と賦に固定化される以前の、未成熟な体制のもとで許された異例の合格、と言った側面をもつ。他方、銭起の試帖詩は、詩と賦がセットとして出題された、ほぼ現存第二回めの作品である。いずれも唐代の後期、詩賦を重視する風潮のなかで、いわば神秘的なベールにつつまれて語りつがれた好一対《こういっつい》の試帖詩の逸話《エピソード》、と評することができよう。

銭起（七一七?—七八三?）、字《あざな》は仲文《ちゅうぶん》、呉興《ごこう》（浙江省湖州市）の人。生年を確定する資料を欠くため、ここではしばらく謝海平の説（『唐代文学家及文献研究』）に従った。十年におよぶ落第のあと、天宝十載（七五一）、ようやく進士科に及第する（35歳ごろ。一説に天宝九載の及第ともされるが、確証に乏しい）。秘書省の校書郎になった後、天宝十三載（七五四）ごろから、都長安の東南郊外に位置する藍田《らんでん》県の尉《い》（補佐官）となり、輞川荘《もうせんそう》に滞在した自然詩人王維《おうい》と交遊・唱和して、その影響を受けた。この間、安史の乱にも遭遇して、昇進の道を閉ざされる。

広徳二年（七六四）ごろ、入朝して（左《さ》？）拾遺《しゅうい》となり、大暦《たいれき》年間（七六六―七七九）、祠部員外《しぶいんがい》郎《ろう》、司勲員外郎《しくんいんがいろう》、司封郎中《しほうろうちゅう》を歴任した。大暦年間の初期、盧綸《ろりん》・李端《りたん》・韓翃《かんこう》らと唱和して、名声を都下に馳せ、大暦十才子《じっさいし》の冠《かん》（筆頭）となる。貴族や権貴の家に出入りし、当時、丞相《じょうしょう》（宰相）以下、地方官（刺史）に転出する者で、銭起や郎士元《ろうしげん》の送別詩をもらえないと、世に軽んぜられたという（『中興間気集』巻下、郎士元）。建中年間の初め、考功郎中となり、同四年（七八三）ごろ没したらしい。享年は66歳？。清麗・典雅な近体詩にすぐれ、入念に字句を練った繊細な詩風をもつ。すでに述べた「湘霊鼓瑟」詩は、その特色が早くも発揮された作品である。

8

白玉楼中《はくぎょくろうちゅう》の人——李《り》　賀《が》

感　諷　　　李　賀

南山何其悲
鬼雨灑空草
長安夜半秋
風前幾人老
低迷黄昏径
裊裊青櫟道
月午樹立影
一山唯白暁
漆炬迎新人

感《かん》諷《ぷう》

南山《なんざん》　何《なん》ぞ其《そ》れ悲《かな》しき
鬼雨《きう》　空草《くうそう》に灑《そそ》ぐ
長安《ちょうあん》　夜半《やはん》の秋《あき》
風前《ふうぜん》　幾人《いくにん》か老《お》ゆる
低迷《ていめい》たり　黄昏《こうこん》の径《みち》
裊　裊《じょうじょう》たり　青櫟《せいれき》の道《みち》
月《つき》は午《ご》にして　樹《き》は影《かげ》を立《た》て
一山《いちざん》　唯《た》だ白暁《はくぎょう》のみ
漆炬《しっきょ》　新人《しんじん》を迎《むか》え

幽壙螢擾擾　幽壙《ゆうこう》　螢《ほたる》　擾《じょう》　擾《じょう》たり

○**感諷**　時世に対する感懐や諷刺。あるいはまた、折に触れて感じたことを何かに託して歌う意。五首連作の第三首。○**南山**　都長安（西安市）の南三、四十キロの地に東西方向に走る長大な山脈の名。終南山《しゅうなんざん》とも呼ばれる。○**鬼雨**　鬼《き》は死亡・亡霊・物の怪《け》などの意。鬼雨は亡霊のうめき声を思わせる不気味な音をたてて、冷たく降りしきる雨。物の怪めいた薄気味の悪い雨。鬼才《きさい》李賀独特の造語である。李白「遠別離」に、「日惨惨《さんさん》（暗いさま）として　雲冥冥《くもめいめい》たり、猩猩《しょうじょう》（猿の一種）煙《もや》に啼《な》いて　鬼《き》　雨《あめ》に嘯《うそぶ》く（口笛のような声をあげて泣く）」とある。○**風前**　人生のはかなさをたとえる言葉「風前の灯《ともしび》」「風中の燭《ともしび》」を意識した表現。古楽府《こがふ》「怨詩行《えんしこう》」に、「百年　未《いま》だ幾時《いくとき》ならざるに、奄《にわ》かに風の燭《ともしび》を吹くが若《ごと》し」とある。○**低迷**　モヤが低く垂れこめて、ぼんやりと薄暗く、物の姿が不明瞭なさま。畳韻《じょういん》。○**黄昏**　黄昏《たそがれ》どきを思わせる薄暗さ。双声《そうせい》。○**裊裊**「嫋嫋」とも書き、ざわざわ、ゆらゆらと、風が樹々を揺らすさま。李賀の愛読した『楚辞《そじ》』九歌「湘夫人《しょうふじん》」に、「嫋嫋たる秋風」という。重言《ちょうげん》。○**立影**　大地の上に斜めに伸びていた影が、すっくと立ちあがって樹と一体化して消えるさま。立の字は「無」（消滅する）にも作る。○**漆炬**　新しい死者のために造られた墓前にともされる、漆《うるし》のように黒く暗いたいまつ。「漆灯《しっとう》」の類語。梁の任昉《じんぼう》？『述異記《じゅついき》』巻上に、呉王闔閭《ごおうこうりょ》の夫人の墓中を描写して、「漆灯照爛《しょうらん》して日月《にちげつ》の如《ごと》し」とあり、李商隠《りしょういん》の詩（「十字水期韋潘侍御……」）のなかにも、次々と死んでいく亡者の世界を、「漆灯

夜《よる》照《て》らして　真《まこと》に無数」とある。一説に漆油《しつゆ》を原料とする蠟燭《ろうそく》のこととする。他方、李賀「南山田中行」詩のなかの、「鬼灯《きとう》　漆《うるし》の如《ごと》く　松花《しょうか》に点《てん》ず（松の花〔一説に松の実・松かさ〕にかかって点《とも》る）」を参照して、この漆炬も漆灯のような鬼灯《きとう》（鬼火《おにび》）を指すともいう。いずれにしても日常の明るく暖かい光とは異なる、墓場・冥界特有の陰鬱な雰囲気をかもし出す。鬼灯を「漆」、鬼火を「翠」（後述）と形容する点にも注意したい。**○新人**　最近死んで今にも埋葬されようとする死者。ここでは都長安で没した人を指す。当時は一般に土葬であった（仏教の僧侶は火葬）。また新人の語は、「故人《こじん》」（前妻）に対して、新たに迎えた花嫁をも意味する（『玉台新詠』巻一に収める古詩「山に上《のぼ》りて蘼蕪《びぶ》を採る」詩など）。ここは、その連想を巧みに応用した新奇な表現。**○幽壙**　奥深い墓穴。**○螢**　腐った草から生じる虫と伝えられ、陰湿なイメージをもつ。しかも中国の螢は、悲秋に出現するアキマドボタルを指すとされ、青白く明滅する螢火《ほたるび》は、浮遊する鬼火《おにび》のようにも見えた。ここの「螢」も鬼火の比喩らしい。清の王琦《おうき》は、「鬼《き》火《か》聚散《しゅうさん》して、螢の光の擾擾《じょうじょう》（多くのものが入りまじるさま）たるが如《ごと》きを謂《い》う」と注する。ちなみに鬼火は、人魂《ひとだま》・燐火《りんか》（地中の燐が燃えて浮揚するもの？）・鬼灯などともいう。「戦死者の血が鬼火になるとか、死者の血が時間が経つと燐になるという伝説がある」（原田憲雄訳注『李賀歌詩編1』三九七頁）。李賀の「蘇小《そしょう》小《しょう》の墓」に、「翠燭《すいしょく》冷《ひ》ややかに、光彩《こうさい》を労《ろう》す」と歌われる「翠燭」も、青白い鬼火をいう。本来暖かいはずなのに、冷たく、しかも疲れたわびしい光をたたえるのである。

李賀像（『晩笑堂画伝』より）

ああ、南山は、どうしてこんなにも悲しげなのであろうか。死人《しびと》のうめき声を思わせる不気味な冷たい雨が、花も人気《ひとけ》も失われた、荒れた草むらに降りそそいでいる。都長安は今、万物が凋落《ちょうらく》する秋の真夜中。冷たい風に吹かれて、いったい幾人《いくにん》（の失意の人）が、老い衰えて命の燭《ともしび》を吹き消されるのであろうか。

（南山の墓地に向かって死者たちの運ばれゆく通路は）、ほの暗くて物の姿も定かでない小道。風にあおられて、しきりにざわめく青い櫟《くぬぎ》の並木道。

（いつしか死人の雨もあがり）、月が中天（天心）にかかるとともに、樹々の影はすっくと立ちあがって消えうせ、全山はまるで夜明けを迎えたかのような、青白い光に包まれている。漆《うるし》のように黒く暗いたいまつがともって、新しい亡者《もうじゃ》たちを出迎え、（散在する）奥深い墓穴《はかあな》のそばには、青白く明滅する螢が、うじゃうじゃと飛びかっている（まるで無数の亡霊たちが、「あなたもついに来たのね」と歓喜しているかのように）。

詩は、わずか27歳で夭折《ようせつ》した若き「鬼才《きさい》」李賀の、名高い「鬼詩《きし》」のうちの一首である。鬼才とは、「唐人《とうひと》は、李白を以て天才絶《てんさいぜつ》と為《な》し、白楽天《はくらくてん》（居易）を人才絶、李賀を鬼才絶とす」（南宋の葉《しょう》廷珪《ていけい》『海録砕事《かいろくさいじ》』巻十八。北宋の銭易《せんえき》『南部新書』丙にも、ほぼ同じく見えるが、「唐人」の語を欠く）や、北宋の慶暦《けいれき》年間（一〇四一―一〇四八）、『新唐書』の著者の一人、宋祁《そうき》らが、唐詩を批評した「太白《たいはく》（李白の字《あざな》）は仙才、長吉《ちょうきつ》（李賀の字）は鬼才」などにもとづく呼称であり、冥界（死後の世界）との交霊能力をもつ異能の天才、を意味している。前掲の「鬼才絶」の絶は、唯一無二の存在を強調する言葉であり、南宋の文芸批評家厳羽《げんう》などは、李賀の詩を「鬼仙《きせん》の詞《し》」（まぎれもなく冥界に住む人の言葉）と評しさえする（『滄浪詩話《そうろうしわ》』詩評）。

この詩は、そんな異能をもつ詩人の、「鬼詩（亡霊の詩《うた》）」の典型、と呼ぶことができよう。荒井健『李賀』にいう、「李白は天才、或いは仙才の名の通り、あくまでも天界の人であり、その詩が奔放な楽の音であるに対し、李賀の詩は地の底から響いてくる、陰鬱《いんうつ》にして華麗きわまりない歌声」である、と。

李賀は、たえず迫りくる死の影におびえながら、生命に対する切ない愛執《あいしゅう》にとらわれて生きた詩人である。彼が鬼・神・血・老・死・冷・寒・暗・恨などの字を愛用するのも、このためであろう。野外での酒宴を歌う「将進酒」のなかの、

況是青春日将暮　況《いわ》んや是《こ》れ青春《せいしゅん》　日《ひ》将《まさ》に暮《く》れんとし

桃花乱落如紅雨　桃花《とうか》乱《みだ》れ落《お》ちて　紅雨《こうう》の如《ごと》きをや

――ましてや今、美しい春の季節が終ろうとして、桃の花びらが紅《あか》い雨のように乱れ散るではないか――の二句は、時間の推移にひときわ敏感で、夭折の予感にうちふるえる詩人の暗い情念のありようを、端的に象徴していよう。かの芥川竜之介は、高等学校の時代、妖艶美《ようえんび》をたたえたこの二句を愛誦《あいしょう》して、ノートの端《はし》に落書きしていた、と伝えられる。特に後句は、「此れを以《もっ》て世に名あり」とも評される、有名な詩句である（『苕渓漁隠叢話《ちょうけいぎょいんそうわ》』後集巻十二に引く『復斎漫録』）。

ところで真夜中の墓場の情景を詠む「感諷」詩は、冒頭から早くも異様である。南山には、もちろん墳墓も存在するが、「北山」の語とは異なって、永遠の生命や長寿の象徴として歌われてきた、悠久不変の霊山である。『詩経《しきょう》』小雅「天保《てんぽう》」詩の、「南山の寿《じゅ》の如《ごと》く、騫《か》けず　崩《くず》れず」の言葉には、永遠の繁栄と長寿に対する深い祈りがこめられている。この本意《ほんい》（最もそれらしい優美なありかた）を一変させて、死のイメージに変貌《へんぼう》させた手法は、まさに鬼才の名に恥じない衝撃的な表現である。

本詩は、元和《げんな》七年（八一二）からあしかけ三年間、都長安で太常寺奉礼郎《たいじょうじほうれいろう》（宮中の儀典係、従九品上の微官）に在任中の作、と推定されている。とすれば、作者23歳前後のことである。20歳（元和五年）ごろに成る彼の「河南府試《かなんふし》　十二月楽辞《がくじ》」（二月）にも、送別の深い悲しみを、「酒客《しゅかく》　背《せ》

洛陽邙山の墳墓

寒《さむ》くして　南山死《なんざんし》す」と歌っている。これはおそらく、梁《りょう》の武帝蕭衍《しょうえん》の「邯鄲《かんたん》の歌《うた》」に見える「南山君《きみ》が為《ため》に老《お》ゆ」を直接意識した表現であろうが、「感諷」詩にあっては、それがいきなり「空草にそそぐ鬼《き》雨《う》（死人《しびと》の雨）」と連なることによって、凄絶で陰鬱な意境を作り出す。かの不老長生の神仙でさえも死ぬのだ、と歌う（「官街《かんがい》の鼓《つづみ》」）鬼才らしい独自の表現なのである。

　しかもその墓場は、大唐の都長安の、すぐ南の地に設定されている。この発想はおそらく、初唐の沈佺期《しんせんき》の名作「邙山《ぼうざん》（東都洛陽の北に連なる有名な墓地）」を踏まえていよう。

　この「鬼詩」のなかでも、「月は午《ご》にして　樹《き》は影を立て、一山　唯《た》だ白暁《はくぎょう》のみ」の一聯《いちれん》は、古来、奇句と評されてきた。すっくと立ちあがって消えゆく樹の影。影を喪失した樹々のもつ、独特の不気味さ。漆《しっ》黒《こく》の深夜に突如出現した白暁（青白い暁《あかつき》の光）。すでに原田憲雄訳注『李賀歌詩編2』のなかに指摘されているように、おそらく李賀は、貞元《ていげん》前期（七七〇年前後）ごろ、戴孚《たいふ》が編纂した志怪伝奇集『広異記《こういき》』（『太平広記』巻三七二、蔡四《さいし》所引）のなかに見える「世間《せけん》の月午《げつご》は、即《すなわ》ち地下の斎時《さいじ》」（現世の真夜中は冥土の〔祭祀の〕食事の時間）の言葉を思い起こしていたのであろう。現世と冥界は、いわば表と裏の、逆転する倒錯した世界であり、「白暁」に包まれた真夜中こそ、「最も輝いて、死者を迎える饗宴《きょうえん》が始まる」（高木重俊ほか『漢文名作選〔第2集〕3 古今の名詩』）時刻、「亡霊たちの地下の祭りの時間」（原田前掲書）なのである。

あちこちの墓前にともって、新しい亡者たちを迎える、黒々としたたいまつ。深い墓穴《はかあな》のまわりで乱舞する螢火《ほたるび》のような、冷たく青白い人魂《ひとだま》の数々。それは、「新人を迎えて狂喜する旧鬼《きゅうき》たちの声無き歓声」（原田前掲書に引く小林太市郎の説）のようでもあり、「新人」（亡者の花嫁）を迎えて開かれる、にぎやかな婚礼の儀式の開始さえも連想されてくる、不気味な情景である。長い中国の文学史のなかでも李賀にのみ許された「鬼才」の称にふさわしい、亡霊のうごめく典型的な「鬼詩」なのである。

李賀（七九一？―八一七？）、字《あざな》は長吉《ちょうきつ》、河南府福昌《ふくしょう》県昌谷《しょうこく》（洛陽市の東南約七十キロの宜陽《ぎよう》県三《さん》郷鎮《きょうちん》）の人。唐の皇族の末裔《まつえい》という。少年のころ、父親を失い、17歳ごろ、詩巻をたずさえて韓《かん》愈《ゆ》に会い、その知遇を得た。晩唐の李商隠《りしょういん》「李賀小伝」には、彼の異様で病的な風貌を、「細痩《さいそう》（やせ細った体つき）、通眉《つうび》（左右の眉がひとつながりになった濃くて太い眉）、指爪長《しそうなが》し」と形容する。「指爪長し」は従来、指の爪《つめ》を長く伸ばす意とされてきたが、楊其群《ようきぐん》『李賀研究論集』の説に従って、指そのものが異様に細長いさまを指す、と考えるべきであろう。

李商隠「李賀小伝」には、続いて十代後半のころらしい詩作の情景を、こう記している。

李賀はいつも小柄《こがら》の下男（小奚奴《しょうけいど》。李賀の詩に見える「巴童《はどう》」？）を引きつれ、距驢《ろば》に乗り、古い錦《にしき》の嚢《ふくろ》を背負わせ、ふと詩句ができると、すぐに書きつけて嚢のなかに投げこんだ。夕方帰ってくると、母親が女中に嚢を受け取らせ、出してみて、書いた紙きれが多いと、いつもこう嘆いた、「この子はきっと、心臓を嘔《は》き出すまで（作詩を）やめないんだよ（是《こ》の児《こ》、要《かなら》ず当《まさ》に心《しん》を嘔出《おうしゅつ》して、乃《すなわ》ち已《や》むのみ）」と。

明かりをともして一緒に食事をした後、李賀は女中から書きつけを受け取り、墨を磨《す》り、紙をきちんとたたみ、足りないところを補足して詩を完成し、別の嚢のなかに投げこんだ。大酔した日や弔喪《とむらい》の日以外は、おおむねこの調子であった。

唐代の詩人像は、一般にすこぶる貧相《ひんそう》である。貧乏と飢餓《きが》をたえ忍びながら、破帽をかぶり、粗末な白い麻衣《あさごろも》を着て、やせこけた驢馬《ろば》の背にゆられながら、ボソボソと詩想をねる姿である。杜甫や賈島《かとう》・孟郊《もうこう》・李賀などは、こうした詩人像の形成に深くかかわった人々である。

文中の距驢《きょきょ》は、晩唐の陸亀蒙《りくきもう》の「（李商隠の）李賀小伝の後《うしろ》に書《しょ》す」には「駏驢」に作り、ロバに似た動物とされる。一説に連銭蘆毛《れんせんあしげ》の馬に似て小さく、色は青、一日に五百里も走れる動物ともされ（楊其群の説）、『新唐書』李賀伝には「弱馬」に作る。距驢の実態はあまり明白ではないが、いずれにしても高官の乗る「肥馬」でないことだけは、確かである。李賀自身は、「（長安の）城《まち》を出《い》づ」という詩のなかで、「関水《かんすい》に 驢《ろば》に乗る影《かげ》あり」と歌っている。

李賀の「嘔心《おうしん》」伝承は、賈島の推敲《すいこう》の故事（賈島の条に後述）とはまた別種の、生命《いのち》を削るような激しい苦吟の姿勢を、具体的な臓器のリアルなイメージを用いて強烈に印象づけている。

元和《げんな》五年（八一〇）、20歳のころ、李賀は洛陽での河南府試《かなんふし》に及第して上京し、翌春の進士科を受験することになった。このとき、彼の出世を期待していた亡き父親の諱《いみな》（死者の本名。士大夫《したいふ》（読書人）の間では、地位の高い人の実名を言ったり書いたりすることをはばかる習慣があったが、特に死者の本名は「諱《いみな》」と呼んで、それを口にのぼせること（読み書きを含む）はタブーとされ、厳格にそれを避けた）晋粛《しんしゅく》の晋の字が、進士科の進の字と同音・同義であったために、この高等文官資格認定試験「進士」科を受けることは、家諱《かき》（自分の家で避けるべき名のタブー）に触れるものとして、強く非難された。

このとき、韓愈は「諱《いみな》の弁《べん》」を書いて、「二名は偏諱《へんき》せず」（二字の名前の場合は、どちらか一方の字だけで単独に忌むことはしない）などの法律を引いて李賀を弁護したが、世間の中傷を解消することはできなかった。というのは、諱の問題は単なる法律上のことではなく、個々人の内面的な心情のあり方とも密接にかかわりあう、きわめて微妙な問題だったからである。

たとえば、賈曽《かそう》は中書舎人に任命されたとき、父親の名が忠であったため、当初、就任を固辞したという（『南部新書』甲）。また李徳裕《りとくゆう》は、面会を希望する周瞻《しゅうせん》の申し出を、ひと月以上も拒んだ。というのは、父親の名「吉甫《きっぽ》」の吉の字が、面会希望者の姓「周」のなかに含まれていたためであり、彼の名刺を見ると、李徳裕はいつも眉をしかめたという（王讜《おうとう》『唐語林』巻七、補遺）。唐代、試験問題に受験者の家諱《かき》に触れる文字が出てきた場合には、急病を理由に早退する慣習《ならわし》であったこと（『南部新書』丙）も、同時に思い起こされよう。

こうした当時の、度を越した避諱《ひき》の実態を考

驢背吟詩図（一部。伝、明・徐渭）

えれば、李賀に対する中傷が起こるのも、いわば当然のことであった。しかし李賀は敢然《かんぜん》と受験して、結局落第したらしい（一説に受験を断念したともいう）。当時の進士科受験者の答案は、後世のように姓名の部分に紙を張りつけてかくすこと（いわゆる糊名《こめい》）をせず、知貢挙《ちこうきょ》（試験委員長）のほうも、あらかじめ収集した世論を、及落の判定材料の一つに加えていた。しかも李賀は、種々の程限《きまり》（詩題・韻字・詩型など）をもつ試帖詩《しじょうし》（答案としての詩）の練習を、あまり熱心にやらなかったらしい（李商隠「李賀小伝」）。

そして何よりも李賀の作る詩自体が奇異に満ちて、中庸《ちゅうよう》と典雅さに欠けていたことは、致命的な欠点になったであろう。黒川洋一『李賀詩選』にいう、「唐代にあって、詩は倫理ないし政治そのものであり、調和を破る詩は調和のある倫理と政治の破壊であり、李賀のごとき人物は危険な存在であると考えられたことが、この（諱）事件の真の原因ではなかったか」と。傾聴すべき説である（ただし、同書は受験を断念したとする立場である）。

進士科の落第は、皇族の末裔という誇りと自己の才能に対する強い自負心を、粉々《こなごな》に打ちくだいた。

○長安に　男児《だんじ》有《あ》り
二十《にじゅう》にして　心已《すで》に朽《く》ちたり

○我《われ》　二十に当《あ》たりて　意《こころ》を得《え》ず
　一心《いっしん》愁《うれ》いて謝《しぼ》むこと　枯《か》れし蘭《らん》（香草）の如《ごと》し

などと歌う（前者は「陳商に贈る」、後者は「愁いを開く歌」）のは、このときに受けた、癒《い》やしがたい心の傷を反映する。

深い失意をいだいて帰郷した李賀は、肉親に勧められ、宗族《そうぞく》（同族）の推薦を受けて、元和七年（八一二）、22歳のころ、恩蔭入仕《おんいんにゅうし》（家柄などによる特別任官）の制度によって太常寺奉礼郎に就任したが、将来の希望を持ちえない卑官《ひかん》に嫌気がさして、同九年、ついに病気を理由に辞任して帰郷する。前掲の「感諷」詩は、帰郷する前の、底知れぬ深淵に沈みゆく詩魂が紡《つむ》ぎだした、亡霊のうごめく鬼詩であった。

帰郷すると、今度は生計が苦しくなり、翌年、職を求めて潞州《ろしゅう》（山西省長治市）に赴き、友人張徹《ちょうてつ》の世話になったが、同十二年、帰郷して、母に見守られながら昌谷の自宅で病死した（27歳）。

失意のうちに夭折した李賀には、奇怪な終焉《しゅうえん》説話が伝わっている。李商隠の「李賀小伝」には、こういう。

李賀が死にかけていたとき、白昼突然、一人の緋衣《ひい》を着た人（紅《あか》い絹の上着を着た天帝の使者）が赤い虬《みずち》に乗って現われ、太古の篆書《てんしょ》か霹靂石文《へきれきせきぶん》（稲光《いなびかり》や隕石《いんせき》の模様を思わせる文字？　一説に石斧文《せきふぶん》のこととし、『唐才子伝』巻五には、「太古の雷文《らいぶん》（＝雷紋）の若《ごと》し」という）とおぼしき奇怪な文字をしるした一枚の板《ふだ》（書きつけ。一説に手板《しゅばん》（笏《しゃく》））を手に持って、「長吉《ちょうきつ》（李賀の字《あざな》）をお召しになっている」という。

長吉はそれをまったく読めず、突然榻《とう》（細長く低い寝台）から降りて、地面に頭をつけていった、「お母ちゃん（原文は阿㜷《あみ》。李賀が言葉を覚えたての幼いころ、母親をこう呼んだという）は年をとり、そのうえ病身ですので、私はここから離れたくありません」。緋衣の人は笑っていった、「天帝が白玉楼《はくぎょくろう》を完成なされ、即刻、君を召しよせて一篇の記念の文章を作らせるように、とのこと。天の上はなかなか楽しくて、苦しくないぞ」。長吉はひとり泣き、近くにいた人はみなそれを目にした。

しばらくすると、長吉の息が絶えた。居間の窓から煙気がもくもくと立ちのぼり、車の走り去る音や、簫《しょう》や笛などの響きが聞こえた。母親は急に人の哭《な》き声を制止した。五斗の黍《きび》を炊《た》くほどの時間がたつと、長吉はついに死んでしまった。

李商隠は、この不思議な白玉楼伝説を、王氏に嫁いだ李賀の姉（腹違いの姉？）から直接聞いた白昼の実話として書き記す。李賀の姉は、李商隠の妻の父、王茂元《おうぼうげん》の一族、おそらくその末弟王参《おうしん》元《げん》に嫁いだらしい。とすれば、李商隠と李賀およびその姉とは、姻戚《いんせき》関係になり、李賀の終焉時における秘めごとも、充分聴き取れる機会を持てそうである。

21歳年下の李商隠は、この逸話を李賀の詩風と人生を端的に象徴する終焉説話として書き記したに違いない。この世で迫害され、不遇な人生を送らざるをえなかった人は、せめて天上の世界でその才能を充分発揮したい、と願うであろう。それはまた、その悲惨な境涯をつぶさに見てきた肉親たちの、切実な希望であり、痛切な祈りでもあった。

白玉楼に象徴される天上の楽土《らくど》は、病床の李賀が後《あと》に残される母親を慰めるために、生前に語った虚構《フィクション》なのであろうか。それともまた、精神の奥底《おくそこ》に秘められていた幻想が、夢とも現《うつつ》とも知れない臨終時に出現したものであろうか。

李商隠像（『晩笑堂画伝』より）

ところで「白玉楼」の言葉そのものは、天帝《てんてい》（上帝）の住まいとされる「（白）玉台《ぎょくだい》」（『漢書』礼儀志「天馬」の歌など）にもとづく。もちろん、前漢の武帝劉徹《りゅうてつ》が愛した李夫人の死を歌う李賀の、「夫人《ふじん》は飛《と》び

て入《い》る　瓊瑶台《けいようだい》（美玉で造られた天上の楼台《たかどの》）」（「李夫人」）の句も、思い起こされてよい。天と死は、李賀の詩を解読するキー・ワード、と呼んでもよさそうである。

晩唐の張読《ちょうどく》が咸通《かんつう》年間（八六〇年代）ごろに編纂した志怪伝奇集『宣室志《せんしつし》』（『太平広記』巻四九所引）にも、この白玉楼伝説と類似した話が見えている。

李賀が死ぬと、母親の鄭氏《ていし》（李晋粛の後添え？）は、深い悲しみに沈み続けた。ある夜の夢のなかに、生前の姿そのままの李賀が訪れて、こういった、「私は運よくお母さんの子に生まれ、お母さんはたいそう私のことを深く気にかけてくださりました。だから小さいときから、両親の言いつけに従って書物を読み、詩を書き文章を作りました。それというのも、一つの官位を求めて自分を飾るためだけではありません。わが一族を盛大にして、お母さんのご恩に酬いたいと思ったのです。ところが思いがけなくも急死して、朝晩孝養をつくすこともかなわず、これも運命というほかありません。しかし私は死にましたが、じつは死んだのではありません。なんと上帝《じょうてい》（天帝）さまのご命令なのです」。

母親がわけをたずねると、賀はいった、「上帝とは、神仙の君《きみ》です。近ごろ月圃《げっぽ》に遷都なさって、新しい宮殿を造られ、白瑤宮《はくようきゅう》と名づけました。私が詩歌の名手だということで、私と数人の文士たちを召しよせて、『新宮の記』の執筆をお命じになりました。上帝はまた凝虚殿《ぎょうきょでん》を造りなさり、私どもに楽章《がくしょう》（組曲）の編纂をお命じになりました。私は今、神仙中の人となって、とても楽しいです。どうぞお母さんも心を痛めないでください」。そういい終ると、別れを告げて立ち去った。

母親はめざめると、たいそう不思議な夢だと思った。これ以後、悲しみが少し薄らいだ。

この話は、南宋初めの曽慥《そうぞう》編『類説《るいせつ》』巻二三に引く『宣室志』には、「月圃の白瑤宮」と題されている。臨終時の白玉楼伝説と死後まもないころの白瑤宮伝説では、後者のほうがよりいっそう、白銀の光に満たされた、清浄な天上界の神仙の居と、そこにおける作家としての活躍ぶりが強調されているが、話の本質は基本的に同じである。

懐才不遇《かいさいふぐう》意識の強い中国の詩人たちにとって、天上から指名されて手厚く迎えられ、天上界で詩文の執筆にあたる白玉楼・白瑤宮伝説は、まことに共感できるものであった。後世、「白玉楼中の人」「玉楼赴召《ぎょくろうふしょう》」「白玉楼成《な》る」などの言葉が、文人の死（特に若い者のそれ）を広く指す慣用句になったのも、不遇に悩む歴代の文学者たちの深い共感を呼んだ結果であろう。かくして白玉楼は、文人が死後昇天して住む、このうえなく美しく輝きわたる楼閣へと変貌《へんぼう》していく。

李賀の不遇な夭折は、同じく不遇にあえいだ姻戚、李商隠の同情を誘っただけではない。唐代の後期、真の詩人たちが背負う宿命的な不幸が広く認識されはじめ、白居易などは、「但《お》是《よ》そ詩人は薄命《はくめい》多《おお》し」（「李白の墓」）と歌っている。すぐれた詩人は、なぜ一様に不幸に陥る、と考えられたのであろうか。晩唐の陸亀蒙《りくきもう》は、「李賀小伝の後《うしろ》に書《しょ》す」のなかで、こういう。

私はこう聞いている、「鳥や獣・魚を採りすぎる者は、天物《てんぶつ》を暴《あら》す（天が創り出した鳥獣・草木など、天下の万物を粗末に扱い損《そこな》う意。『礼記《らいき》』王制《おうせい》篇、および『書経《しょきょう》』周書「武成篇」の、「天物を暴殄《ぼうてん》す（粗末に扱って損傷・絶滅させる）」を踏まえる）という」と。天物は暴《あら》してはならず、ましてやそれを抉《えぐ》り、切り刻《きざ》んで、克明にその情状《ありさま》をあばき出してよかろうか。もしも出生から死に至るまで逃げ隠れができないようにさせるならば、天はどうして処罰しないでおれよう。李賀が夭折し、孟郊が貧窮し、李商隠が地方官で終ってしまったのも、まさにこのためではないか。まさにこのためではないか。

「鬼才」李賀、「詩囚《ししゅう》（詩に囚《とら》われた男）」孟郊、そして「李賀小伝」を書いた不遇の詩人李商隠らの不幸は、いずれも彼らの鋭利で饒舌《じょうぜつ》な詩筆によって、世界のすべてが白日のもとにあばき出され、当然隠しておくべき天の機密すらも漏《も》れてしまったために、万物を創造し、この世界を整然と秩序づける偉大な人格神「天」(天帝・上帝・造化・造物)の憎悪を招いた結果なのだ、と。それはいいかえれば、人間の分際《ぶんざい》で不遜《ふそん》にも造化の秘事をあばき、万物を創造する功《はたら》きを奪い取ろうとした詩人たちの、詩の魔力に対する天の怒りなのだ。

鬼才李賀の詩は、確かに造化の秘事をあばき出し、この世界の秩序を破壊する魔力を帯びている。この意味で李賀の夭折は、必然的な天罰なのであろう。その彼が、憎悪を招いた天帝に召されて栄光ある詩文の創作にあたる、というのは、なんという皮肉なのであろうか。李賀の人生と詩風を象徴する白玉楼・白瑤宮伝説はまた、天の造化《ぞうか》(天地の万物を創造・化育する作用)と詩の創造との関わり、とりわけ新たな宇宙を創り出す詩の功《はたら》きに対する意義づけを、深く再考させるものとは言えないであろうか。

9

信念を貫く硬骨漢——韓《かん》　愈《ゆ》

左遷至藍関、示姪孫湘

左遷《させん》せられて藍関《らんかん》に至《いた》り、姪孫湘《てっそんしょう》に示《しめ》す　　韓　愈

一封朝奏九重天　一封《いっぷう》　朝《あした》に奏《そう》す　九重《きゅうちょう》の天《てん》
夕貶潮州路八千　夕《ゆうべ》に潮州《ちょうしゅう》に貶《へん》せらる　路八千《みちはっせん》
欲為聖明除弊事　聖明《せいめい》の為《ため》に　弊事《へいじ》を除《のぞ》かんと欲《ほっ》す
肯将衰朽惜残年　肯《あ》えて衰朽《すいきゅう》を将《もっ》て　残年《ざんねん》を惜《お》しまんや
雲横秦嶺家何在　雲《くも》は秦嶺《しんれい》に横《よこ》たわりて　家《いえ》何《いず》くにか在《あ》る
雪擁藍関馬不前　雪《ゆき》は藍関《らんかん》を擁《よう》して　馬前《うます》まず
知汝遠来応有意　知《し》る　汝《なんじ》が遠《とお》く来《きた》る　応《まさ》に意《い》有《あ》るべし
好収吾骨瘴江辺　好《よ》く我《わ》が骨《ほね》を収《おさ》めよ　瘴江《しょうこう》の辺《ほとり》に

○**詩題**　晩唐の韋荘《いそう》編『又玄集《ゆうげんしゅう》』巻中には、「貶官潮州出関作」（潮州に貶官《へんかん》せられて関《かん》を出《い》でて作る）と題する。○**藍関**　都長安から南の長江中下流域、嶺南《れいなん》（広東・広西）へと赴く人たちの通る藍田《らんでん》・商山路《しょうざんろ》（秦嶺《しんれい》山脈の東部）に設けられた、峡谷内の関所「藍田関」の略称。今の陝西省《せんせいしょう》商州市の西北、牧護関《ぼくごかん》（郷）付近である。○**姪孫湘**　姪孫《てっそん》（兄弟の孫）の韓湘（七九四―？）とは、韓愈の次兄韓介《かんかい》の孫で、韓老成《ろうせい》（長兄韓会の養子となる）の子にあたる。字《あざな》は北渚《ほくしょ》、長慶三年（八二三）の進士。大理寺《だいりじ》（刑獄をつかさどる役所）の丞《じょう》となる。このとき、26歳である。○**九重天**　九門をもつ壮麗な天帝の宮殿。ここでは宮中の奥深くに住む憲宗《けんそう》皇帝を指す。○**潮州**　広東省の東端、南海にのぞむ潮州市付近を指す。当時、東南の果ての未開の地、と意識されていた。○**路八千**　本詩のあと、ほどなく作られた「武関《ぶかん》の西にて配流《はいる》の吐蕃《とばん》（チベット人）に逢《あ》う」詩にも、「直《ただ》ちに（まっすぐ）長安を去ること　路《みち》八千」とあるが、唐の李吉甫《りきつほ》『元和《げんな》郡県図志』巻三四によれば、五六二五里（約三千キロ）である。○**秦嶺**　都長安の南に横たわり、長江流域と黄河流域との分水嶺をなす山脈の名。全長約一五〇〇キロ。○**好**　どうか……してほしい、の意。再読文字「宜」（よろしく……べし）とほぼ同意（『詩家推敲《しかすいこう》』巻上）で、くれぐれも頼む、と好意にあまえる気持がこもる。従って「好《よろ》しく……〔べし〕」と訓《よ》んでもよい。○**瘴江**　瘴は南方の高温多湿の地に生じる毒熱の気（風土病）。江は南方の大きな川。左遷された潮州には、瘴気がむらがり、船よりも大きい鱷魚《わに》の住む「悪渓《あくけい》」（後の韓江《かんこう》）があった。韓愈の詩「滝吏《ろうり》」参照。

一通の意見書（「論仏骨表」）を、早朝、奥深い宮中に住む天子のもとに奉ったところ、（その日の）夕方には、八千里も遠く離れた南の果て、潮州の地に左遷されることになった。私は聖明な陛《へい》下《か》のために、（仏骨を供養するなどといった国家の）弊害を除いてあげたい、と思ったのだ。この老い衰えた身で、あと幾《いく》ばくもない余命《いのち》など、どうして惜しもうか。（ふり返れば、どんよりした）雲が、秦嶺の山なみに低く垂れこめて、なつかしい都のわが家は、いったいどのあたりなのであろうか。（折から降りつもる）雪は藍田関《らんでんかん》を埋《うず》めつくして、わが乗る馬も（難渋して）進みかねている。私にはよくわかる――お前が（私の左遷を聞いて）はるばる跡《あと》を追いかけてきたのは、きっと心に期するところがあってのことであろう。（それならば）どうか（一緒に嶺南に赴いて）、私（が死んだら、その）骨を、毒気《どくき》のたちこめる川べで拾い集めて、ねんごろに跡始末をしてほしいのだ。

詩は、白居易と並称される中唐詩壇の領袖《りょうしゅう》韓愈の、52歳のときの著名な七言律詩である。仏教の弊害を痛烈に批判した韓愈は、憲宗李純《けんそうりじゅん》の怒りに触れて、生還を帰しがたい南方の地に追放された。この「遺言《ゆいごん》」の詩は、韓愈がみずから唱える文学の根源「平《たい》らかならざれば則《すなわ》ち鳴《な》る」（鬱積した思念《おもい》を抑えかねて噴出する自己表現。「孟東野《もうとうや》を送る序」）の、みごとな結実でもあった。

本詩の背景は、こうである。都長安の西北約一二〇キロ、鳳翔《ほうしょう》（陝西《せんせい》省扶風《ふふう》県法門鎮《ほうもんちん》）の法門寺は、三十年ごとに開帳される仏舎利《ぶっしゃり》（釈迦《しゃか》の指骨）を安置する名刹《めいさつ》であり、開帳の年には、天下は泰平、五穀は豊饒《ほうじょう》になる、と言い伝えられていた。このため唐初以来、王室の深い尊崇《そんすう》を受け、しばしば宮中に迎え入れられて、盛大な供養が営まれてきた。

元和《げんな》十四年（八一九）は、その開帳の年である。憲宗は正月八日、法門寺の仏舎利を宮中に迎え入れ、三日間留めて供養したあと、都の寺院に送って公開した（『旧唐書《くとうじょ》』憲宗紀下）。王公から庶民に至る人々が、先を争って喜捨《きしゃ》して来世の福を祈り、なかには破産したり、西域の法をまねてわが身（頭の上や指・臂《ひじ》など）を焼いて仏に供養したりする者さえ現れた。

正統的な儒学《じゅがく》の継承者を自認し、その再生を自分の使命とする刑部侍郎《けいぶじろう》（法務次官）韓愈は、人々のこうした狂態を見かねて、仏教を信仰する弊害を痛烈に批判する「仏骨《ぶっこつ》を論ずる表《ひょう》」を書いて、憲宗に上奏した。闘争心にあふれる、その長い建白書は、

臣某《しんぼう》（本来、「臣愈」とあるべきところ）言《もう》す。仏《ほとけ》なる者は、夷狄《いてき》の一法《いっぽう》（野蛮人の一つの教え）なるのみ。後漢《ごかん》の時より中国に流入す。上古には未《いま》だ嘗《かつ》て有らざるなり。

云々の語で始まる。釈迦は、もともと夷狄の人間。その言葉も衣服も、中国とは異なり、先王《せんのう》の定めた正しい言葉（法言《ほうげん》）を言わず、先王の定めた衣服を身に着けず、君臣の義や父子の情をわきまえない。かりにその身が現在なお生きていて来朝したとしても、宣政殿《せんせいでん》（大明宮《たいめいきゅう》の正殿）で一度接

韓愈像（『晩笑堂画伝』より）

見し、迎賓館《げいひんかん》で宴席を設けて、衣服を一かさね賜《たま》わり、護衛をつけて国境から送り出して、民衆を惑《まど》わせないようになさるべきです。ましてや彼は遠い昔に死んでおります。そんな「枯れ朽《く》ちた、まがまがしく汚《けが》らわしい骨のかけら」（枯朽《こきゅう》の骨《ほね》、凶穢《きょうわい》の余《よ》）など、決して宮中に入れてはなりません……。

仏《ほとけ》に如《も》し霊《れい》（力）有《あ》りて、能《よ》く禍祟《かすい》（仏骨を水火に投じたたたり）を作《な》さば、凡有《あらゆ》る殃咎《おうきゅう》（とがめや災）は宜《よろ》しく臣《しん》が身に加うべし。上天《じょうてん》よ鑒臨《かんりん》せよ（御覧下さい）、臣、怨悔《えんかい》せじ。

云々と大見得《おおみえ》を切って文章を結んでいる。

この上奏文を読んだ憲宗は、そのなかの前半の一節――後漢以来、仏教を信奉した皇帝は、みな長生きできなかった――を読むや、激怒して韓愈をただちに処刑しようとした。これは憲宗自身、不老長寿の福を仏舎利に期待していたからであった。このとき、宰相崔群《さいぐん》・裴度《はいど》らが、忠言の道が断たれてしまう、と弁護したため、ようやく死刑を免れた韓愈は、南海のほとり、潮州の刺史に左遷されたのである。左遷とはいっても、実質は流罪であった。

首聯《しゅれん》の「朝《あした》に奏す……、夕《ゆうべ》に貶《へん》せらる……」は、処罰の迅速《じんそく》さと境遇の激変を強調した表現である。正月八日、仏舎利が都に到着して、まず宮中、続いて都下の寺で供養が行われ、人々は狂奔して礼拝・喜捨した。韓愈の潮州左遷は正月十四日のことである。『旧唐書』韓愈伝によれば、憲宗は「仏骨を論ずる表」を読んだのち、「一日を間《へだ》てて」（二日後）、それを宰相たちに見せ、韓愈を処刑にしようとした、とあり、その上表は遅くとも正月十二日のことになる。他方、北宋の司馬《しば》光《こう》『資治通鑑《しじつがん》』巻二四〇には、正月十三日の条に仏骨の奉迎《ほうげい》と韓愈の諫言《かんげん》とを記し、翌十四日に左遷されたとする。いずれにせよ、上奏と左遷は同じ一日内のことではない。

この意味で張清華《ちょうせいか》『韓学研究』下冊（韓愈年譜匯証《わいしょう》）が、「正月十四日、『論仏骨表』を上《たてまつ》り、潮州刺史に貶せらる」とするのは、明らかに妥当ではない。このとき、「仏骨を論ずる表」の草稿を書いたのではないか、と疑われた馮宿《ふうしゅく》（韓愈と同じ年に進士科に及第し、文章の指導を受けた友人）も、歙州刺史《しょうしゅうしし》に左遷されている（『旧唐書』馮宿伝）。ちなみに『唐才子伝校箋《こうせん》』巻五、韓愈の条（呉汝煜《ごじょいく》・胡可先《こかせん》執筆）は、本詩の第六句を論拠に、「韓愈は長い間投獄され、左遷された時は、すでに厳冬であった」とするが、これは大きな誤解である。

「仏骨を論ずる表」は、一命をささげて敢然《かんぜん》と諫める硬骨漢《こうこつかん》韓愈の気魄を充分感じさせる作品ではあるが、仏教がなぜ人々の心を捉えて離さないのか、その原因の考察に乏しく、また信仰の自由を認めない偏狭《へんきょう》さなど、今日から見れば、その内容は厳しく批判されて当然であろう。しかし苦労に苦労を重ねて就任した高官の職を投げ出してまで、みずからの信念を貫いた一徹《いってつ》さは、充分理解できよう。

他方、激怒した憲宗は、翌元和十五年正月二十七日、服用する丹薬《たんやく》（仙薬。酸化水銀もしくはそれを主とする水銀化合物）のために発作を起こして没した（43歳）。丹薬服用のために日ごとに狂暴化する憲宗に、身の危険を感じた宦官《かんがん》の一人が殺したのだともいう。

韓愈（七六八―八二四）、字《あざな》は退之《たいし》、河南府河陽県《かようけん》（河南省孟州市）の人。生後ほどなく母を、3歳で父を失い、さらに14歳で親代わりの兄韓会《かんかい》を失って、その兄嫁鄭氏《ていし》の世話になって、苦労を重ねた。貞元《ていげん》八年（七九二）、25歳のとき、進士科に及第したが、吏部試《りぶし》（採用試験）に落第しつづけて、節度使の幕僚となる。盧氏《ろし》との結婚は、貞元六年（七九〇）、23歳のころらしい。35歳で四門博士《しもんはくし》となり、監察御史《かんさつぎょし》に進んだが、農作物の不作を見かねて徴税の延期を上疏《じょうそ》して京兆尹《けいちょういん》（都知事）李実《りじつ》の反感を買い、陽山県（広東省）の令（長官）に左遷された。時に35歳、最初の大きな左遷である。のち赦《ゆる》されて、河南令・中書舎人などを歴任。52歳のとき、この事件に出くわしたのである。

今回の嶺南《れいなん》への左遷は、35歳のときとは明らかに異なって、流罪地における死を覚悟しつつ、罪人として即刻単身で左遷の旅路についた。出発の日は正月十四日（新暦では二月十二日）であり、その二〜三日後に成る作品が本詩である。久保天随『韓退之詩集《かんたいししゅう》』下巻（続国訳漢文大成）は、「昨日《きのふ》、長安を去つて、今日《けふ》、ここに来かかり」と訳するが、藍田関は都長安から一七〇里（約九〇キロ）も離れており、当時の駅伝の規定「馬は日に七十里」を考えれば、二〜三日のうちの作（清水茂『韓愈』）、と考えるべきであろう。

韓愈は本来、詰屈《きっくつ》・険怪《けんかい》な古詩を得意とし、律詩の作品は少ない。なかでも七言律詩は、現存約四百首のなかで、わずか十二首である（清の趙翼《ちょうよく》『甌北詩話《おうほくしわ》』巻三）。その一篇が、「忠憤の気、おのずから紙背に透徹《とうてつ》す」（太田青丘『唐詩入門』）と評される本詩、というわけである。

本詩がすぐれた抒情詩として感動的なのは、作者の悲壮な決意を表白した頷聯《がんれん》（三・四句）のあとに、景情一致の頸聯《けいれん》が配置されているためである。秦嶺山脈と藍田関付近の厳しい初春の風景描写は、そのまま後に残してきた家族と自分の前途に対する、作者自身の不安な暗澹《あんたん》たる心象風景となっている。さらに「家何《いず》くにか在る」の語には、まだ12歳の四女拏《だ》の重病の身を気づかう、父親としての切ない思いが融けこんでいた。韓愈が護送の役人たちに囲まれて、単身で出発した後、彼の家族も都から追放処分を受け、この娘は旅の途中の宿場で、二月二日息を引きとったのである（韓愈は二男五女をもつ）。

こうした状況を考えれば、跡を追ってきてくれた肉親の韓湘（韓湘の父親老成と韓愈は、少年のころ兄弟のように暮らした）に向かって、親しく語りかける韓愈の言葉の響きが、より深く理解できよう。死を覚悟した結びには、韓湘に対する深い信頼感がにじみ出ており、卒《にわ》かに読み終えがたい（家族の到着は、韓愈の任地到着後のことらしい）。

韓愈は、潮州に約七か月間左遷されたが、ほどなく許されて帰京し、京兆尹《けいちょういん》・兵部侍郎《じろう》・吏部侍郎などの要職を歴任して没した（57歳）。潮州左遷から五年後のことである。

ところで「仏骨を論ずる表」の上奏は、同時代および後世に対して大きな波紋をひろげ、本来すぐれた詩人・文章家・教育家であった韓愈に、剛直で闘争心の旺盛な男、というイメージをつけ加える大きな要因の一つになった。長慶《ちょうけい》三年（八二三）、56歳のとき、京兆尹（都知事）兼御史大夫《ぎょしたいふ》（検察庁の長官）になると、ならず者の多い六軍《りくぐん》（近衛軍）の将士たちも恐れおののいて、こうささやきあった、「彼は仏の骨さえ焼こうとした男だ。どうして忤《さから》えようか」と。かくしてその在任期間、盗賊も出現せず、日でりにあっても米の値段があがらなかったという（唐の李翺《りこう》「韓公行《ぎょう》状《じょう》」）。

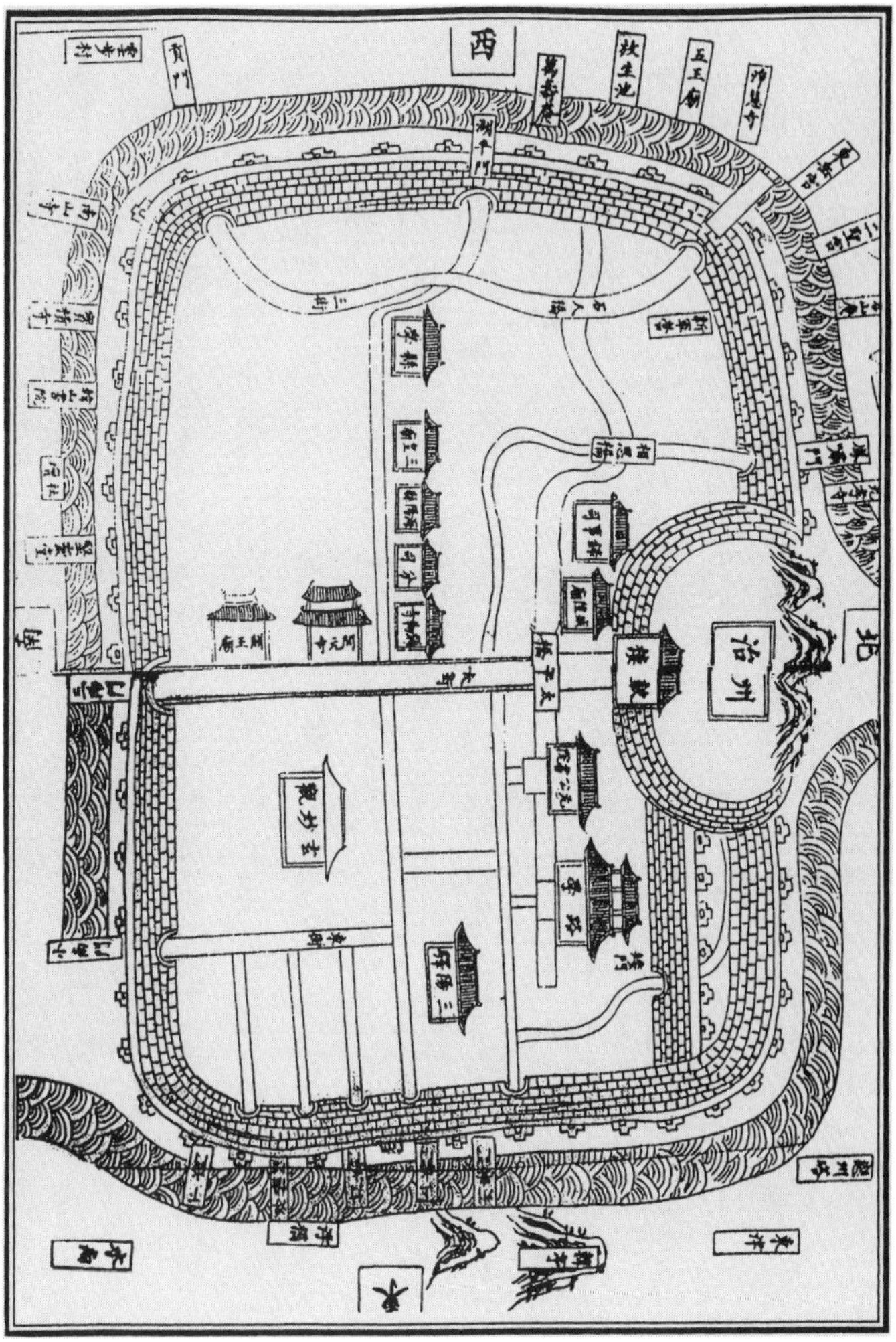

宋代の潮州城図
（明『永楽大典』より）

他方、その上奏文は、後々まで仏教徒や道教徒たちの強い反感をそそった。北宋の劉斧《りゅうふ》が編纂した志怪伝奇小説集『青瑣高議《せいさこうぎ》』前集巻九、「韓湘子」の条には、こういう(大意)。

韓愈の甥《おい》、韓湘(字は清夫)は、子どものころから韓愈の家で養育されていたが、少しも学問に励まない。韓愈が厳しく説教すると、「花を咲かせる術を心得ています」と詩に詠んだ。「そんな造物者のまねができるものか」というと、「簡単ですよ」という。彼はさっそく盆《うつわ》に土を入れて籠《かご》でおおい、酒杯《さかずき》が宴席を一巡するうちに、「花は咲きました」という。牡丹に似た大きな花が二輪咲き、一座の人々はみな驚嘆した。韓愈が花をよく見てみると、花びらには、小さな金文字で「雲横秦嶺家何在、……」の二句が書かれていたが、その詩句の真意はまったく見当がつかなかった。

のち韓愈が仏舎利の事件で潮州に流される途中、疲れて気がめいっていると、ふいに一人の男が雪のなかに現れた。見れば、家を出て久しい韓湘であった。韓愈が喜んで涙をこぼすと、湘はいった、「いつぞやの、花びらに書いてあった詩句をおぼえておいででしょう。あれは、今日のことなのです」。韓愈は、この地が藍関であると知り、その異能に感嘆して詩句を継ぎ足し、一首の詩を完成した。

これとほぼ同じ話は、早くも韓愈の死後二十五年前後（九世紀の中ごろ）に成る段成式《だんせいしき》『酉陽雑《ゆうようざっ》俎《そ》』前集巻十九、牡丹の条に見えるが、遠縁の甥《おい》（疏従子姪《そじゅうしてつ》）の一芸（牡丹の花を希望の色に咲かせる術）を語るものであり、韓湘の名も見えず、潮州への左遷を予言するところもない。『太平広記』巻五四、「韓愈外甥《がいせい》」の条に引く唐末・五代の道士杜光庭《とこうてい》著？『仙伝拾遺《せんでんしゅうい》』の内容は、前掲の『青瑣高議』により近くなるが、まだ韓湘の名は見えない。

この点に関して、柳瀬喜代志「韓湘子説話の展開」（同『日中古典文学論考』所収）は、神仙「韓湘子」の登場を、「潮州に貶官《へんかん》せられて関《かん》を出《い》でて作る」（唐末の光化三年〔九〇〇〕の自序をもつ韋荘編『又玄集』巻中）から、宋代以降通行する「左遷せられて藍関に至り、姪孫湘に示す」へと改変された詩題と密接に関連する、と見なしている。この指摘は一説として注目されてよい。

韓湘子像（『三才図会』より）

要するに、これらの逸話《エピソード》は、仏教・道教側からの強い反感が生み出した、意図的な虚構《フィクション》なのであろう。彼らは、「韓湘といふ人物を造り上げ、韓愈の教《をしへ》を馬鹿《ばか》にし、韓愈も、しめしが付《つ》かぬに閉口して居《ゐ》たといふ事実を捏造《でつぞう》」（明の蒋之翹《しょうしぎょう》の説を踏まえた久保天随『韓退之詩集』下巻、五一六頁）したもの、と考えてよい。

この逸話は、わが室町時代に成る軍記物語『太平記』巻一、「無礼講《ぶれいこう》の事付《こと》けたり玄恵文談《げんえぶんだん》の事」のなかの、玄恵法印（天台宗の学僧）による『（韓）昌黎《しょうれい》文集』の講義のなかにも、ほぼ同じく見えている。後醍醐《ごだいご》天皇のころにおける、韓愈の作品の受容状況もうかがわれて興味深いので、終りの一節をあげてみたい（山下宏明校注『太平記』一（新潮社））。

その後、昌黎（韓愈）仏法を破つて、儒教を貴《たつと》むべき由《よし》、奏状を奉りける咎《とが》に依つて、潮州へ流さる。日暮れ馬泥《なづ》んで（行き悩み）、前途程《ほど》遠し。遥かに故郷の方《かた》を顧《かへり》みれば、秦嶺に雲よこだはつて、来《き》つらん方《かた》も覚えず（わからない）。悼《いた》んで万仞《ばんじん》の嶮《けは》しきに登らんとすれば、藍関に雪満ちて、行くべき末（前方）の路《みち》も無し。

進退歩みを失つて、頭《かうべ》を回《めぐ》らすところに、いづくより来たれるともなく、韓湘悖《ぼつ》（勃）然《ぜん》として（ふいに）かたはらにあり。昌黎悦《よろこ》んで馬より下《お》り、韓湘が袖を引いて、涙の中《うち》に申しけるは、「先年碧玉《へきぎょく》の花の中に見えたりし一聯《いちれん》の句は、汝《なんぢ》われにあらかじめ左遷の愁へを告げ知らせるなり。今また汝ここに来たれり。はかり知んぬ（今や私にもわかる）、われつひに謫居《たくきょ》（流刑地）に愁死して、帰ることを得じと。再会期《ご》無うして遠別《ゑんべつ》今にあり。あに（どうして）悲

しみに堪《た》へんや」とて、前《さき》の一聯に句を継《つ》いで、八句一首と成して、韓湘に与ふ。（詩は省略）
韓湘、この詩を袖に入れて、泣く泣く東西に別れにけり。

ここには、みずからの行為を深く後悔して悲しみにくれる、弱気な韓愈像を、ことさら浮かびあがらせようとする意図が内在していよう。

法門寺の仏舎利のひとつ

韓愈の仏舎利事件は、近年再び話題を呼んだ。左遷の原因になった法門寺の仏舎利が、一九八七年四月、仏塔の地下室（地宮）のなかで、唐代の皇帝が奉納した品々（金銀器一二一点、ガラス器二〇点、真珠・宝石約一〇〇点、磁器一七点、漆器一九点、数万枚の銅銭、大量の絹や衣服など）とともに発見されたからである。それらは、咸通《かんつう》十五年（八七四）、塔下の地下室に封印されたものであり、すべて唐代の文物であった。

　ところで肝心の仏舎利は四つも見つかり、晩唐の懿宗《いそう》が賜《たまわ》った八重《はちじゅう》の宝函《ほうかん》（ただし外側の白檀《びゃくだん》の函《はこ》はすでに朽《く》ちはてており、七重の宝函となる。地下室の最も奥に位置する後室《こうしつ》内に安置）のなかに入れられた長さ約四十ミリ、重さ約十六グラムの舎利（第一舎利、玉質）が、韓愈の事件を引き起こしたものらしい（韓偉「法門寺地宮考古記」（気賀澤保規訳）。新潟県立近代美術館発行『唐皇帝からの贈り物展』一九九九年所収）。ちなみに、発見された四つの仏舎利のうち、第三舎利のみが霊骨《れいこつ》（仏の真身）で、残りの三つは廃仏の際に霊骨を守るための影骨（偽真骨）であるらしい。

「道《みち》は天下の溺《でき》（邪説（仏教・道教）に溺《おぼ》れた人々）を済《すく》」ったとたたえられる「百世の師」（蘇軾「潮州の韓文公廟の碑」）韓愈。彼は、あの世でこの世紀の大発見を、いったいどんな気持で眺めているのであろうか。

10
艶麗な蜀《しょく》の名花——薛《せっ》濤《とう》

海棠渓　　薛　濤

春教風景駐仙霞
水面魚身総帯花
人世不思霊卉異
競将紅纈染軽沙

海棠渓《かいどうけい》

春《はる》は風景《ふうけい》をして仙霞《せんか》を駐《とど》めしめ
水面《すいめん》の魚身《ぎょしん》　総《す》べて花《はな》を帯《お》ぶ
人世《じんせい》は思《おも》わず　霊卉《れいき》の異《い》を
競《きそ》って紅纈《こうけつ》を将《も》って軽沙《けいさ》を染《そ》む

○**海棠渓**　海棠はバラ科に属する落葉小喬木《しょうきょうぼく》の名。晩春、あでやかな紅《あか》い花をつける。花の形は桜の花に似ており、四種類に分けられるが、通常は果実のならない垂糸海棠《はなかいどう》を指す。蜀《しょく》（四川省）の名花として知られ、成都の人が「花」といえば、ただちに海棠を指した（南宋の羅大経《らだいけい》『鶴林《かくりん》玉露《ぎょくろ》』丙編巻一）。詩題の「海棠渓」（海棠の花がいちめんに咲きほこる渓谷）が、具体的にどの地を指すかは未詳。①成都市の西北約六〇キロに位置する青城山《せいじょうざん》（道教の聖地）の「一百八景」の一つ（明の曹学佺《そうがくせん》『蜀中名勝記』巻六、成都府灌県《かんけん》の条に引く明の楊慎《ようしん》『蜀志《しょくし》補缺《ほか》』）、②成都市の東南約二五〇キロに位置する重慶《じゅうけい》市の南岸、黄山の清水渓（張蓬舟《ちょうほうしゅう》『薛濤詩箋《しせん》』が『三巴記』を引いて述べる説）、③成都市の東北約二〇〇キロ、閬中《ろうちゅう》市（南宋の祝穆《しゅくぼく》『方《ほう》輿勝覧《よしょうらん》』巻六七）などが考えられるが、いずれも確証を欠く。人生の大半を成都で過ごした作者にとって、距離的に最も近く、かつ晩年、「女冠《じょかん》（女道士）の服を著《き》」たと記されること（南宋の章淵《しょうえん》『稿簡贅筆《こうかんぜいひつ》』（『説《せっ》郛《ぷ》』巻四四所収））を考えれば、青城山中の海棠渓を指すか。○**教**　使役の用法（平声《ひょうしょう》）。「使」（仄《そく》声）の類義語。○**仙霞**　仙境の彩霞《さいか》（紅く輝きわたる雲気（朝焼け・夕焼け雲））。ここでは、それを思わせる花がすみを指す。宋の沈立《しんりゅう》「海棠記の序」（南宋の陳思編『海棠譜』巻上所引）によれば、中唐の宰相賈耽《かたん》は、『百花譜』のなかで、海棠を「花中の神仙」と呼ぶ。これは、美しい花の色をもつが、芳香を欠くための命名らしい。『広群芳譜』巻三五に引く『王《おう》禹偁《うしょう》（北宋の詩人）詩話』にいう、「（西晋の）石崇《せきすう》、海棠を見て、嘆いて曰《いわ》く、『汝若《なんじも》し能《よ》く香《かお》らば、当《まさ》に金屋《きんおく》（豪華な御殿）を以《もっ》て汝を貯《たくわ》うべし』」と。○**霊卉異**　霊妙な海棠の花が作り出す、世にもまれな美しさ。霊は善、卉は草木の意。○**将**　「以」（仄声）の類義語。ただし平声である。○**紅纈**　紅い絞《しぼ》り染め（鹿子染《かのこぞめ》）。北宋の王讜《おうとう》編『唐語林』巻四、賢媛《けんえん》篇によれば、この染め方は、玄宗のとき、柳婕妤《りゅうしょうよ》の妹が工夫したものである。中唐期には、まだ新奇な染め方であろう。蜀は古来、蜀錦《しょくきん》で有名。成都の別名「錦官城《きんかんじょう》」（錦城）も、蜀錦を管理する官署「錦官」を設けたことにちなむ。○**染軽沙**　布地を干《ほ》すさま。

春の神は、暖かい風とうららかな景《ひざし》に命じて、（海棠の花を一斉に開かせ、しばらくの間、この谷あいに）、仙界の彩雲《あかねぐも》かと思わせる、あでやかな花がすみを留めて下さった。（清らかな谷川の水面《みのも》に映る、いちめんの花の影）。楽しげに泳ぎまわる魚は、どれもみな、身体《からだ》のうえに美しい花模様をつけたかのよう。でも（日々の生活に追われる）土地の人々は、霊妙な花木《かぼく》の織りなす不思議なわざ（造化の妙）を目《ま》のあたりにしながら、まったく気にもとめず、まるで華麗な美しさを競いあうかのように、せっせと当地の名産「蜀錦」の紅い絞りで、水辺の柔らかな白い沙地《すなじ》を美しく染め上げている。

詩は、蜀の名花――海棠の紅い花が咲きほこる神秘的・幻想的な美しさを、同じく蜀の名産である紅い絞《しぼ》り染め（蜀錦）のそれと対比しながら、自然と人工の織りなす異質の美の競演を詠んだ七言絶句である。とりわけ花影をやどす魚影の描写は、女流詩人らしい繊細な感性がキラリと光る名句である。

前半の花の紅《あか》と水の青、後半の蜀錦の紅《あか》と沙地の白。この鮮明な色彩対比は、明の黄周星《こうしゅうせい》が『唐詩快』巻十二（『薛濤詩箋』所引）のなかで評するように、まことに「妍秀絶倫《けんしゅうぜつりん》」である。しかも花の盛りを目のあたりにした陶酔感をそのまま率直には表現せず、美しさに無頓着な人々をとがめだてする口吻《こうふん》は、当意即妙の機智に富む名妓らしい、才知の冴えを垣間《かいま》みせている。

この薛濤の詩は、詩の題材として海棠の花を採りあげた、最初の佳作と評してよい。南宋の陳思《ちんし》編著『海棠譜《かいどうふ》』の序文には、ほぼこういう。

早春の梅の花と晩春の牡丹《ぼたん》の花は、騒人《そうじん》・墨客《ぼっかく》（詩人・文人たち）から特に注目されたが、海棠の花だけは、「風資《ふうし》・艶質《えんしつ》、固《もと》より二花の下に在らざる」のに、蜀に入った杜甫が、この花を詠まなかったばかりに、世間で軽視され、北宋の皇帝の推賞と吟詠を経て、ようやく盛んに愛賞《あいしょう》される花になった。

海棠の花に対する愛好の遅れは、じつは中国における花木《かぼく》愛好の歴史と密接に関わっている。春を彩る梅・桃・李《すもも》・杏《あんず》・牡丹のうち、晩春に咲く牡丹の花を除けば、いずれも花も実もある花木であった。古くから中国の人々は、花の美しさをめでるとともに、その実をおいしく味わってきたわけである。

ところが、牡丹の花だけは、そうした実用的価値に乏しい、いわば純粋の花であった。このため、その愛好は、他の花木に比べて著しく遅く、玄宗《げんそう》の天宝二年（七四三）に成る李白の有名な「清平調詞《せいへいちょうし》」以降のことと言ってよい（拙著『唐詩歳時記』参照）。いったん牡丹の花の豊艶な美しさと高貴な気品が人々の心を深く魅了しだすと、「花開き花落つること二十日、一城《いちじょう》（都じゅう）

の人　皆《みな》狂えるが若《ごと》し」（元和四年（八〇九）に成る白居易「牡丹の芳《はな》」）と歌われるほど、春の他の花々を圧倒する狂熱ぶりをまねいたのである。

他方、海棠の花も牡丹と同じく、腹の足しにはならない、いわば観賞本位の花である。しかも「海棠は蜀に盛んにして、秦中《しんちゅう》（都長安周辺の地）は、これに次ぐ」（『広群芳譜』巻三五）という生育地の地方性、および芳香の欠如（ただし芳香を詠んだ句もある。後出）も加わって、海棠独特のあでやかな美しさが広く愛好されるようになったのは、牡丹よりもさらに遅れて、宋代以降のことである。海棠の花が詩歌に詠まれ始めたのも、唐代の後期以降のことであった。この意味で成都の楽妓《がくぎ》薛濤の詩「海棠渓」は、現存詩のなかで最初・最古の優品と評してよい。おそらく深紅の小さな詩箋（薛濤箋）を考案したことにもうかがわれる、紅い色に対する嗜好も大きく関連していよう。

花海棠と黄鶯

海棠の花といえば、「睡《ねむ》れる花」（美女の眠り）という言葉を思い浮かべる人も、きっと多いことであろう。北宋の楽史《がくし》『楊太真外伝《ようたいしんがいでん》』（北宋の釈恵洪《しゃくえこう》『冷斎夜話《れいさいやわ》』巻一所引）にいう。

玄宗が都長安の興慶宮《こうけいきゅう》内にある沈香亭《じんこうてい》に遊んだとき、楊貴妃（太真妃子）を召しよせた。このとき、楊貴妃は卯酒《あさざけ》の酔いがまだ醒めきらず、宦官《かんがん》の高力士《こうりきし》に命じて、侍女に介添《かいぞ》えさせて現れた。その酔った顔、残《くず》れた化粧。鬢《びん》（耳ぎわの毛）は乱《ほつ》れて、釵《かんざし》も傾き、とても拝礼などできない。

この酔態を見た玄宗は、笑いながらこういった、「真《まこと》に海棠の睡《ねむ》り、未《いま》だ足《た》らざるのみ（まだ眠り足りない海棠の花の風情《ふぜい》よ）」と。

ほのかに頰を紅く染めた、目覚めたての艶冶《えんや》な姿態が、花の開くにつれて、深紅《しんく》から淡紅色《うすべに》へと変わりゆく海棠の花の悩ましい風情にそっくり、というわけである。

この話は、通行の『楊太真外伝』のなかには見えず、出処がきわめて疑わしい。そして沈香亭といえば、牡丹の花の名所として知られ、李白の「清平調詞」は、楊貴妃の美しさを、沈香亭に咲く牡丹のあでやかさに見立てた作品である。海棠の花は、蜀についで秦中にも多く生えるとされるが、「海棠の睡り」の逸話《エピソード》は、玄宗・楊貴妃・李白・李亀年《りきねん》（有名な歌手。梨園《りえん》の弟子《ていし》の一人）らの登場する、牡丹の花をめぐる有名な逸話（『唐詩歳時記』一四六頁以下）の変化したものではなかろうか。それをもとに新たに作り出した虚構《フィクション》の可能性もあろう。楊貴妃が蜀州《しょくしゅう》（成都の西）生まれであることも思いあわされる。移ろいゆく海棠の花の色あいをあまりにも適確に捉えた「海棠の睡り」の逸話は、宋代以降の、海棠の花を深く愛好する風潮のなかで発生した可能性がきわめて高い。

花木の愛好の歴史を考えれば、乾元《けんげん》二年（七五九）の歳末、蜀の成都に入って以降、蜀の各地を漂泊した杜甫の詩のなかに、「濃澹《のうたん》（濃淡さまざまな紅い色あいで）芳春《ほうしゅん》　蜀郷《しょくきょう》に満《み》つ」（晩唐の薛能「蜀中にて海棠を賞《め》づ」）と歌われる海棠の花を詠んだ作品がなくとも、別に不思議なことではない。花を詠むという行為は、すぐれて審美的ないとなみであり、杜甫に牡丹の花を詠んだ詩がないことも、充分注意されてよい。

ところが咸通《かんつう》七年（八六六）十二月に成る薛能《せつのう》の「海棠詩」の序（陳思編『海棠譜』巻中所収）には、「蜀の海棠、聞こゆること有れども、（それを詠みし）詩は聞こゆること無し」と述べた後、蜀の地に来た杜甫には、海棠の詩が当然あるべきなのに、興象《こころ》が動かされなかったためか、詠まずに死んでしまった、云々という。そして自分のこの詩は、その欠を補うために果敢に作成したものだ、と。

薛能は咸通五年（八六四）、剣南西川節度使《けんなんせいせんせつどし》（四川省の西半分の軍事・行政権をにぎる最高の実力者）李福《りふく》の副使として入蜀し、翌年の終りには、嘉州《かしゅう》（成都市の南約一二〇キロの楽山市《らくざんし》）刺史《しし》の職を兼任して、咸通八年の春の末まで滞在した。じつは彼の「茘枝詩《れいしし》」の序にも、「杜工部（甫）、老いて両蜀《りょうしょく》（西川・東川）に居《お》るも、是《こ》の詩（茘枝を詠んだ詩）無《な》し」と述べた後、杜甫は意識的に茘枝の詩を詠まなかったのであろうか、といぶかる（ただし、杜詩中には茘枝を詠んだ句はある）。茘枝を詠んだ白居易の詩はあるが、ないも同然のつまらない詩なので、みずから茘枝詩の首唱となるべく作詩するのだ、という。

この「茘枝詩」も、前述の「海棠詩」とほぼ同時期の作である。敬愛する詩人、杜甫が採りあげなかった新しい素材を詠んで、自分こそ首唱者たらんとする意気ごみを、充分読みとることができよう。ただそうした大言壮語のわりには、詩の格調は、あまり高くないのであるが……（南宋の洪《こう》邁《まい》『容斎随筆』巻七）。

薛能の詩から二十年あまり後の中和三年（八八三）前後、鄭谷《ていこく》は「蜀中にて海棠を賞《め》づ」という詩を作り、薛能の発言を踏まえて、

浣花渓《かんかけい》の上《ほと》り（杜甫草堂の所在地）は惆悵《ちゅうちょう》するに堪《た》えたり（悲しみにたえない）

子美《しび》（杜甫の字《あざな》）は（海棠の）為《ため》に発揚するに心無《こころな》し

と歌った。そして鄭谷みずから「杜工部は西蜀に居《お》りしも、詩集中に海棠の題無《な》し」と注した。鄭

谷が前述の薛能の二詩を熟知していたことは、鄭谷の「故《もと》の許昌《きょしょう》の薛尚書《せつしょうしょ》（能）の詩集を読む」詩の自注によって明白である。

詩人としての杜甫の名声が高まるにつれて、この話題は好箇《こうこ》の詩話となって、詩人たちの好奇心をあおりたてた。かくして母親の名が海棠であったので、杜甫はそれを避けて海棠を詠んだ詩がまったくないのだ、という荒唐無稽《こうとうむけい》の珍説（南宋末の蔡《さい》正孫『詩林広記』前集巻八に引く北宋の李頎《りき》『古今詩話』や、『広群芳譜』巻三六に引く『王禹偁《うしょう》詩話』など）まで現れるほどであった。これはまた、杜甫の父親の名が閑であるため、忠孝の念に篤《あつ》い杜甫は、この家諱《かき》（ここでは父の諱《いみな》。詳しくは李賀の条参照）に触れる「閑」の字を一切用いたことがない。杜甫の作品中に見られる「閑」の字は、流伝中に生じた誤字にすぎない、とする説（北宋の張耒《ちょうらい》『明道雑志』、『苕渓漁隠叢話』前集巻二十、李長吉の条など）とも関連していよう。ちなみに、海棠の名称自体、貞元《ていげん》年間（七八五―八〇五）以後に出現し、杜甫が蜀に滞在していたときには、海棠の花はまだ愛賞されず、その名称さえもなかったのだ、という大胆な意見もある（李殿元・李紹先『杜甫懸案掲秘《けっぴ》』）。

蜀の名花海棠は、こうした議論を巻き起こしたが、そもそもこの遠因をなす薛能の入蜀は、薛濤の死（八三二年）よりも三十年ほど後のことである。剣南西川節度使を歴任した韋皐《いこう》・高崇文《すうぶん》・武元衡《げんこう》・王播《は》・段文昌《だんぶんしょう》・李徳裕《りとくゆう》らの愛顧を受けた献酬詩を残し、さらに「女校書《じょこうしょ》」の異名（後述）すら持つ薛濤の存在について、薛能が知らないはずはない。薛能が入蜀したときの官が剣南西川節度副使であってみれば、なおさらのことである。

敬愛する杜甫をも凌駕する詩を作ろうとした薛能（当時、四十代後半？）にとって、「文妖《ぶんよう》」（奇怪な文学者の意。『唐国史補』巻下）とも評された楽妓《がくぎ》薛濤の詩など、はじめから念頭になかったのであろう。自分こそ第一流の詩人として一日に一篇の詩を課した（『唐才子伝』巻七）、と伝えられる自信家薛能にとって、この推測は充分成り立つ。薛濤の「海棠渓」詩は、こうした興味深い謎をひそませながら、まるで仙界の彩雲《あやぐも》を思わせる満開の花がすみで、読者の心を魅了して離さない。

薛濤（七七〇？—八三二）、字《あざな》は洪度《こうど》、晩唐の魚玄機《ぎょげんき》と並称される有名な女流詩人である。長安（西安市）の士族の娘であったが、幼いころ地方官に転出する父親の薛鄖《せつうん》にともなわれて、蜀の成都に移り住んだ。八〜九歳ごろ、すでに詩の作り方をおぼえたという。ある日、父親が庭の井戸ばたの梧桐《あおぎり》を指さしながら、

庭除《ていじょ》の一古桐《いちこどう》（庭前の階下に生える、一本の梧桐の老木）
幹《みき》を聳《そば》てて雲中に入《い》る

と詠んで、薛濤に句を続けさせたところ、すぐさま、

枝は迎う　南北の鳥

葉は送る　往来の風

と詠んだので、父親はしばらくの間、顔色を変えて心配そうだったという（前掲の『稿簡贅筆』）。すらすらと続ける幼い娘の詩句に、将来、娘が南北を往来する旅人を相手にする遊女（芸妓）になるのではないか、と予感したためである。これが詩讖《ししん》（将来の身の上を予言する詩）をなすかのように、父の死後、母親と一緒に暮らしていた薛濤は、成人（15歳）後、貧窮のために妓籍《ぎせき》に入った。

貞元《ていげん》元年（七八五）、まだ41歳の韋皐《いこう》が剣南西川節度使として成都に着任すると、さっそく詩名の高い美貌の薛濤を宴席に侍《はべ》らせ、営妓《えいぎ》（節度使府直属の官妓）として寵愛した。永貞《えいてい》元年（八〇五）在任のままで没する二十一年間、薛濤は韋皐の庇護のもとに詩才を発揮し、巧みな話術で宴席を盛りあげた。地方官の往来にともない、彼女の詩名は都長安にまで伝わり、元稹《げんしん》や白居易らとも詩を唱和したとされる。貞元五年ごろ、韋皐の怒りに触れて一時追放されたこともあったが、ほどなく許されて帰ると、薛濤は楽籍《がくせき》を離れて、浣花渓（成都の西郊、錦江の上流）の百花潭《ひゃっかたん》（杜甫草堂の西

薛濤像（望江楼公園内）

南）に移り住んだらしい。

元和二年（八〇七）、剣南西川節度使に着任した武元衡《ぶげんこう》は、薛濤の詩才を高く評価し、上奏して校書郎（詩賦を重視する科挙の難関「進士科」に及第した若きエリート官僚たちが初めて任命される栄光あるポスト。正九品上）に推薦したが、旧例にはばまれて実現できなかった。しかし薛濤は以後、「女《じょ》校書」とも呼ばれるようになる（校書郎への推薦者を一説に韋皋とするが、妥当ではない）。元和八年（八一三）ごろに成る王建の「蜀中の薛濤校書に寄《よ》す」詩には、「万里橋（成都城南郊の、錦江に架かる橋の名）の辺《ほと》りの女校書」と見える。王建自身は蜀の地を訪ねたことはなかったが、当時、宰相の職にあった武元衡の紹介で薛濤のことを知り、武元衡らの書信《てがみ》に添えて彼女のもとに寄《おく》られたものらしい（遅乃鵬《ちだいほう》『王建研究叢稿』）。

薛濤は、その後も成都に着任した節度使の愛顧を受けて宴席に招かれ、晩年には成都城内の碧鶏《へきけい》坊《ぼう》に移り住み、吟詩楼《ぎんしろう》を建てて住んだという。大和六年（八三二）の夏秋のころに没した。享年は63歳?、一説に73歳没とも75歳没とも記されるが、生年とともに確定できない。ここでは、しばらく張篷舟『薛濤詩箋』の説に従った。

薛濤は短い絶句の名手であり、社交的な応酬の詩にすぐれた。ここでは、若いころに作られた愛すべき小品を一首あげよう。「まだたくまぬ乙女《おとめ》心がよくあらわれている」（辛島驍《たけし》『魚玄機・薛

春望詞詩意図（明・張夢徴『青楼韻語』より）

濤』）と評された作品である。

春望詞　　春望《しゅんぼう》の詞《うた》

花開不同賞　花開《はなひら》くも　同《とも》には賞《しょう》せず
花落不同悲　花落《はなお》つるも　同《とも》には悲《かな》しまず
欲問相思処　問《と》わんと欲《ほっ》す　相《そう》思《し》の処《ところ》
花開花落時　花開《はなひら》き　花落《はなお》つるの時《とき》

花が咲いても、愛する人と一緒に眺めて楽しむこともできず、花が散っても、

錦　江

一緒に悲しむこともできません。お尋ねしたいのです、「幸せな恋人たちは、このように花が咲き、花の散りゆくとき、(二人で眺めながら、いったいどんなことを語りあっているのでしょうか)」と。

詩(四首連作の第一首)は、通常禁忌《タブー》とされる同じ言葉を意識的にくり返し、厳しい冬が去って華やぐ春、ひときわつのりゆく恋人のいないさびしさを、ふともらしたような作品である。詩の題は「錦江《きんこう》の春望《しゅんぼう》の詞《うた》」にも作ること(曹学佺《そうがくせん》『蜀中名勝記』巻二)を考えると、詩中の花は、蜀、特に成都の名花と評される海棠の紅い花を指すのではなかろうか。

成都を中心に歌う薛能の「海棠詩」(陳思『海棠譜』巻中所収)にいう、「四海《しかい》(天下)応《まさ》に蜀の海棠(に匹敵する美しい花)無《な》かるべし、一時《いちじ》

（一斉）に開《ひら》く処《とき》　一城《いちじょう》（城《まち》じゅう）香《かお》る」と。青春《はる》の移ろいゆくなか、仲むつまじく海棠《はな》を眺めて語りあう恋人たちの姿を目にして、口もとからふと漏れ出たつぶやき、のような小品である。成都の南郊を流れる錦江（今の南河）は、岷江《びんこう》、そして長江へと連なる川であり、薛濤が長く住んだ浣花渓は、その上流にあたる。薛濤の詩集『錦江集』も、この川の名にちなむ。そして錦江の名はもちろん、織りあげた蜀錦をすすいで布の色をいっそう鮮かにしたことにもとづく命名である。「錦官城《きんかんじょう》」の別名すら持つ蜀の成都は、花の咲き乱れる春の季節が最も似つかわしい、華麗な城《まち》である。その南郊をめぐり流れる錦江のほとりで、散歩しながら独り身のさびしさをかこつ美しい女性《ひと》。一沫《いちまつ》の哀愁がそこはかとなくただよってくる。

平素、好んで絶句を作った薛濤は、従来の、書札《てがみ》に用いられる長い巻紙《まきがみ》型の便箋《びんせん》（上質の麻紙）は幅も長さも大きすぎて、それをいちいち裁《た》ち切って詩を書きつける不便さを、つねづね感じていた。それで元和年間の初め（三十代の半ばすぎ）、もっぱら詩を書きつけるのに適した紙幅の、深紅の詩箋《しせん》（長さも短くて幅も狭い、わずか八行の上質の紙。北宋の楽史『太平寰宇記《かんう》』巻七二、土産参照）を考案した。蜀の地は古くから紙の産地として知られ、彼女の移り住んだ浣花渓のほとりは、その水を利用して、光沢のある上質紙を作る紙漉《かみすき》業者が多かった。おそらく彼らに依頼して作ってもらったのであろう。

薛濤井

一般の紙の色（白や黄色）とは異なる、なまめかしい紅い色あいをもち、しかも実用的で紙の節約にもなる。その深紅の美しい詩箋のうえに、薛濤みずから流麗な行書《ぎょうしょ》で自作の詩を書いて、唱和する相手に贈った。このため好評を博し、「薛濤箋」（浣花箋）と呼ばれて、歴代、成都の名産となる。晩唐の李商隠《りしょういん》や韋荘《いそう》・司空図《しくうと》らには、この深紅の薛濤箋を詠んだ詩が伝わる。「浣花《かんか》の箋紙《せんし》　桃花《とうか》の色」とは、李商隠の詩句である（「崔珏《さいかく》の　西川に往《ゆ》くを送る」）。

ちなみに、成都市の東南郊外一キロの、錦江に臨む「望江楼《ぼうこうろう》公園」にある「薛濤井《せい》」は、彼女が詩箋を作成するときに用いた井戸、とされる。これは明の時代、清冽なこの井戸水（玉女津泉《ぎょくじょしんせん》）を用いて薛濤箋を製作したための誤伝である。しかし薛濤井は、明・清期、薛濤をしのぶ最も重要な詩跡となっている。

蜀の名花海棠は、同じく蜀の名妓薛濤によって美しい詩の素材となった。美貌と詩才をうたわれた薛濤はまた、海棠の花の化身とも評すべき、一輪の蜀の名花であった、といってもよいだろう。

11

苦吟《くぎん》の神髄《しんずい》「推敲《すいこう》」――賈《か》島《とう》

題李凝幽居　賈島

閑居少隣並
草径入荒園
鳥宿池辺樹
僧敲月下門
過橋分野色
移石動雲根
暫去還来此
幽期不負言

李凝《りぎょう》の幽居《ゆうきょ》に題《だい》す

閑居《かんきょ》　隣並《りんぺい》少《まれ》に
草径《そうけい》　荒園《こうえん》に入《い》る
鳥《とり》は宿《やど》る　池辺《ちへん》の樹《き》
僧《そう》は敲《たた》く　月下《げっか》の門《もん》
橋《はし》を過《す》ぎて　野色《やしょく》を分《わ》かち
石《いし》を移《うつ》して　雲根《うんこん》を動《うご》かす
暫《しばら》く去《さ》りて　還《ま》た此《ここ》に来《きた》らん
幽期《ゆうき》　言《げん》に負《そむ》かず

○**題李凝幽居**　李凝の幽居（世を避けてかくれ住む住まい）の壁に書き題《しる》す意。李凝は、李款《かん》（『唐詩紀事《きじ》』巻四〇）・李疑《ぎ》（『三体詩』）にも作るが、いずれも未詳。施蟄存《しちつそん》『唐詩百話』は、張《ちょう》籍《せき》の「李山人《りさんじん》の幽居に題す」詩に着目し、賈島は友人の張籍《ちょうせき》と連れだって、襄陽《じょうよう》（湖北省）の李山人（凝）を訪ね、彼の幽居に数日間滞在した後、この詩を贈ったのかも知れない、と推測するが、確証に乏しい。ちなみに、張籍の前掲詩と賈島の本詩は同時の作か、と見なす指摘自体は、すでに李嘉言《りかげん》『長江集新校』巻四のなかに見える。○**隣並**　隣近所。○**少**　当然あるべきものが欠けている意。○**荒園**　晩唐の韋荘《いそう》編『又玄集《ゆうげんしゅう》』巻中には、「荒村」に作る。○**池辺樹**　『又玄集』には「池中樹」に作る。池中の樹とは、庭園内にある池の中の小島の木。一説に「池中に映った樹影」（馮班《ふうはん》）の意とし、「池の水鳥が樹の影の上に浮かんでいるのを宿ると表現した」（横山伊勢男『唐詩の鑑賞―珠玉の百首選』）ともされるが、やや穿《うが》ちすぎであろう。○**分野色**　分は分割・分有・分明《ぶんめい》（くっきり）などの意。○**移石動雲根**　雲根は白い雲が湧き出るところの意で、深山を指す。雲はまた、深山の石や岩に触れて生ずるものと考えられたため、石や岩、特に深山（山中）のそれをも「雲根」と呼ぶ。六朝《りくちょう》・宋《そう》の山水詩人謝霊運《しゃれいうん》には、「白雲《はくうん》　幽石《ゆうせき》を抱《いだ》く」（「始寧《しねい》の墅《しょ》に過《よぎ》る」）の名句がある。村上哲見『三体詩』は、「庭の石の風格に感じ、さだめし山中の雲根を移し来《きた》ったものならん、というこころ」と解釈する。他方、趙昌平《ちょうしょうへい》『唐詩選』はこういう、「『移石』とは、石を移動することではなく、庭石のそばを行くこと。夜気が深く立ちこめているので、雲や霧のなかをいくようであり、こうして初めて雲根をつき動かしたような感じがするのだ」と。ちなみに津阪《つさか》東陽『夜航余話《やこうよわ》』巻上に、「石を移せば　雲根動く」と訓《よ》み、「山荘遊宴ノ興《きょう》ニ乗ジテ、戯レニ庭石ヲ起コシナドスレバ、雲気下《した》ヨリ発《おこ》ラント欲ス。山中嵐気《らんき》（山気）深クシテ、物スゴキ様ナリ」とあるが、やや劣ろう。○**幽期**「幽隠（ひっそり隠れ住む）ノチギリ」（説心和尚『三体詩素隠抄《そいんしょう》』巻九）。一説に高雅な約束、密約の意とする。

静かな住まいは、隣りあう家とてない（村の中の一軒家）。草深い小道が、荒れるにまかせた庭のなかへと伸びている。（日暮れとともに帰ってきた）鳥たちは、池のべの高い木立のねぐらに帰り、一人の墨染《すみぞめ》の僧が（夜中に訪れて）、月に照らされた門をこつこつと敲《たた》く。（庭のなかを歩いて小さな）橋を渡ると、（月明りにきらめく流れによって）野原はくっきりと二分されて、それぞれ趣を異《こと》にし、（白い夜気に包まれて風情《ふぜい》に富む）庭石は、白雲の湧き出る深山の石《いわ》を（わざわざ）運びこんで、ここにすえ置いたもの。しばらく当地を離れますが、またここに帰ってきます。ともに隠遁《いんとん》しましょう、との約束には、決して負《そむ》きません。

詩は、野鳥と僧侶しか訪れない、ひそやかな隠士の住まいと、そうした隠棲《いんせい》生活へのあこがれを詠んだ五言律詩である。

本詩は、苦吟の神髄を物語る有名な「推敲《すいこう》」の故事を生んだ作品である。北宋の黄朝英《こうちょうえい》『（靖《せい》康《こう》）緗素雑記《しょうそざっき》』（『苕渓漁隠叢話《ちょうけいぎょいんそうわ》』前集巻十九や、『詩人玉屑《ぎょくせつ》』巻十五所引）に引く晩唐の韋絢《いけん》『劉公《りゅうこう》嘉話録《かわろく》』には、こういう。

賈島は、進士科を受けるために初めて上京したある日のこと、驢馬《ろば》（商人や一般庶民の乗物。士人《しじん》〔知識人〕の場合は、貧乏書生であることを暗示）の上で、

鳥は宿《やど》る　池辺の樹《き》
僧は敲《たた》く　月下の門

の句を思いついた。しかし「推す」の字にしようか、それとも「敲く」の字にしようかと決めかね、それで驢馬の上で句を口ずさみながら、しきりに手を引《の》ばして推すや敲くの勢《しぐさ》をした。当時、吏部侍郎《りぶじろう》の韓愈《かんゆ》は、京兆尹《けいちょういん》（都知事）を権《か》ねていた。句作りに夢中になっていた賈島は、うっかりその行列に衝《つ》きあたってしまい、側近の者が引っ捕えて韓愈の前に突き出した。賈島がそのわけを詳しく答えると、韓愈はしばらくの間、馬をとめて考えた後、こういった、「敲くの字がよい」と。そしてそのまま轡《たずな》を並べて連れ帰り、長く引きとめて詩を論じ、布衣《ふい》の交わり（身分の上下を超えた交遊）を結んだ。かくして賈島の詩名があがった。

この有名な逸話《エピソード》は、さまざまな書物のなかに収められて広く伝わる。たとえば五代・後蜀《こうしょく》の何《か》光遠《こうえん》『鑑誡録《かんかいろく》』巻八、賈忤旨《かごし》の条には、行列に衝突したわけを問いただされると、こう答えたとい

う。

偶《たま》ま一聯《いちれん》（二句）を得《え》しも、一字を吟《ぎん》じ安《さだ》めんとして未《いま》だ定まらず、神《こころ》は詩の府《くに》に遊び、大《たい》官《かん》を衝《つ》くを到《まね》けり。敢《あえ》て（恐れげもなく）尤《とが》を取るに非《あら》ず。希《こいねが》わくは至鑑《しかん》（ご明察）を垂《た》れんことを。

「神《こころ》 詩府《しふ》に遊ぶ（神遊詩府）」とは、無我夢中になって詩作にふける苦吟詩人の面目を、みごとに伝えた言葉ではなかろうか。

しかし韓愈が京兆尹になったのは、じつは二人が出会った元和《げんな》六年（八一一）より十二年後の、長慶《ちょうけい》三年（八二三）六月のことである（韓愈は翌年病死）。従ってこの推敲の故事は、史実とは考えがたい。いいかえれば、この逸話は、①賈島の詩才を認めて還俗《げんぞく》させた韓愈と、②賈島独特の創作姿勢——苦吟・錬句《れんく》とを結びつけて誕生した、幻の文壇の佳話《かわ》として理解しておくべきであろう。この虚構《フィクション》は、京兆尹劉棲楚《りゅうせいそ》の逸話（後述）が、当時の文壇の領袖《りょうしゅう》の一人、韓愈に誤まられて伝わった可能性もある。

元の方回《ほうかい》は、この逸話を踏まえて、「敲と推の二字は、昌黎《しょうれい》（韓愈）を待ちて、而《しか》る後《のち》に定まり、万古《ばんこ》の詩人の迷いを開《のぞ》けり」（『瀛奎律髄《えいけいりつずい》』巻二三）と述べた。しかし韓愈自身は、その理由を明言していないが、おそらく本詩のテーマ「幽」（幽深・幽静）と関連づけて、次のように判断したのではなかろうか。

訪問の相手は平素、世間との交わりを断っている隠者である。その幽居《いえ》の門は、いつも閉じられている。しかも時刻は月下の夜ふけである。当然、敲いて主人に門をあけてもらわなければならない。「推す」の場合、あらかじめ連絡しておいて、あるいは再三の来訪ですっかり行《ゆ》き慣《な》れて、李《り》凝《ぎょう》の幽居に気安く入ることになろう。しかしたとえ門があいていたとしても、深夜ならば、当然門を敲いて入るのが礼儀である。しかも音声的に「推す」は、ほとんど無声に近く、詩的効果に乏しい。

他方、「敲く」の場合は、数少ない友人の不意の来訪を告げるとともに、彼を出迎える閑居《わびずまい》の主人の、喜ぶ顔までも連想されてくる。そしてこつこつ、こつこつという、ひそやかでリズミカルな音声は、あたりにこだましながら、月夜の清澄な空気をふるわせ、かえって夜ふけの静かさを深め、きわだたせる芸術的効果をもつ。いわゆる「動《どう》を以《もっ》て静《せい》を描く（動中《どうちゅう》に静《せい》を寓《ぐう》す、静中の動）」手法（拙著『唐詩歳時記』三一一頁参照）であり、池辺の木立に眠る鳥たちも一瞬めざめて、しばしたち騒いだことであろう。江戸初期の説心和尚は、きわめて単純に、「推デハ、内ノ主人ガ知ルマジキホドニ、敲クトシタラバヨカラン」（『三体詩素隠抄』）と説明するが、いかがであろうか。ちなみに「門を敲く」という表現は、中唐以降、にわかに用例が見いだされる、新奇《フレッシュ》な文字使いであった（静永健「賈島『推敲』考」参照。通常の「叩《こう》」（たたく）の字は、仄声《そくしょう》であるため、ここでは平仄上使用できない）。

なお注意すべき点は、白い月明りのなかに浮かびあがる緇衣《すみぞめ》の僧侶の姿（第四句）である。従来一般に作者賈島の自称（『三体詩素隠抄』）、「当時、島は尚《な》ほ方袍《ほうほう》・円頂《えんちょう》の客《かく》（僧のこと。方袍は袈《け》裟《さ》、円頂は坊主《ぼうず》頭）なるが故《ゆえ》に、第四句は自家《じか》（自分）を含みて中《うち》に在り」（野口寧斎《ねいさい》『三体詩評釈』）と解釈されてきた。元和六年（八一一）に成る韓愈の詩「無本師《むほんし》の范陽《はんよう》に帰るを送る」や、孟郊《もうこう》の詩「戯《たわむ》れに無本に贈る」二首によれば、当時、賈島はまだ無本と名のる僧であった。「痩《や》せし僧」（孟郊の詩）賈島の還俗は、この一～二年後のこと、と考えてよい。

従ってこの「李凝の幽居に題す」詩も、元和七～八年（八一二～三）、作者34～35歳以前の、若いときの作品となろう。

ところで推敲の故事を収める『劉公嘉話録《りゅうこうかわろく》』（原名。『劉賓客《ひんかく》嘉話録』は通称）は、元稹《げんしん》の娘婿韋《い》絢《けん》が長慶二年（八二二）、夔州刺史《きしゅうし》劉禹錫《りゅううしゃく》から聞いた話（当時、韋は22歳、劉は51歳）を、三十年以上のちの大中十年（八五六）編纂したものである。今日通行する『劉賓客嘉話録』のテキストには、この推敲の故事は収められていない。このため、この故事を『劉公嘉話録』中に見える話とするのは、北宋末に成る黄朝英『緗素雑記《しょうそざっき》』の誤記（唐蘭《とうらん》「『劉賓客嘉話録』的校輯与弁偽」）ともされる。しかし必ずしもそう断言できるわけではない。というのは、韋絢が話を聞いた長慶二年は、賈島の詩の成立後、少なくとも十年以上もたっていたからである（ただし、その内容は、韋絢自身の増補の部分を含む）。

じつは推敲の故事に類似する逸話が、もう一つ伝わる。五代の王定保《おうていほ》『唐摭言《とうせきげん》』巻十一、無官受《むかんじゅ》黜《ちゅつ》の条にいう。

　賈島は、外出しても家にいても、寝る時も食事の時も、詩句を錬《ね》ってやめなかった。あるとき、驢馬《ろば》にまたがり蓋《かさ》を張《さ》して、都大路《みやこおおじ》を横断していた。ちょうどそのとき、秋風が激しく吹いて、黄葉《かれは》がいちめんに散りしいた。

　賈島は、ふと「落葉《らくよう》　長安に満《み》つ」と吟じた。そして口を衝《つ》くままに素直に歌って、一聯《いちれん》（二句）を作りあげようとしたが、なかなか思い浮かばない。それですっかり上《うわ》の空《そら》になって方向を見失い、京兆尹《けいちょういん》（都知事）劉棲楚《りゅうせいそ》（の行列）にぶつかって、一晩、牢獄に入れられた。

貧乏な詩人の旅（明・黄鳳池『唐詩画譜』より）

元の辛文房《しんぶんぼう》『唐才子伝』巻五には、対《つい》をなす「秋風《しゅうふう》　渭水《いすい》（都長安の北郊を東流して黄河にそそぐ川）を吹く」の句を、ふと思いついて、うれしさのあまり我を忘れてぶつかったのだ、という。

　劉棲楚の京兆尹在任期間は、宝暦元年（八二五）十一月から大和《たいわ》元年（八二七）正月までの、一年強である。従ってこの事件は、在職中、厳峻な処罰で知られた劉棲楚のもとで、宝暦二年、賈島48歳の晩秋九月に発生した、と考えてよい。ただ今日では、劉棲楚との交遊を示す賈島の詩（「劉棲楚に寄《よ》す」）の存在によって、この逸話も史実ではない、と考えられがちである。

　しかし仕官する前の年若い劉棲楚（賈

島よりも三歳年長）に寄せた一首の詩だけによって、この事件そのものを否定するのは、やや軽率《けいそつ》であろう。賈島は当時、都長安にいたし、昔の友人が、依然として驢馬に乗って詩句を錬る賈島のことなど、すっかり忘れてしまった（あるいは全く無視する）可能性も、充分残されているからである（『唐才子伝校箋』第五冊〔補正〕参照）。

ところでこの二句は、ひと月前、閩《びん》（福建省）に向けて旅立った友人をなつかしんで作った「江《こう》上《じょう》の呉処士《ごしょし》（名は未詳、処士は隠者）を憶《おも》う」詩の頷聯《がんれん》（三・四句）、

秋風生渭水　秋風　渭水に生《しょう》じ

落葉満長安　落葉　長安に満つ

をめぐる、苦吟の逸話である（「生ず」は「吹く」にも作る）。この対句は、単なる深秋の叙景ではない。親友との離別の悲しみが深々とこめられた、「景情《けいじょう》一致」の名句なのである。

詩作に没頭して京兆尹の盛大な行列にぶつかった、という苦吟詩人の面目躍如《やくじょ》たる話は、その史実性を超えて、晩唐・五代には、すでに文壇の佳話《かわ》として広く流布していた。晩唐の詩僧貫休《かんきゅう》は、「役思《えきし》して（思案にふけって）曽《かつ》て尹《いん》（京兆尹）を衝《つ》く」（「劉得仁《りゅうとくじん》・賈島の集を読む」）と歌い、同時期の崔銙《さいき》（安程銙《あんていき》？・安銙？）も、「驢《ろば》に騎《の》りて大尹《たいいん》を衝く」（「賈島の墓に題す」）と詠んだ。かくして、すぐれた詩歌は不断の推敲を必要とするという、いわば「旬鍛月煉《じゅんたんげつれん》」（十日ごと一月ごとに詩句をねりみがく意。南宋の魏慶之《ぎけいし》『詩人玉屑《ぎょくせつ》』巻八、鍛煉の条）の通念が、広く定着することになっ

たのである。

賈島（七七九―八四三）、字は浪《ろう》（閬《ろう》）仙《せん》、范陽《はんよう》（北京市付近）の人。少年のころ、出家して無本《むほん》と号した。元和六年（八一一）、33歳のとき、東都洛陽《らくよう》（河南省）で初めて韓愈に会って新作を進呈し、同年秋には、都長安に転任する韓愈につき従い、新昌坊《しんしょうぼう》内の青竜寺《せいりゅうじ》に住んだ。同じ年、同じ苦吟派の先輩詩人、孟郊とも知りあう。

賈島はほどなく韓愈の勧めで還俗し、しばしば進士科（高等文官資格認定試験）を受けたが落第。その受験期間は、二十年間以上におよぶらしい。長慶二年（八二二）、44歳のときには、貢院《こういん》（科挙の試験場）を乱す「挙場《きょじょう》の十悪《じゅうあく》（受験場の十悪人）」のなかに数えられて落第し、追放されたともいう。そして翌年ごろから、十年間以上にわたって、都長安城内の高台、楽遊原《らくゆうげん》（草木が生い茂り、墳墓が残存する荒地）上の昇道坊《しょうどうぼう》内に住みつづけ、生活苦にあえぎながら詩作に没頭した。その間、張籍や姚合《ようごう》・馬戴《ばたい》らの詩人と交遊・唱和している。

開成二年（八三七）、59歳のとき、飛謗《ひぼう》（根拠のない非難）にかかり、進士科には結局落第したまま、僻遠の遂州《すいしゅう》長江《ちょうこう》県（四川省遂寧市の西北）の主簿《しゅぼ》を授けられて都長安を追われた。これは詩人としての名声の高さを考慮した処置であろう。同五年、普州《ふしゅう》（遂州の西隣、四川省安岳県）の司《し》倉《そう》参軍に転任し、その在任期間の終り、会昌三年（八四三）七月、当地の官舎で没した。享年は65

歳。牛肉を食べたための病死、とも伝えられる（『鑑誡録』巻八）。杜甫の「牛肉白酒飫死《よし》（飽食死）」伝説を思わせる話である（杜甫の条参照）。夫人劉氏との間には子はなく、没したとき、一銭の蓄えもなく、ただ病気の驢馬と古い琴があるだけであったという（『唐才子伝』巻五）。

賈島は、28歳年長の孟郊とともに、貧窮と飢餓をたえ忍びながら、長い時間をかけ、精魂をこめて、奇《き》（独創性）を追求した、苦吟派の詩人である。それは、宴席で手ぎわよく即座に詩を作りあげる「速吟」とは全く対照的な創作態度であり、極度に情感を抑えた平淡・清苦な詩風は、孟郊とともに「郊寒島痩《こうかんとうそう》」（北宋の蘇軾《そしょく》の評）と評された。僧侶としての前歴や楽遊原の環境も、その詩風の形成に大きな影を落としたようである。

賈島像（明・王圻『三才図会』より）

北宋の欧陽脩《おうようしゅう》『六一詩話《りくいっしわ》』にいう、「孟郊・賈島は、皆《みな》詩を以《もっ》て窮《きゅう》して死に至る」と。いわば詩の魔力に魅入《みい》られて「窮死」した苦吟詩人賈島は、年に一回、生きた証《あかし》として詩を祭った。五代の馮贄《ふうし》『雲仙雑記』巻四に引く『金門歳節《きんもんさいせつ》（記）』にこういう。

賈島はいつも大晦日《おおみそか》になると、一年の間にできた詩を取りあげて、酒と脯《ほしにく》で祭り、こういった、「吾《わ》が精神を労《ろう》す。是《こ》れ（酒と脯）を以《もっ》て之《これ》を補わん」。

あるいはまた、一年間の詩を机の上に置き、香《こう》をたいて二度拝礼し、酒をそそいで、「此《こ》れ、吾《わ》が終年《しゅうねん》（一年間）の苦心（の賜物《たまもの》）なり」と祝《いの》り、痛飲・長歌した、とも伝える（『唐才子伝』巻五）。

賈島のこうした生き方とその平淡・清苦の詩風は、多くの詩人たちを魅了した。貧苦にあえぎながら詩作にふけった晩唐の詩人李洞《りどう》は、賈島の詩を溺愛《できあい》し、その像を鋳《い》て、神さまのようにお仕えし（『唐摭言』巻十）、いつも賈島仏《かとうぶつ》と誦《とな》えつづけた（南宋の周密『斉東野語』巻十六）。また若いころ道士であった詩人、五代・後周《こうしゅう》の孫晟《そんせい》は、廬山《ろざん》（江西省）の簡寂観《かんじゃくかん》で賈島の肖像《しょうぞう》を描き、それを部屋の壁にかけて礼拝した。観主《かんしゅ》（道観の住持）は気が触《ふ》れたものと思いこんで彼を追放し、当時の人々から嘲笑されたという（『旧五代史』巻一三一）。

痩せて病気がちだった賈島は、まさしく詩作におのれの生きた証《あかし》を求め続けた男である。彼を崇拝した前述の李洞は、賈島の詩を好む者があると、その詩を手写《しゅしゃ》して贈り、くどくどとこう言いふくめた（『唐才子伝』巻九、李洞の条）。

此《こ》れ、仏経《ぶっきょう》（仏教の経典）と異なること無《な》し。帰りて香《こう》を焚《た》いて之《これ》を拝《おが》め。

と。こうした熱烈な愛好者《ファン》を持ちえたことは、詩の魔力に魅入《みい》られて窮死《きゅうし》した賈島の魂を、どれほど優しく慰めたことであろうか。

12

春草にこめた祈り――白居易《はくきょい》

賦得古原草送別

賦《ふ》して「古原《こげん》の草《くさ》」を得《え》たり　送別《そうべつ》　　白居易

離離原上草　離離《りり》たり　原上《げんじょう》の草《くさ》
一歳一枯栄　一歳《いっさい》に　一《ひと》たび枯栄《こえい》す
野火焼不尽　野火《やか》　焼《や》けども尽《つ》きず
春風吹又生　春風《しゅんぷう》　吹《ふ》いて又《ま》た生《しょう》ず
遠芳侵古道　遠芳《えんぽう》　古道《こどう》を侵《おか》し
晴翠接荒城　晴翠《せいすい》　荒城《こうじょう》に接《せっ》す
又送王孫去　又《ま》た王孫《おうそん》の去《さ》るを送《おく》れば
萋萋満別情　萋萋《せいせい》として　別情《べつじょう》満《み》つ

○**詩題**　「古原の草」という題で詩を作り、旅立つ友人を送った作品。「賦得《ふとく》」とは、「賦詩得題」（詩を賦《つく》りて題を得《う》）の意で、指定もしくは限定された題目であることを示す術語《じゅつご》。数人が共通のテーマのもとに関連題材（ある物、もしくは先人の詩句）の一つずつを分担して競作する、六朝《りくちょう》以来の集団創作の一方式。都留《つる》春雄「白居易『賦得古原草送別』をめぐって」（『滋賀《しが》国文』二十号）によれば、六朝末の陳《ちん》朝以来、詠物による送別詩が作成され、唐代、送別の席で各自あらかじめ詩題を限定して別離の情を詠む風習が存在した。元の辛文房《しんぶんぼう》『唐才子伝』巻四、銭起の条には、「凡《およ》そ唐人《とうひと》の燕集《えんしゅう》（宴会）・祖送《そそう》（送別会）には、必ず探題《たんだい》・分韻《ぶんいん》して（座中の各人に異なる詩題や脚韻を分配して）詩を賦《つく》り、衆中に於《お》いて一人の擅場《せんじょう》の者《もの》（一人舞台の第一人者。座中第一の詩の作者）を推《お》す（推挙する）」という。ちなみに、本詩を進士科を受験するための、練習用の作品と見なす説もあるが、進士科に出題される試帖詩《しじょうし》は通常、五言六韻（十二句）の排律《はいりつ》であって、このような五言律詩ではない。本書銭起の条参照。○**離離**　草がすきまなくびっしりと生い茂るさま。重言《ちょうげん》。○**野火**　山野の枯れ草を焼く、野焼きの火。のび。魏《ぎ》の曹植《そうしょく》「吁嗟《くさ》篇」に、「願わくは中林（林中の意）の草と為《な》り、秋《あき》　野火に随《したが》いて燔《や》かれなん」とあり、唐の張籍「樵客《しょうかく》吟」にも秋の野火を詠む。もちろん野焼きは冬にも行われ、わが国では一般に初春の行事である。南宋の呉曽《ごそう》『能改斎漫録《のうかいさいまんろく》』巻八に引く中唐の劉長卿《りゅうちょうけい》の逸句《いっく》に、「春　焼痕《しょうこん》に入《い》りて青し」とある。○**古道・荒城**　いずれも「古原」の景色をきわだたせるとともに、人事の変遷をも示唆する。○**王孫**　王侯貴族の子弟。貴公子。しばしば親友や相手に対する尊称となり、ここでは旅立つ友人を指す。○**萋萋**　草の生い茂るさま。ただし後漢の王逸《おういつ》は、「条《えだ》を垂れ葉を吐きて、紛《ふん》として華栄《かえい》あるなり」

と注するが、ここでは同時に、別れの深い悲しみをも形容する。重言。のちの五代・孫光憲《そんこうけん》の「清《せい》平楽《へいがく》」にいう、「思い（離愁）は芳草に随って萋萋たり」と。

いちめんに生い茂る、ものふりた高原の草。（それは）一年に一度、枯れてもまた生い茂る。あの野焼きの猛火《もうか》でさえも、（深く大地に根を下《お》ろした）強靭《きょうじん》な生命力までは焼きつくすことはできず、暖かい春風が吹きよせるとともに、またもや（新しい生命を喚《よ》び醒《さ》まして）芽ぶいてくるのだ。遠くまで生え広がる芳《かぐわ》しい野の草は、（人通りのまれな）古い道を少しずつおおいはじめ、うららかな日ざしにきらめく翠《みどり》の草は、遠くの荒れはてた（さびしい）城《まち》にまでずっと続いている。またもここで（今日）、親しい友の旅立ちを見送れば、別れの悲しみは、（春を迎えて日ごとに）萋萋《ふかぶか》と茂りゆく野の草のように（次々と湧き出て）、私の胸のなかに萋萋《ふかぶか》と満ちあふれるのだ。

詩は、まだ十代後半（16歳前後）の作者が、非凡な古典的発想にもとづく早熟な詩才とみずみずしい感性を示した、最も早期の作品の一つであり、平易・暢達《ちょうたつ》の詩風が早くも認められる。作者の白居易は、詩を作るたびに、（文字の読めない）一人の老婆にそれを読んで聞かせた。老婆が分かるといえば、それを書きとめ、分からないときには、平易な表現に書き改めたという（北宋の釈恵《しゃくえ》洪《こう》『冷斎《れいさい》夜話』巻一、老嫗《ろうおう》解詩の条など）。

白居易が唐代の詩人のなかで最多の詩（約三千首）を残すことを考えると、いちいちそれを老婆に読み聞かせることなど、まったく不可能なことであろう。しかし「たとえ寓話《ぐうわ》であるとしても、これは、彼のねらいと、それを実現するためにした推敲《すいこう》のきびしさを象徴することにおいて、真実性をもつ」（平岡武夫「白氏文集の成立」）、といってよい。

北宋の学者張耒《ちょうらい》（字は文潜）はいう（南宋の魏慶之《ぎけいし》『詩人玉屑《ぎょくせつ》』巻八）。

白居易像のレリーフ（洛陽竜門の香山寺内）

世間では、白居易は、いとも簡単に詩を作ったと思いこんでいるが、私が洛陽（北宋の副都）のある士人《ひと》の家で、その詩稿《しこう》数枚を見たことがある。それは、字句を訂正したり塗《ぬ》り消したりした添削《てんさく》の跡に満ち、完成した作品は、最初のものとほとんど違っていた。

これは、白居易自身、杭州刺史《こうしゅうしし》在任中の長慶四年（八二四）、53歳のときに作った「詩解《しかい》」（作詩を愛好することに対する弁明）の、

旧句《きゅうく》は　時時《じじ》（絶えず）改め
無妨《はなは》だ性情《こころ》を悦《よろこ》ばしむ

とも符合する。こうした厳格な推敲と添削の後に完成した作品は、清の趙翼《ちょうよく》『甌北《おうほく》詩話』巻四に指摘されるように、単なる「平易」な表現ではなく、じつは「精絶《せいぜつ》」とでも評すべき詩心に満ちており、「務《つと》めて人の共《とも》に言わんと欲《ほっ》する所を言う」作風を形成したのである。

妓女《ぎじょ》や牧童たちを含む、あらゆる階層の人々が彼の詩を愛唱し、その詩の写しが酒や茶と交換されたり、身体《からだ》じゅうに彼の詩を入墨《いれずみ》した剛の者さえ出現した（『酉陽雑俎《ゆうようざっそ》』前集巻八）大衆詩人白居易。彼の天性の資質を、少年時代、早くも見ぬいたと伝えられる人物は、毒舌の冗談《ジョーク》で知られる中唐前期の著名な詩人、顧況《こきょう》であった。晩唐の張固《ちょうこ》『幽閑鼓吹《ゆうかんこすい》』にいう。

白居易は、進士科を受験するために上京してほどなく、自作の詩をたずさえて著作郎《ちょさくろう》の顧況に面会した。顧況は彼の名前「居易（居《お》ること〔生活〕易《やす》し）」を見ると、じっと彼の顔を見つめながら（からかって）こういった、「（都長安の）米価《べいか》方《まさ》に貴《たか》し。居《お》ること亦《ま》た易《やす》からず」と。ところが彼の詩巻を披《ひら》いて、巻頭の詩句「咸陽《ママ》原上草、一歳一枯栄。野火焼不尽、春風吹又

生」を読むや、たちまち感心して、「箇《こ》の語《ご》（こんな秀句）を道《い》い得《う》れば、居《お》ること即《すなわ》ち易《やす》し」といった。かくして顧況の推挽《すいばん》を得て、白居易の評判は一挙に高まった。

当時、進士科（高等文官資格認定試験）の及第には、名士や有力者の推薦が不可欠であった。この逸話《エピソード》は、五代の王定保《おうていほ》『唐摭言《とうせきげん》』巻七、知己《ちき》の条にも、ほぼ同じく見えている。顧況は「長安百物貴《ひゃくぶったか》し。居《お》ること大《はなは》だ易《やす》からず」と皮肉ったが、「野火……」の二句を読むや、感嘆していった。

句《く》の　此《か》くの如《ごと》き有《あ》らば（これほどの秀句が作れるならば）、天下に居《お》るも（都長安はおろか、たとえ天下のどこに行こうとも）、甚《なん》の難《かた》きこと有らんや。老夫《ろうふ》（おいぼれ）の前言は、之《これ》に戯《たわむ》れしのみ。

この有名な逸話は、『旧唐書《くとうじょ》』白居易伝中の、次の話とも関連する。

白居易は15〜16歳のとき、作品をたずさえて、呉《ご》（蘇州）出身の顧況を訪ねた。顧況は文学にすぐれていたが、浮薄《ふはく》な性《たち》で、後進の文学者など、認めなかった。しかし白居易の作品を読むと、思わず自分から門に出迎え、手厚くもてなしていった、「吾《われ》 斯文《しぶん》遂《つい》に絶《た》てり（文学の道がこのままとだえる）と謂《おも》いしに、復《ま》た吾子《ごし》（あなた〔のような優れた後継者〕）を得《え》たり」と。

この話は、『新唐書』白居易伝中にもほぼ同じく見えるが、「十五、六歳」を「未《いま》だ冠《かん》せずして（20歳にならぬうちに）」と記し、白居易の作品を見たときの衝撃を、「（茫然）自失《じしつ》」と書き記している。

南宋の陳振孫《ちんしんそん》「白文公《はくぶんこう》年譜」や清の汪立名《おうりつめい》「白香山《はくこうざん》年譜」は、主に『旧唐書』本伝の記載を参照して、この逸話を貞元《ていげん》三年（七八七）、作者16歳、都長安における「史実」と見なした。これに対して、万曼《ばんまん》『白居易伝』は、こう批判する（花房英樹『白居易研究』八九頁所引）。

> 宣州《せんしゅう》（安徽《あんき》省）で郷試《きょうし》に及第して進士科を受験するために上京する貞元十五年（七九九）、28歳以前、白居易の上京はありえず、相手の顧況も貞元五年以後、嘲謔《たわむれ》のために饒州《じょうしゅう》（江西省）に左遷され、蘇州で刺史の韋応物《いおうぶつ》らと交遊する。もし白居易が顧況に面会したとすれば、それは都長安よりも、饒州か蘇州の地と考えたほうがよい。

近年の朱金城『白居易集箋校《せんこう》』（巻十三）は、「賦《ふ》して『古原の草』を得たり 送別」詩を、貞元三年、16歳の作か?とし、「江南での作」と見なす（羅聯添《られんてん》『白楽天年譜』もほぼ同じ）。傳璇琮《ふせんそう》『唐代詩人叢考《そうこう》』（顧況考）などの考証をも参照すれば、少なくとも受験のために上京した白居易が、都長安で顧況に面会したとする説は、成立しがたい。「史実」と見なす説（顧学頡《こがくけつ》・都留春雄）もあるが、白居易自身、顧況との会見にまったく言及せず、論拠に乏しい。ちなみに謝思煒《しゃしい》『白居易集綜論《そうろん》』によれば、顧況と白居易は貞元五年、江南で会ったと考証する。この説は前掲の万曼のそれに近いが、やはり確証に乏しい。

しかし「賦得古原草　送別」の詩が、16歳ごろの作品であることは、『白氏文集《ぶんしゅう》』における作品の配列状況を考えると、ほぼ妥当であろう。というのは、当該詩の三首前に置かれた「涼夜有懐」詩の自注「此れより後の詩は、並びに未《いま》だ挙《きょ》（科挙）に応ぜざるの時の作」、一首前の「江南送北客……」詩の自注「時に年十五」、二首あとの「病中作」の自注「年十八」、および『白氏文集』内の作品が作者自身の手によって寛《ゆる》やかながら作成年代順に配列されていることを考えれば、顧況との面会の有無はともかく、詩自体は「貞元三年」（花房英樹・羅聯添らの説）の作に確定することは困難だとしても、ほぼその前後の作であることは疑いない。

白詩「賦得古原草　送別」は、もちろんこの文壇の佳話《かわ》によってのみ有名なわけではない。作品自体が、古典的発想を充分体得した早熟の詩人らしい、みずみずしい抒情性に富むためでもある。

千古伝誦《せんこでんしょう》の名句と評される流水対《りゅうすいつい》「野火……」の一聯《いちれん》は、到るところに生え広がり、枯れても焼かれても萌えだす野草の属性を巧みに利用して、遠くへ旅立つ人が異境の地で力強く生きぬいて、再び会う機会を持てることへの祈りが、ひそかにこめられていよう。現代中国においても、この二句が、困難を恐れない不屈の革命（闘争）精神や、新生《しんせい》の事物《じぶつ》が備えもつ永遠の生命力などを讃美する成語として愛用されるのも、詩句に内在する〝哲理性〟にもとづいている。

　早熟な彼の鋭い感性は、従来「春草」に託されてきた詩的心象《イメージ》を豊かに増幅して、すぐれた送別詩に作りあげた手腕に、よく表れている。春の草は本来、悲哀の趣を帯びてはいない。しかし『楚《そ》辞《じ》』のなかに収める前漢の淮南小山《わいなんしょうざん》（淮南王劉安《りゅうあん》の指導する文学集団）の作（『文選』巻三三には劉安自身の作として収める）「招隠士《しょういんし》」（山中の隠士（屈原？）を招く意）のなかに、

　王孫遊兮不帰　王孫遊《おうそんあそ》んで帰《かえ》らず
　春草生兮萋萋　春草《しゅんそう》生じて萋萋《せいせい》たり

とあり、「王孫よ　帰り来《きた》れ、山中は以《もっ》て久しく留まるべからず」の句で結ばれる（王孫は貴公子の意で、すぐれた隠士を指す。また遊は出遊の意）。盛唐の学者陸善経《りくぜんけい》が、「其《そ》の帰ることの遅きを嘆くなり」（『（唐鈔本《とうしょうぼん》）文選集注《もんぜんしっちゅう》』巻六六）と注するように、この作品は、送別そのものを詠んだものではなく、別れて久しい人（隠士）の帰りを待ち望む気持が、萋萋《ふかぶか》と茂りゆく春の草によって増幅される心情を歌ったものである。

漢代の作者不詳（一説に後漢の蔡邕《さいよう》の作）「飲馬長城窟行《いんばちょうじょうくつこう》」（『文選』巻二七）にも、

青青《せいせい》たり　河辺《かへん》の草《くさ》
綿綿《めんめん》として遠路《えんろ》（遠い旅路の夫）を思う

とある。詩中の「綿綿（断ち切れずに続くさま）」は、「思い」（慕情）と「草」の双方にかかる、一種の双関語《かけことば》。こうした作品、特に前者（「招隠士」）を主な源泉として、春の訪れとともに一斉に萌えだす野の草の、みずみずしい緑は、時間の無情な推移をまざまざと告げながら、別れて久しい人に対する慕情をいっそうかきたてることになった。

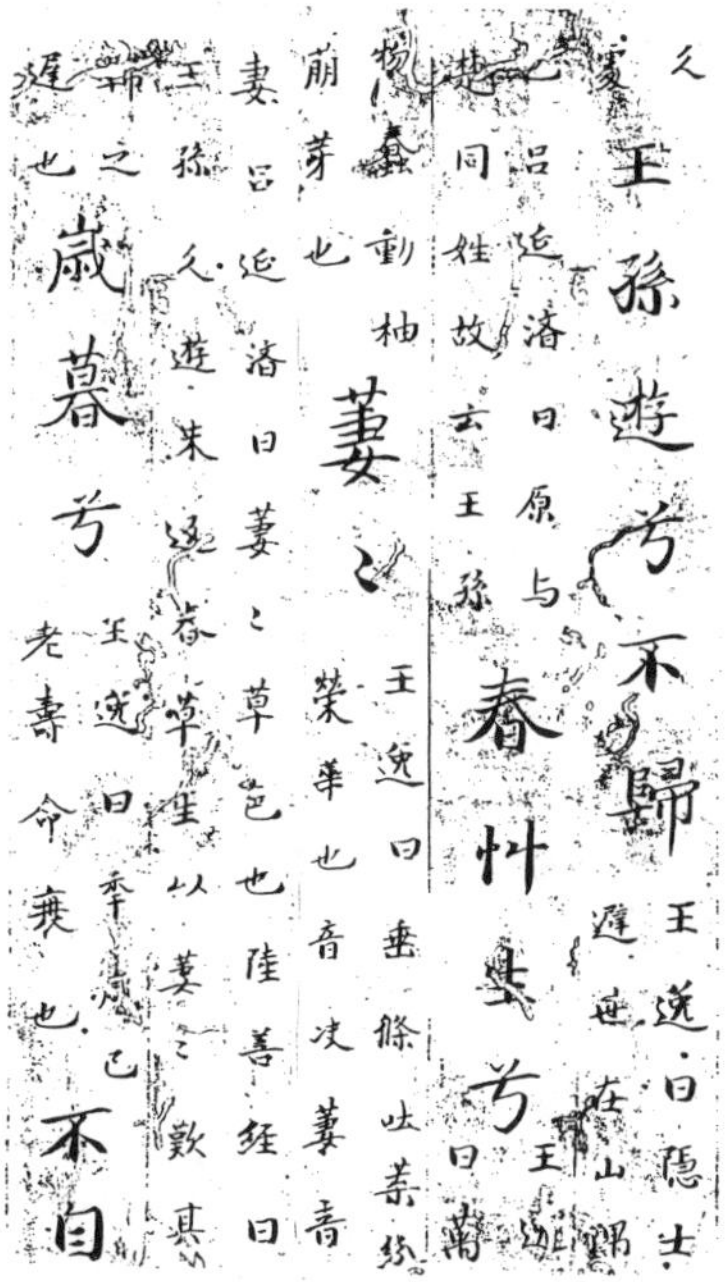

劉安（淮南小山）「招隠士」の一節
（『〔唐鈔本〕文選集注』より）

そして枯れても焼かれても、春の到来とともに萌えでる野草の姿は、さまざまな困難に堪えて持続する恒久不変の愛と、再会への確信を象徴するものにもなった（旅人の場合は逆に、春の草を目にすると、望郷の思いをかきたてられることになる）。盛唐の王維《おうい》は、「（山中）送別」詩

（輞川荘《もうせんそう》での作？）の後半に、

春草年年緑　春草《しゅんそう》 年年《ねんねん》 緑《みどり》なり
王孫帰不帰　王孫《おうそん》 帰《かえ》るや帰《かえ》らざるや

と歌う。季節のめぐりとともに、忘れずに萌えでる春の草そのものに、親しい人との再会を待ち望む祈りが深くまつわりついている。

詠物《えいぶつ》形式の送別詩に属する白居易の詩も、単に離別の悲しみを表白するものではなく、枯れても焼かれても、季節のめぐりとともに再生・復活する「春草」に託して、再会を待ち望み、それを確信する一途な慕情《おもい》を、ひそかに歌っているのだ。そして結びの「萋萋《せいせい》として　別情満つ」も、単に双関語として用いられた「萋萋」の巧みさのみに目を奪われてはならない。「萋萋《ふかぶか》といちめんに生い茂る野の草でさえも、惜別の悲しみを萋萋《ふかぶか》とたたえている」（李希南《りきなん》・郭炳興《かくへいこう》『白居易詩訳釈』など）とも訳されるように、無情な春草を通しての婉曲な惜別表現、として読むこともできよう。詩意の重層性が光る句作りである。

漢代の「招隠士」以来、離別の悲しみに彩《いろど》られがちな「春草」のイメージを深く掘り下げて、多様なイメージを引き出し、再会への一途《いちず》な期待感をも新たに付与してみせたのである。それは、春の草とともに世界の果てまでも広がりゆく深い離別の悲しみと、再会への熱き期待感とを同時に内在させた、ふくよかな詩的心象である。白居易の五言律詩約四百首のなかで最も愛唱されてきたのも、こうした詩心の鮮烈さゆえであろう。

白居易（七七二―八四六）、字《あざな》は楽天《らくてん》、下邽《かけい》（陝西省渭南《いなん》市）の人。香山居士《こうざんこじ》・酔吟《すいぎん》先生と号した。単に「長恨歌《ちょうごんか》」と「琵琶行《びわこう》」だけでも、すでに不朽の詩人と評してよい。若いころ社会や政治の不合理を批判した諷諭詩《ふうゆし》を多作したが、江州《こうしゅう》（江西省九江市）司馬《しば》左遷後は、日常生活のささやかな喜びを平淡に歌いあげる閑適詩《かんてきし》を多く作り、読む人に暖かい心の温《ぬく》もりを与え続ける。白居易にとって、詩の創作はすでに日常生活の一部と化し、一人の誠実に生きた士大夫の精神世界が、詩中に深々と刻みこまれていた。

その平易・暢達《ちょうたつ》な詩は、単に国内だけでなく、日本や朝鮮などの周辺諸国にまで、広範な愛好者を獲得した。「吾《われ》 斯文《しぶん》遂《つい》に絶《た》てりと謂《おも》いしに、復《ま》た吾子《ごし》（あなた）を得《え》たり」という顧況《こきょう》の賞讃は、史実としての真偽を越えて、韓愈《かんゆ》と並称される中唐詩壇の領袖《りょうしゅう》白居易の、早熟な詩才のきらめきを、みごとに察知した文壇の佳話として、その詩とともに今後も長く伝えられることになろう。

13

多感な風流才子——杜《と》牧《ぼく》

贈別二首　　贈《おく》りて別《わか》る　二首《にしゅ》　　杜牧

其一　　其《そ》の一《いち》

娉娉裊裊十三余　娉娉裊 裊《ほうほうじょうじょう》たり　十三余《じゅうさんあま》り
豆蔲梢頭二月初　豆蔲《とうこう》の梢頭《しょうとう》　二月《にがつ》の初《はじ》め
春風十里揚州路　春風《しゅんぷう》　十里《じゅうり》　揚州《ようしゅう》の路《みち》
捲上珠簾総不如　珠簾《しゅれん》を捲《ま》き上《あ》ぐるも　総《す》べて如《し》かず

○**贈別**　ある人に贈りて別れる意。一般に送別に用いられるが、ここでは留別《りゅうべつ》（詩を留めて別れる）の意。後蜀《こうしょく》の韋穀《いこく》編『才調集』巻四には、「題贈」（題《しる》して贈る）に作る。○**娉娉裊裊**　ほっそりとたおやかで、身のこなしの軽やかな美しい肢体を表わす擬態語《ぎたいご》。重言《ちょうげん》。○**豆蔲**　「荳蔲」とも書く、多年生草本の名。和名はズク。初夏、淡紅《うすべに》の花を咲かせ、桃の花や杏《あんず》の花のような艶麗さをたたえる「紅豆蔻《こうとうこう》」を指す。仲春二月は、花のつぼみが開き始めるころであり、これから女性として開花しようとする処女《おとめ》の姿をたとえたもの。〇**十里**　揚州の羅城《らじょう》（一般の住宅・商業地）内のほぼ中央部を南北に貫流する官河《かんが》（合瀆渠《ごうとくきょ》。いわゆる大運河）ぞいに延びる繁華な十里（約五キロ）の長街《ちょうがい》（メイン・ストリート）を指す。わが円仁『入唐求法巡礼行記《にっとうぐほうじゅんれいこうき》』巻一、開成三年（八三八）九月の条に、「揚府《ようふ》は南北十一里、東西七里、周四十里」とある。また杜牧の友人張祜《ちょうこ》の詩「淮南《わいなん》（揚州）を縦遊《しょうゆう》す」にも、「十里の長街　市井《しせい》（繁華街・盛り場）連《つら》なる」と見える。詳しくは拙著『唐詩の風景』揚州の条参照。〇**総不如**　中唐の王建「蜀中《しょくちゅう》の薛濤校書《せっとうこうしょ》に寄《よ》す」詩（元和八年（八一三）ごろの作）の、「掃眉《そうび》の才子《さいし》（文才に富む女性）多少《いかほど》なるを知らんや、春風《しゅんぷう》を管《かん》領《りょう》すること（春風を自在にあやつる意から、豊かな詩才を駆使して華々しい活躍ぶりを見せることの比喩）総《す》べて如《し》かず（管領春風総不如）」の影響下にあろう。薛濤については、本書の薛濤の条参照。

君は、ほっそりとしなやかな美少女。年は（わずかに）13～14歳。（そのういういしい風情《ふぜい》は）、仲《ちゅう》春《しゅん》（二月）の初め、梢《こずえ》の先にふくらんで、今にも咲き出しそうな、淡紅《うすべに》の豆蔻《ずく》の花のよう。五キロ以上も連なる揚州の、にぎやかな目抜き通り。折しも暖かい春風がそこを吹きぬけて、（数知れぬ妓楼の、美しい）真珠の簾を（次々と）巻きあげたとしても、とてもとても君の美しさにまさる歌《ひ》姫《と》など、目に映《うつ》るはずもないのだ。

其二

多情却似総無情
唯覚罇前笑不成
蠟燭有心還惜別
替人垂涙到天明

其《そ》の二《に》

多情《たじょう》は却《かえ》って似《に》たり　総《す》べて無情《むじょう》なるに
唯《た》だ覚《おぼ》ゆ　罇前《そんぜん》　笑《わら》いの成《な》らざるを
蠟燭《ろうそく》　心《こころ》有《あ》りて　還《かえ》って別《わか》れを惜《お》しみ
人《ひと》に替《か》わって涙《なみだ》を垂《た》れて　天明《てんめい》に到《いた》る

○**多情**　「多感」とほぼ同意。感受性が豊かなこと。南朝の呉歌《ごか》「子夜四時歌《しやしいじか》」の、「春風《しゅんぷう》は復《ま》た、多情、我《わ》が羅裳《らしょう》（うす絹のスカート）を吹き開く」の艶情とはやや異なる。李商隠《りしょういん》「病《やまい》に属《かか》る」詩の「多情は真《まこと》に命薄《めいうす》し（薄命）、容易《ようい》に即《すなわ》ち腸《はらわた》を廻《めぐ》らす」のほうが参考になろう。会昌五年（八四五）に成る張祜《ちょうこ》の詩「池州《ちしゅう》の杜員外《といんがい》（牧）の『杜秋娘《としゅうじょう》の詩』を読む」に、「年少にして多情なる杜牧之《とぼくし》、風流《ふうりゅう》（色ごとの道にも通じ）仍《な》お作る　杜秋《としゅう》の詩」という。○**総**　まったく。否定を強調する副詞。○**罇前**　罇は酒罇《さかがめ》・酒壺《さけつぼ》・酒器《さかずき》などの意。その前とは、別離の酒宴の席上で、の意。○**心**　ろうそくの「芯《しん》」と人の「心」との双関語《かけことば》。○**涙**　蠟涙《ろうるい》（ろうのしずく）と人の涙との双関語。

あまりにも深い悲しみは、かえって（人からあらゆる感情を奪い去って）、まるで情《こころ》をもたない木や石のような無表情に陥れるものであろうか。（万感の思いが胸に迫りくる）別離の酒宴の席上、（君に向かってにこやかな）笑顔を作ることすら満足にできない自分を、つくづく感じるばかり。（かたわらで二人を照らす）ろうそくこそ、意外にもやさしい心の持ち主。黙然《もくねん》と向かいあう二人に代わって、（悲しい恋の結末を知るかのように）、夜がしらじらと明けるまで、ポタポタと熱い涙を流してくれるのだ。

詩は、「歌鐘《かしょう》の地」揚州で、「青楼《せいろう》　薄倖《はくこう》の名《な》（色町での女泣かせという浮き名）」を流したものだ、とみずから自嘲する（「懐《おも》いを遣《や》る」詩）風流才子杜牧が、大和《たいわ》九年（八三五）、33歳のとき、まだあどけなさの残る美しい愛妓との別れに際して贈った、七言絶句の名篇である。妓女に対する恋心を率直に表白した詩であり、この点は、中唐以降、詩人と妓女との交流や恋愛が盛んになる風潮がもたらした一つの帰結、と評してよい。

風流才子とは、中唐の元稹《げんしん》が、若いころの恋愛体験をみずから作品化したとされる、有名な伝奇《でんき》小説「鶯鶯伝《おうおうでん》」のなかに引用された、親友楊巨源《ようきょげん》の詩中に見える言葉である。その「崔娘詩《さいじょうし》」には、いとしき女性から送られてきた恋文を読んで、ちぢに乱れる春思《こいごころ》（春心）の多き若者（作中の崔鶯鶯と恋愛した張生）を、こう表現する。

　風流の才子は　春思《しゅんし》多《おお》く

腸断《ちょうだん》す　蕭娘《しょうじょう》（美しい女性〈貴婦人〉の代称）　一紙《いっし》の書《しょ》

この楊巨源の詩は、「風流子《ふうりゅうし》」（色男の意）の言葉を用いた梁《りょう》の范靖《はんせい》の婦《つま》「蕭娘（夫の愛人である歌妓を指す）に戯《たわむ》る」詩（『玉台新詠』巻五）を踏まえている。

抜群の才学をそなえた粋な男「風流才子」は、女性との艶聞《えんぶん》を不可欠の要素とし、唐代の「風流」「風情」の語には、男女の情事《いろごい》をにじませる用法がすでに成立していた。都長安の平康坊《へいこうぼう》内にあった有名な妓楼街「北里《ほくり》」が、「風流の藪沢《そうたく》」と呼ばれたことも思い起こされよう。

杜牧（八〇三—八五二）、字《あざな》は牧之《ぼくし》、京兆府万年県《けいちょうふまんねん》（陝西省西安市《せんせい》）の人。祖父の杜佑《とゆう》は、徳宗・順宗・憲宗の三帝に仕えた著名な宰相で、『通典《つてん》』（歴代の社会制度の通史）の名著でも知られる史学者であった。幼少のころから、杜牧はこの祖父の影響を受けて、政治に対する強い関心をいだき、唐朝の再興を強く念願した詩人である。

大和二年（八二八）、26歳のとき、難関の進士科に及第する。これは、太学博士《たいがくはくし》（大学教官）呉武陵《ごぶりょう》が、三年前に成る杜牧の名作「阿房宮の賦《あぼうきゅうのふ》」（秦の始皇帝の事跡を詠じつつ、遊び好きの天子敬宗《けいそう》を風刺した長篇の美文）に感動して、この人こそ「真《まこと》に王佐《おうさ》の才《さい》（皇帝を補佐する人材）なり」と思って、当時の知貢挙《ちこうきょ》（試験委員長）崔郾《さいえん》に強く推挙した結果である、と伝える（『唐摭言《とうせきげん》』巻六）。続いて同年三月の制挙《せいきょ》（天子みずから主宰する、非凡な人材を抜擢する採用試験）にも及第して、弘文館校書郎となった。

ついで観察使沈伝師《しんでんし》の幕僚として洪州（江西省）・宣州（安徽省）に滞在したのち、大和七年（八三三）、31歳のとき、淮南《わいなん》節度使牛僧孺《ぎゅうそうじゅ》の幕僚（初めは節度推官《すいかん》、続いて掌書記《しょうしょき》）となり、前掲の「贈別」詩の作られる大和九年の春まで、あしかけ三年間にわたって、長江下流の大都市揚州《ようしゅう》（江蘇省）に滞在した。

唐代の後期、揚州は、東流する長江と南北を結ぶ大運河の十字路に位置する、巨大な物資の集散地（特に莫大な利潤をもたらす専売品「塩」を扱う大商人の拠点）として、空前の繁栄を見せた。都長安が唐朝の政治の中心地であるとすれば、揚州こそ唐朝の経済の中心であり、その「富庶《ふしょ》（繁華・裕福さ）は、天下に甲《こう》（第一）たり」（『資治通鑑《しじつがん》』巻二五九）とされ、「揚一益二《よういちえきに》」（益は益州（四川省成都市））の言葉も伝わる（拙著『唐詩の風景』参照）。こうした経済的繁栄は、必然的に夜の妓楼・歌館のにぎわいをもたらし、揚州美人の名（揚州の娼名《しょうめい》）は、天下に鳴りひびいた。

杜牧像（『晩笑堂画伝』より）

元の辛文房《しんぶんぼう》『唐才子伝』巻六にいう。

揚州の古運河（文峰搭より見おろす）

牧は容姿美《うるわ》しく、歌舞を好み、風情《ふうじょう》（色好み）頗《すこぶ》る張《は》り、自《みずか》ら遏《とど》むる能《あた》わず。時《とき》に淮南《わいなん》（揚州）は、繁盛《はんせい》京華《みやこ》に減《おと》らずと称《しょう》す。且《か》つ名姫《めいき》（有名な妓女）・絶色《ぜっしょく》（絶世の美女）多し。牧は心を恣《ほしい》ままにして賞《たの》しむ。

光輝ある家柄と、抜群の才学を自負する貴公子杜牧は、「歌鐘の地」揚州で青春を謳歌《おうか》し、夜ごと花街《はなまち》に入りびたり、ずいぶん妓女たちにもてたようである。唐代の後期、妓女は士大夫《したいふ》（知識人）にとって、「家」が優先される妻とは異なって、「性」や「技芸」を通して、より自由な恋愛の対象となっていた。

杜牧の死後、ほぼ三十年にして成る晩唐の高彦休《こうげんきゅう》『唐闕史《とうけつし》』（『太平広記』巻二七三所引）には、彼の豪遊ぶりをこう伝えている（詳しくは『唐詩の風景』参照）。

揚州は夜になると、「九里三十歩」（約五キロの羅城《らじょう》内）の繁華街は、妓楼にともる無数の絳《こう》紗灯《さとう》（絳《あか》い紗《うすぎぬ》の灯火《ともしび》）の、まばゆい明かりに包まれ、杜牧は毎晩、そこに出没した。彼の身を心配した牛僧孺《ぎゅうそうじゅ》は、兵士に命じて、彼の身辺をこっそり護衛させた。

のち、杜牧は都長安に転任することになった。送別の宴の席上、牛僧孺が、くれぐれも自重して、あまり遊びすぎないように、と忠告した。しかし、杜牧がまったく身に覚えのないような素振《そぶ》りを見せるので、牛僧孺は苦笑しながら、そばの者に命じて、文書箱を持ってこさせ、杜牧に見せた。それは、警護の者たちの、膨大《ぼうだい》な報告書であった。杜牧は深く恥じて、終生その恩情を忘れなかった。

この有名な風流韻事《いんじ》は、于鄴《うぎょう》の『揚州夢記《ようしゅうむき》』のなかにも記されている。また北宋の王讜《おうとう》編『唐《とう》語林《ごりん》』巻七に記す内容は、若干《じゃっかん》これと異なっている（大意）。

夜ごと「妓舎《ぎしゃ》」に遊ぶ杜牧の身を心配した牛僧孺は、幕僚たちとの閑談の折に、こういった、「もし気に入った『風情婦人《うたひめ》』（妓女）があれば、彼女を囲い、夜中の一人遊びは慎むように。夜中もし思わぬ災難にあったら、どうするのだ」と（これは唐代、妓楼の利用者には、若手の下級官僚や科挙の及第者・受験者たちが多く、身分が高くなれば家妓《かぎ》を蓄えたからである）。初め無視していた杜牧も、篋《はこ》のなかの榜子《かきつけ》（ボディー・ガードの報告書）一〇〇あまりを見せられて、すっかり恐縮した。

揚州での放蕩三昧《ざんまい》の生活も、やがて終りを迎えた。監察御史《かんさつぎょし》として都長安に帰ることになり、あどけなさの残る最愛の妓女に贈って別れた詩が、前掲の「贈別二首」なのである。

第一首は、ういういしい彼女の美しさを絶讃して、揚州第一と歌い、ひときわ惜別の思いがかきたてられることを示唆する。続く第二首は、惜別の悲しみそのものを惻々《そくそく》と訴えた作品である。大中三年（八四九）の春ごろ、10歳ほど年下の著名な詩人で、当時、京兆府《けいちょうふ》の属官として在京中の李《り》商隠《しょういん》は、「杜司勲《としくん》（吏部の司勲員外郎に在任中の杜牧）」詩を作って、深い敬愛をこめながら、

刻意傷春復傷別　意《こころ》を刻《きざ》みて春《はる》を傷《いた》み　復《ま》た別《わか》れを傷《いた》む
人間惟有杜司勲　人間《じんかん》　惟《た》だ杜司勲有《あ》るのみ

と歌った。骨身を削る思いで行く春（青春）を、そして離別の悲哀を、心をこめて痛切に歌いあげた詩人は、人の間《よ》ではただ杜牧どの、あなただけだ、と。

この批評は、ただちに、

春半《はるなか》ばにして　年已《としすで》に除《さ》る
其《そ》の余《よ》は　強《し》いて有《あ》りと為《な》す

遊ぶ杜牧（清初『揚州夢（伝奇）』より）

と嘆く「惜春」詩や、李詩の十五年ほど前に成る前掲の「贈別二首」、特にその二を思い起こさせる（清の朱鶴齢《しゅかくれい》や高橋和巳《かずみ》などの説）。もっとも、この評語は、こうした個別的な作品を指すものではなく、杜牧の詩情（国家の行く末や時勢に対する憂慮と、官人《やくにん》としての大半を江南の地方官として過ごさざるを得なかった懐才不遇意識）と密接に関連づけて考えるべきだともいう（劉学鍇《りゅうがくかい》・余恕誠《よじょせい》『李商隠詩歌集解』など）。しかしそれは、前者の説を完全に否定するものではない。

「贈別」詩の、特に第二首は、「別れを傷む」杜詩の絶唱であることは、疑いない。通常、「多情」と「無情」とは、対立する二つの概念（情愛の両極）であるが、あまりにも悲しみが深いと、かえって言葉も涙も失われて、一種の放心状態（魂の脱けがら）のような無表情に陥り、「多情≒無情」の図式が成立するのだ、と。これは、風流才子らしい実感の表白であるとともに、極限状況下に置かれた人間の心理状況のありようを、みごとに射とめた名言であろう。それはおそらく、深く感動して傷つきやすい心の、いわば自己防衛なのであろう。物ごとに感じて、激しくうちふるえる繊細な心は、かえって無感動で、冷たく鈍い心の表情に、一見似てしまうのだ、と。

後半の二句もまたすぐれる。陳の後主陳叔宝《こうしゅちんしゅくほう》の作った六首連作「君の出《い》でしより（自君之出矣）」の第五首、

君《きみ》を思《おも》えば　夜《よる》の燭《ともしび》の如《ごと》く

涙《なみだ》を垂《た》れて　鶏鳴《けいめい》（夜明け）に著《いた》る

にもとづきつつ、それをみごとに（換骨《かんこつ》）奪胎《だったい》した手腕の冴えを見せている。多情の人と無情のろうそく。その相反する二つが立場を逆転させて、別離の深い哀傷をただよわせるのだ。

「涙蠟《るいろう》」の語は、すでに六朝末の庾信《ゆしん》「燭《ともしび》に対《むか》う賦《ふ》」のなかに見え、「蠟涙《ろうるい》」の語もまた李賀《りが》「悩公《のうこう》」や元稹《げんしん》「生春二十章」（其九）などに見え始める。晩唐の羅鄴《らぎょう》「蠟燭《ろうそく》」詩にも、悲しい別離の夜宴を描写して、「（ろうのしずくが）珠《たま》の如《ごと》く涙の似《ごと》く　樽前《そんぜん》に滴《したた》る」という。しかし中国詩歌史における蠟涙（涙蠟）の語が、杜牧の「贈別」詩のそれを主な源泉として意識され続けたのは、その適切で感動的な表現力の結果である。

他方、第一首の詩眼《しがん》は、明らかに「豆蔲《ずく》」の語にある。蕊心《ずいしん》に両瓣《りょうべん》が並ぶところから、「比目《ひもく》魚《ぎょ》」（二匹並んで始めて泳ぐことができるという一つ目の魚）や「連理《れんり》の枝《えだ》」（二本の樹の枝が結合して、理《り》（木目）が連なったもの）にたとえられたという、南方産の紅豆蔲《こうとうこう》の花（南宋の范成大《はんせいだい》『桂海虞衡《けいかいぐこう》志《し》』志花）。南方に住む人々は、咲きかけの花の美しさを愛して摘みとり、「含胎花《がんたいか》」と呼んだ。幼い妊婦の風情《ふぜい》を持つためという（南宋の姚寛《ようかん》『西渓叢語《せいけいそうご》』巻上）。あるいはまた、この花は、揚州の対岸、京口《けいこう》（鎮江市）に最も多く、「鴛鴦花《えんおうか》（オシドリの花）」とも呼ばれて、媒酌人はその一枝を花婿の家へ一種の結納品として贈る、とも伝える（周錫馥《しゅうしゃくふう》『杜牧詩選』に引く清の周亮工《しゅうりょうこう》『書影』)。

こうした種々のイメージにつつまれた愛の象徴《シンボル》「紅荳蔻」。春風にうちふるえながら開花を待つそのつぼみを採りあげて、女性として成熟する前の、美少女の風情をたとえたのである。その自在な比喩の運用は、まことに風流才子杜牧にふさわしい。もちろん、杜牧の脳裏には、中唐の詩人李賀の「悩公《のうこう》」詩(妓楼を舞台とした作品)のなかの、

密書《みっしょ》 荳蔻《とうこう》を題《しる》し
隠語《いんご》 芙蓉《ふよう》を笑《わら》う

――妓女は荳蔻の花言葉に託して恋文をしたため、昔の人が芙蓉《はす》(蓮《れん》=憐《れん》(愛情、愛する))の花言葉に託した隠語《かくしことば》の、古くささをあざ笑う――の句が浮かんだとしても……。

ちなみに、杜牧の有名な長篇の五言古詩「張好好《ちょうこうこう》(杜牧が忘れかねた芸妓の名)の詩」にも、「十三 纔《わず》かに余《あま》り有《あ》り」とある。松原朗《あきら》『唐詩の旅―長江篇』は、この点に着目して、「繰り返し表明される少女への断ち切れぬ執着」を、杜牧独特の性愛観を表わすものとして注目する。興味深い指摘である。

都長安に帰った杜牧は、会昌《かいしょう》二年(八四二)以降六年間、黄州(湖北省)・池州(安徽省)・睦《ぼく》州(浙江省)の刺史(長官)を歴任する。この後、中央官に復帰するが、兄として眼病を患う弟杜顗《とぎ》、

未亡人となった妹の家族を世話するために、収入の多い外任を求めて湖州（浙江省）刺史となる。のち都で「文士の極任《きょくにん》」と評された中書舎人《ちゅうしょしゃじん》（天子の詔勅を起草する職）となって没した（50歳）。

杜牧は、一方では経世済民《けいせいさいみん》の志をもつ剛直な官人《やくにん》、他方では酒色におぼれる多感な風流才子であった。晩年になるにつれて、揚州での青春時代が、ひときわなつかしく回想され、おそらくこのういういしい愛妓の面影《おもかげ》も、見はてぬ「揚州の夢」のなかで、幾度《いくど》となく鮮明によみがえったことであろう。当時よりも、いっそう甘美に、そして切なく……。

14

清純な愛の物語——趙《ちょう》 嘏《か》

江楼書感

独上江楼思渺然
月光如水水連天
同来翫月人何処
風景依稀似去年

江楼《こうろう》にて感《かん》を書《しょ》す　　趙 嘏

独《ひと》り江楼《こうろう》に上《のぼ》れば　思《おも》い渺然《びょうぜん》たり
月光《げっこう》　水《みず》の如《ごと》く　水《みず》　天《てん》に連《つら》なる
同《とも》に来《きた》りて月《つき》を翫《め》でし　人《ひと》は何《いず》れの処《ところ》ぞ
風景《ふうけい》は依稀《いき》として　去年《きょねん》に似《に》たり

○**江楼書感**　江辺《かわべ》の高楼（後掲の物語によれば、長江にのぞむ潤州城《じゅんしゅうじょう》（鎮江市）のそれ）に登って、湧きあがる感慨を書きしるす意。後蜀《こうしょく》・韋縠《いこく》『才調集』巻七には「感懐」と題し、『全唐詩』巻五五〇には「江楼旧感《きゅうかん》」と題する。○**水連天**　『才調集』や『全唐詩』には、「水如天（水　天の如《ごと》し）」に作る。○**依稀**　似かようさま。ものごとが断ち切れずに継続するさま。畳韻《じょういん》。

ただ一人、江辺《かわべ》の高楼に登って眺めやると、湧きあがる愁思《かなしみ》は、果てもなく広がりゆく。あたりにたゆたう月の光は、まるで水のように冷たく澄みわたり、眼下に広がる江《かわ》の水は、白い月明りと一つに融けあって、はるかな大空に連なりつつ流れていく。ともにこの高楼で月を眺めて楽しんだあの人は、今どこにいるのであろうか（もはやこの世にはいない）。まわりの風景だけは、さながら去年眺めた時と少しも変わらないようなのに。

詩は、景と情とがみごとに融けあって、清冽《せいれつ》な詩情をたたえた七言絶句である。作者は水辺の高楼に登って、月を眺めながら、いったい誰のことをなつかしんでいるのであろうか。わが江戸時代の千葉芸閣《ちばうんかく》『唐詩選師伝講釈《しでん》』は、本詩を、愛妾に対する趙嘏《ちょうか》の一途《いちず》な愛の物語と結びつけて解釈する。五代・王定保《おうていほ》『唐摭言《とうせきげん》』巻十五、雑記には、こういう。

かつて浙西《せっせい》（潤州《じゅんしゅう》〔江蘇省鎮江市〕）に住んだとき、趙嘏は一人の美しい女性を溺愛《できあい》した。進士科（高等文官資格認定試験）を受験するために上京するとき、母親の反対にあって、彼女をとどめ置いた。たまたま中元節（七月十五日）のとき、鶴林寺《かくりんじ》に遊んだ彼女の姿を、当地の浙帥《せっすい》（浙西観察使）が見そめて、そのまま奪って連れ帰った。

翌年（会昌《かいしょう》四年）、進士科に及第した趙嘏は、このことを知って、その無法なふるまいを箴《いまし》める七言絶句（省略。中唐の詩人韓翃《かんこう》と、将軍に一時奪い去られた彼の愛妾柳氏《りゅうし》との愛の物語（唐の許尭佐《きょぎょうさ》「柳氏伝」や『本事詩』情感篇）になぞらえて歌った作品。『全唐詩』巻五五〇には、「座上にて元相公《げんしょうこう》〈稹《しん》〉に献ず」と題するが、きわめて疑わしい。浙西観察使と浙東観察使とを混同した後世の人が、誤ってつけた詩題であろう）を作った。それを読んだ浙帥は気がとがめ、人を遣《つかわ》して彼女を趙嘏のもとに送りとどけさせた。

折しも趙嘏が関所（都長安の東方を守る潼関《とうかん》）を出て進み、横水駅《おうすいえき》（河南省孟津《もうしん》県の西の横水鎮《ちん》にあった宿場の名。洛陽市の西北）に次《やど》ろうとしたとき、盛大な行列を見てたずねると、「浙西《せっせい》尚書《しょうしょ》さま（浙帥）が、このたびめでたく及第した趙どのの奥方を送って都に向かうのだ」とのこと。輿《こし》のなかにいた彼女も趙嘏とわかり、嘏が馬から下《お》りて簾をかかげて視《み》ると、彼女は嘏を抱きしめ、激しく身をふるわせて泣いたのち死んだ。嘏は彼女を横水の陽《きた》に埋葬した。

元の辛文房《しんぶんぼう》『唐才子伝』巻七、趙嘏の条には、愛妾の死を、再会した「信宿《しんしゅく》（二晩）」後のこととし、さらに趙嘏は一生彼女を慕いつづけ、臨終のときにはその姿を目にした、と伝える。

譚優学《たんゆうがく》「趙嘏行年考《こうねん》」（同『唐詩人行年考』所収）や『唐才子伝校箋《こうせん》』巻七、趙嘏の条（譚優学執筆）は、この逸話《エピソード》はほぼ事実であると見なし、愛妾との再会とその急死は、進士科及第の翌年にあたる会昌五年（八四五）の春末夏初のころ、浙帥は中唐の詩人盧綸《ろりん》の子、盧簡辞《ろかんじ》を指すか、と考

趙嘏詩意図（『唐詩選画本』より）

証する。

他方、『唐才子伝校箋』第五冊（補正）に見える陶敏《とうびん》の説によれば、愛妾が浙西観察使に奪われた事件は、「小説家」の言葉に近くて、信憑《しんぴょう》性に乏しい。「遅くとも会昌三年には、趙嘏は浙西（潤州）に移り住んだ」とする譚優学の説に対しても、現存する詩を検討して、会昌六年（八四六）・翌大中《だいちゅう》元年ごろ、趙嘏はまだ（淮河《わいが》のほとりにある）故郷の山陽県に住んでいて転居していない、と反論する。

こうした細部の問題点を含みながらも、いつまでも亡き愛妾を慕いつづけたという趙嘏の話は、当時、決してありえないことではない。たとえば、太原《たいげん》（山西省）の美妓の死に殉《じゅん》じた中唐の文学者、欧陽詹《おうようせん》（七五八？―八〇一？　泉州晋江《しんこう》（福建省）の人）の有名な恋愛事件《スキャンダル》を思い起こしてみればよい。『全唐詩』巻四七三に収める孟簡《もうかん》「欧陽行周《おうようこうしゅう》（行周は詹の字《あざな》）の事を詠《よ》む」詩の序には、ほぼこういう（晩唐の黄璞《こうはく》『閩川《びんせん》名士伝』〔『太平広記』巻二七四所引〕にも見える）。

欧陽詹は、国士監四門助教《こくしかんしもんじょきょう》（大学の助教授）に在任中の貞元《ていげん》十七年（八〇一）、太原に遊び、当地の長官が催した宴席で、美しい妓女に見つめられて悦《よろこ》び、ひと月以上にわたって深く愛しあった。

彼女が一緒に都に帰りたいと申し出ると、詹は人目を気にして、帰京後、迎えにくると約束した。しかし迎えをやる時期が遅れてしまい、その妓女は憂いのあまり病死した。詹は形見《かたみ》の髻《もとどり》を手にして深く嘆き、十日後に死んだ（44歳？）。

趙嘏の話も、この欧陽詹の逸話を参照して考えれば、単なる虚構《フィクション》ではなさそうである。千葉芸閣『唐詩選師伝講釈』は、前掲の「江楼書感」詩を、亡き愛妾を慕って詠んだ一種の挽歌《ばんか》として捉《とら》え、「蓋《けだ》シ郷ニ帰リ、楼ニ上リテ作ル」という。じつは詩中の「同《とも》に来《きた》りて月を翫《め》でし人」

は、友人それとも恋人?、あるいは男性それとも女性?、そのいずれでも解釈は可能であるが、起句の「独り上る」と転句「同《とも》に来りて」とが緊密に呼応するため、「物《もの》は是《ぜ》にして人《ひと》は非《ひ》なる」（風物はもとのままなのに、人をとりまく環境が一変する）深い悲しみにあふれているように感じられる。現存する趙嘏の詩に「悼亡《とうぼう》二首」があることから推測すれば、愛妾ではなく愛妻をしのんだ一種の挽歌である、とも考えられよう。

しかし唐代の詩人の有名な伝記集『唐才子伝』が、趙嘏と愛妾との劇的な再会と彼女の急死を述べた後、趙嘏が終生、「思慕して已《や》まず、終りに臨んで目に見る所有り」と記したことが、後世大きな影響をもたらし、いったん本詩とその哀切な逸話とを結びつけた解釈が登場すると、急速に支持されていく。

たとえば、土岐善麿《ときぜんまろ》は『鶯《うぐいす》の卵―新訳中国詩選』のなかで、詩題を「おもいで」と訳し、愛妾と関連づける説に対して、「そうかも知れない。じつに水のように清純な愛情」と評し、

　妹《いも》（生前の妻）が見し　楝《あふち》の花は　散りぬべし（散ってしまいそう）　我《わ》が泣く涙　いまだ干《ひ》な
　　くに（乾《かわ》かないのに）

という山上憶良《やまのうえのおくら》の歌（『万葉集』巻五）を引いて結ぶ。これは、明末の譚元春《たんげんしゅん》が、「隻言片語《せきげんへんご》、不《ふ》尽《じん》の欷歔《ききょ》（言葉のはしばしに、無限のすすり泣きがある）」と評し（宇野明霞《うのめいか》『唐詩集註』巻七所引）、わが太田青丘が結句に対して、「胸中の感懐が、ひそかなる吐息《といき》と共に僅《わず》かに洩《も》れたよう」（『唐詩

入門』）と評するように、本詩を底流する清冽な詩心ともかなっている。

ただし、亡き愛妾を追悼する一種の挽歌と見なす解釈は、じつは日本特有のものであり、中国では一般に親友を懐《なつ》かしむ歌、と捉える傾向が強い。この顕著な差異は、結局のところ、日中両国それぞれの文学の伝統に根ざした感性の差にもとづく、といってよい。ここにも今後なお、充分検討すべき興味深い問題が残されている。

趙嘏（八〇六？—八五三〜八五四ごろ）、字《あざな》は承祐《しょうゆう》。楚州《そしゅう》山陽（江蘇省淮安《わいあん》市）の人。若いころ、浙東《せっとう》観察使元稹《げんしん》を越州（浙江省紹興《しょうこう》市）に訪ね、大和《たいわ》六年（八三二）前後、宣歙《せんしょう》観察使沈伝師《しんでんし》を宣州（安徽省宣州市）に訪ねて、その幕僚であった杜牧《とぼく》と知りあう。後ほどなく上京して進士科を受験するが落第、そのまま数年間、都長安に滞在しつづけた。

そして大和九年（八三五）ごろ、有名な「長安の秋望《しゅうぼう》（秋の望《なが》め）」（長安の晩秋）詩を作ったらしい。その頷聯《がんれん》（三・四句）の対句、

残星幾点雁横塞　残星幾点《ざんせいいくてん》ぞ　雁《かり》　塞《さい》を横《よこ》ぎり
長笛一声人倚楼　長笛《ちょうてき》　一声《いっせい》　人《ひと》　楼《ろう》に倚《よ》る

——夜明けの空には残《かす》れた星が幾《いく》つかまたたき、雁の群れが北の塞《とりで》を越えて南へと飛びゆく。どこからか流れくる長笛《ふえ》の一声《ひとふし》、詩人《ひと》は高楼《たかどの》に倚《もた》れつつ、じっと聞き入りもの思う——は、視覚と聴覚、動と静とを巧みに組み合わせて、秋の悲しみと望郷の思いを表白する。友人でもあった著名な詩人杜牧は、この一聯《いちれん》（二句）を吟賞してやめず、彼を「趙倚楼《ちょういろう》」と呼んだという（『唐摭言』巻七、知己）。

会昌四年（八四四）、ようやく進士科に及第（39歳？）。しかし採用試験に失敗し、大中四年（八五〇）ごろ、ようやく渭南県《いなん》（陝西省渭南市。都長安の東方）の尉《い》（補佐官）となり、その在任中の終りに没したらしい（四十代後半）。このため「趙渭南《ちょういなん》」とも呼ばれる。

趙嘏は、官途には恵まれなかったが、詩人としての名声は、当時高かった。一人の美しい愛妾（美姫《びき》）を終生慕いつづけた清純な愛は、少なくともわが国では、彼の名作「江楼書感」を通して、今後も語り継がれていくことになろう。

15　驪竜《りりゅう》の照夜《しょうや》——許《きょ》渾《こん》

謝亭送別　　　　許渾

労歌一曲解行舟
紅葉青山水急流
日暮酒醒人已遠
満天風雨下西楼

謝亭《しゃてい》の送別《そうべつ》　　　　許渾

労歌一曲《ろうかいっきょく》　行舟《こうしゅう》を解《と》く
紅葉《こうよう》　青山《せいざん》　水急《みずきゅう》に流《なが》る
日暮《にちぼ》　酒醒《さけさ》むれば　人已《ひとすで》に遠《とお》く
満天《まんてん》の風雨《ふうう》　西楼《せいろう》より下《くだ》る

○**詩題**　許渾が大中四年（八五〇）、潤州城《じゅんしゅうじょう》（江蘇省鎮江市）南郊の丁卯澗村舎《ていぼうかんそんしゃ》で手写した自撰作品集の一部分「唐許渾烏糸欄詩真蹟《うしらんししんせき》」（南宋の岳珂《がくか》『宝真斎法書賛』巻六所収）には、「謝亭送客」（謝亭にて客《かく》を送る）に作る。○**労歌**　「労労亭の歌」の意。労労亭とは、金陵《きんりょう》（六朝の古都建康〔今の南京市〕）の南郊外八キロの丘陵地、小高い労山（別名は労労山。一説に現在の南京中華門外約六キロに位置する石馬山のこととする）上の送別地にあった有名な亭《たてもの》の名。盛唐の李白の詩「労労亭」に、「天下　心を傷《いた》ましむる処《ところ》、労労　客《かく》を送るの亭《てい》」とあり、同「労労亭の歌」にも、「金陵の労労　客を送る堂《どう》」という。労労亭とは、山名にもとづく呼称であるが、見送る人の深い心の傷みをも暗示する。当時、別れの歌に送られて旅立つ風習があり、ここでは「労労亭で旅立つ人を見送るとき、頻繁に歌われた歌曲」の意味から、広く「送別の歌」の意に転用したもの。

○**紅葉**　前掲の「烏糸欄詩真蹟」には、「紅樹」に作る。○**下西楼**　送別の宴が張られた謝亭の楼上から下りて帰途に着く。西楼は「南浦《なんぽ》」とともに送別地を表わす慣用語（劉学鍇の説）。「西」字はまた、秋の縁語でもある。ちなみに「下る」を、風雨が降りそそぐ意味に捉える説もある。

送別の歌が一曲《ひとふし》流れるなか、旅立つ君をのせた舟は、ともづなを解いて出発し、（たちまちのうちに消えうせ、そのあとには）美しく紅葉した樹々、青く連なる峰々のあいだを、清冽《せいれつ》な谷川の水が激しく流れゆくばかり。別れの宴席で酌みかわした酒の酔いも醒めはてた夕暮れどき、君はすでにはるか彼方《かなた》へと旅立ってしまい、空いちめんに吹きあれる風、激しく降りそそぐ雨のなかを、私は謝亭の西楼《たかどの》から降りて帰りゆく。

詩は、「驪竜《りりゅう》の照夜——驪《くろ》き竜の頷《あご》の下にあると伝えられる、得がたい千金の珠《たま》（『荘子《そうじ》』列禦寇《れつぎょこう》篇）。〔ちなみに照夜は、夜の闇を明るく照らす『照夜珠《しょうやしゅ》（夜光珠の一種）』の略〕」にたとえられた、晩唐前期の詩人許渾の代表作である（『唐才子伝』巻七）。それは、旅立つ人のつらい心情を思いやる通常の送別詩とは異なり、離別後、一人《ひとり》とり残された送者の深い寂寥感に焦点をあてた、ユニークな発想をもつ。

詩題の「謝亭」とは、謝公亭とも呼ばれ、風光明媚な江南の名城、宣州宣城県《せんしゅうせんじょうけん》（安徽省宣州市）の北郊約一キロの渡し場（水陽江《すいようこう》（城《まち》の東郊を流れる宛渓《えんけい》と句渓《こうけい》の二水が北流して一つになった後の名称で、長江の一支流）の西岸）にあって、南朝・斉の有名な詩人謝朓《しゃちょう》が、宣城郡太守在任中（四九五—四九六、作者32〜33歳）に、零陵《れいりょう》（湖南省）の内史《だいし》として赴任する友人范雲《はんうん》を見送った場所、と言い伝えられていた。

本来の送別地は、詩の注に述べた金陵の労労亭（新亭）であったが、李白はあえて当地の伝承に従って「謝公亭」詩を作り、その冒頭にこう歌っている。

謝亭は　離別の処《ところ》
風景　毎《つね》に愁《うれ》いを生《しょう》ず
客《かく》は散《さん》ず　青天の月
山《やま》は空《むな》し　碧水《へきすい》の流れ

許渾は当然、この李詩を念頭に置いて作っていよう。承句の「紅葉青山水急流」は、李詩の「山空碧水流」を踏まえており、冒頭の「労歌」もまた、謝亭をめぐる種々の伝承を熟知しているうえでの措辞、と考えられる。宣歙《せんしょう》観察使の置かれた江南の重鎮宣州の離別の亭《やかた》「謝亭」を、南朝の都最大の送別の名所「労労亭」に、ひそかになぞらえる意図も充分推測できる。

岸辺で、そして謝亭の楼上で見送る作者の目に映る、深秋の美しい風景は、いわゆる「楽景《らくけい》を以《もっ》て哀《あい》を写《えが》く」巧妙な手法（清初の王夫之『薑斎詩話《きょうさいしわ》』）であり、「急に流るる」水は、別れを惜しむいとまさえも与えてくれないのだ。

後半は、送別後、かなり時間が経過しての情景であろう。酒の酔いがまわって、いつしか寝入り、激しい風雨の音にハッとめざめた後のことであろう。すでに日もとっぷり暮れ、天候も劇変して、両岸に連なる紅葉と青山は、今や満天の風雨と濃い暮色のなかに深々と沈んでいる。そのただなかを黙々と一人、階段を下りゆく作者の姿は、深い孤独感と倦怠感に包まれている。「満天の風雨」は、単なる実景ではあるまい。友人と別れた後の作者の心情が色濃くにじみ出た心象風景でもあろう。別れの席では酒の酔いにまぎれていた離別の悲しみが、醒めはてた夕暮れどき、かえってふつふつと湧き出てくるのである。「酔中の送別」特有の微妙な心のあやを巧みに表現する。かくして謝（公）亭は、敬亭山や謝朓楼とともに、「南朝　謝朓の城《まち》」（杜牧「宣州の開元寺に題《しる》す」）と歌われた江南の名城——宣州を彩る重要な詩跡の一つとして確立した。

許渾（七八七？—八五四？）、字《あざな》は用晦《ようかい》（仲晦）、潤《じゅん》州丹陽《たんよう》（江蘇省丹陽市）の人。しばしば科挙

（進士科）を受験したが落第し、大和六年（八三二）、46歳ごろ、ようやく及第した。しかし吏部試（採用試験）に失敗し、節度使の幕僚として南海（広東省広州市）に赴いた後、開成二、三年（八三七、八）ごろ、宣州当塗《とうと》県の尉となり、続いて当塗県令、（宣州）太平県令を歴任した。謝亭が宣州宣城県の送別地であることから推測すれば、本詩は宣州でのこの五年間前後（作者五十代前半）の作になろう。羅時進《らじしん》『丁卯集《ていぼうしゅう》箋証』巻十一も、開成四年（八三九）から会昌元年（八四一）、宣州に在任中の作、と見なしている。

許渾は、のち潤州司馬、続いて監察御史《かんさつぎょし》を歴任したが、若いころの苦学と長年の心労による病気のため、故郷の潤州に帰り、大中四年（八五〇）、五百篇の自作の詩を収めた作品集『烏糸欄詩《うしらんし》』を編纂した。最後に郢州《えいしゅう》（湖北省）刺史となって、大中八年（八五四）ごろ没し、享年は68歳前後らしい。

許渾の現存詩は約五三〇首。いずれも近体詩（五律と七律だけで約四五〇首）で、特に七言律詩の登楼懐古詩にすぐれているが、六十四首伝わる絶句のなかにも、本詩のような佳作が多い。「詩格は清麗、然《しか》れども教化に干《かか》わらず」（『詩話総亀』前集巻六に引く『詩史』）とも評されるが、約五十年後の唐末の詩人韋荘《いそう》は、「許渾の詩巻《しかん》に題《しる》す」詩のなかで、

江南《こうなん》の才子　許渾の詩

字字《じじ》清新　句句《くく》奇《き》なり

と称賛し、清妙なきらめきに満ちた詩歌を、「量《はか》り尽くせぬ十斛《じっこく》（一斛は十斗）の明珠《めいしゅ》（輝く真珠）」にたとえた。この評語は、初唐の喬知之《きょうちし》「緑珠篇《りょくしゅへん》」（緑珠は晋の石崇《せきすう》の愛妾の名）の、「明珠十斛娉婷《ほうてい》（美女の緑珠）を買う」を踏まえるとともに、韋荘編『又玄《ゆうげん》集』の自序に見える「（驪竜の）頷《がん》下《か》に珠《たま》を採《と》れば、十斛を求め難し」とも関連しよう。さらには許渾詩の愛読者たちが、みな詩集を「驪竜の照夜（珠）」になぞらえて秘蔵したことも想い起こさせる。

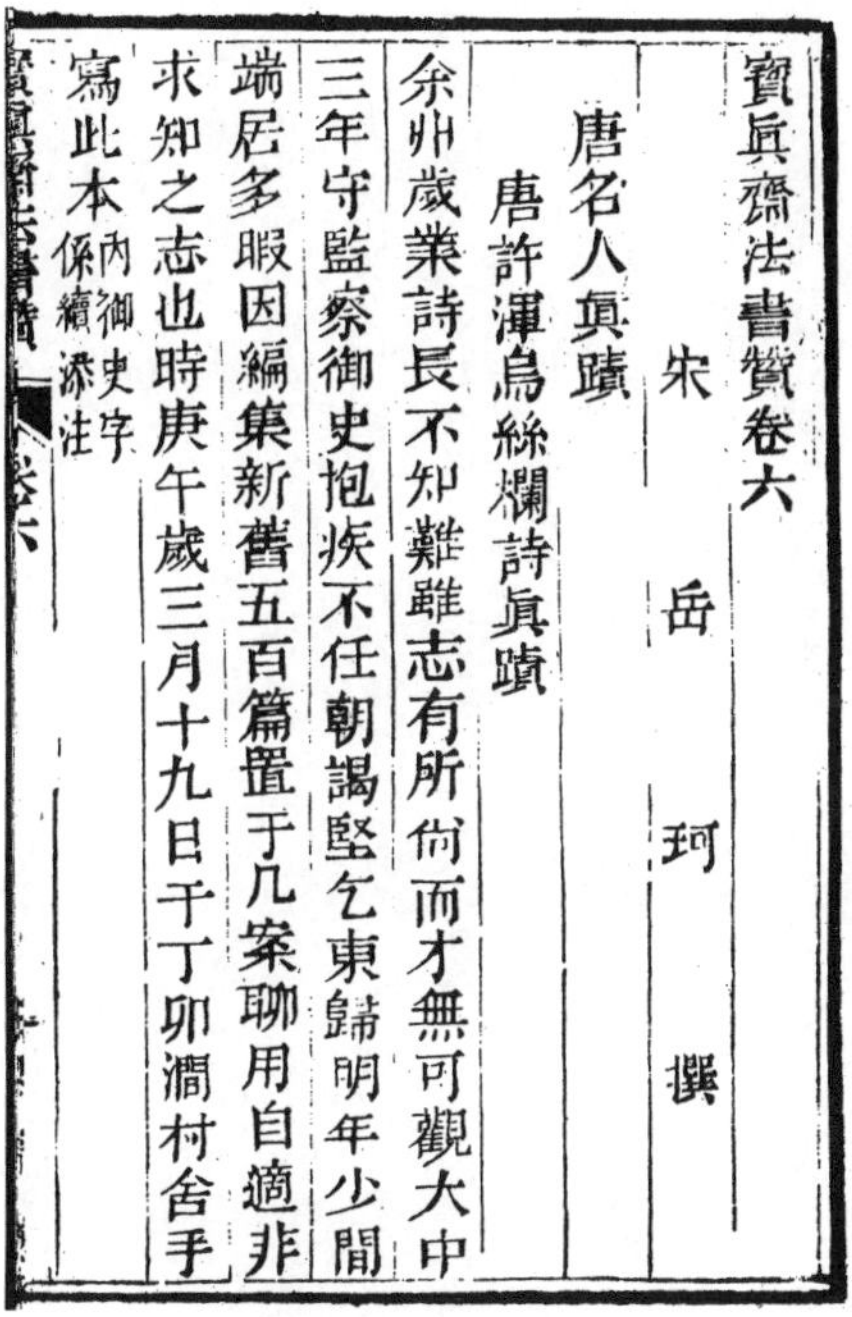

寶眞齋法書贊卷六

宋　岳　珂　撰

唐名人眞蹟

唐許渾烏絲欄詩眞蹟

余卅歳業詩長不知難雖志有所向而才無可觀大中三年守監察御史抱疾不任朝謁堅乞東歸明年少間端居多暇因編集新舊五百篇置于几案聊用自適非求知之志也時庚午歳三月十九日于丁卯澗村舍手寫此本　内御史字係續添注

許渾『烏糸欄詩』の自序

明珠や照夜珠を思わせる珠玉の表現のなかでも、最も有名な警句は、華やかな秦漢文明の滅亡に対する懐古の名作「咸陽《かんよう》城《じょう》（秦の古都。ただしここではその故城ではなく、唐代の京兆府咸陽県の県城を指す）の東楼《とうろう》（県城の東門上に建つ高楼）」詩の頷聯《がんれん》（三・四句）、

渓雲初起日沈閣　渓雲《けいうん》初めて起《おこ》りて　日《ひ》　閣《かく》に沈み
山雨欲来風満楼　山雨来《さんうきた》らんと欲《ほっ》して　風《かぜ》　楼《ろう》に満つ

——楼上から眺めやれば、遠方の渓間《たにま》から雲が折しも湧き起って、太陽が西の高楼《たかどの》のかげに沈みゆく。九嵕山《きゅうそうざん》の山あいから雨がまさに降りよせようとして、冷たい狂風がこの東楼のなかに吹き満ちて、楼をふるわせる——であろう（大中四年〔八五〇〕以前の作）。

この一聯《いちれん》二句は、夕暮れどきの一瞬を細かく観察して、その劇変ぶりを的確に捉えており、単なる叙景を越えた、ある種の不気味な緊張感をたたえている。許渾が晩唐の詩人であるだけに、廃墟と化した秦漢帝国の都城を目《ま》のあたりにしたとき、唐朝崩壊の運命を予感して、その哀感をこめて詠んだのではないか、と解釈したい誘惑にかられてくる。

特に「山雨来らんと欲して　風　楼に満つ」の句は、南朝・梁の何遜《かそん》「相《あ》い送る」詩の二句、「江《こう》暗くして雨来らんと欲し、浪《なみ》白くして風初めて起《おこ》る」を、一句に縮小した表現、とも指摘されているが、詩情はまったく一変している。今日もなお、何か不吉な事件が起りそうな前触れ、来《きた》るべき動乱への予感を告げる一種の成語として用いられるのは、句中にはらむ尋常ならぬ緊迫感を察知した結果にほかならない。野口寧斎《のぐちねいさい》『三体詩評釈』には、明の王世貞『芸苑卮言《げいえんしげん》』巻四の発言を踏まえつつ、こういっている。

渓雲・山雨の二句、最も天下に諷誦せられ、「長笛一声人倚楼」（趙嘏《ちょうか》の名句。本書趙嘏の条参照）」と共に、晩唐の二楼と称せられる。後来者《こうらいしゃ》 上《うえ》に居《お》ると謂《い》ふべきなり。

この有名な一聯には、じつは「南のかた磻渓《はんけい》に近く、西のかた慈福寺《じふくじ》に対《たい》す」という、許渾の自注と目《もく》されるものが伝わっている（前掲の「唐許渾烏糸欄詩真蹟」。詩題は「咸陽西門城楼晩眺」に作る）。しかしこの「自注」中の磻渓と慈福寺については、今日もなお未詳である。楊磊《ようらい》『読点唐詩』は、渓は咸陽城の南郊にある蟠《ママ》渓を指し、閣は咸陽城の北郊にある慈福寺の閣を指す、とする。また林東海『古詩哲理』によれば、磻渓（陝西省宝鶏市の東南にある川の名。太公望呂尚《りょしょう》が釣り糸を垂れたところ）は渭水の支流であるため、ここでは渭水そのものを指し、慈福寺の閣は咸陽城中にあるはずだ、という。いずれも単なる憶測にすぎず、確証に乏しい。近年（一九九八年）刊行の羅時進『丁卯集箋証』も、この「自注」に対して、まったく説明を加えない。この「自注」なるものがほんとうに許渾自身のものであるならば、その歴史地理学的解明は新たな解釈を生みだす可能性を秘めている一方、後人の注である可能性もまた充分ある。ただこの一聯は、自注の有無・真偽に関係なく、「荒涼　絵の如し」（清の宋宗元《そうそうげん》『網師園《もうしえん》唐詩箋』巻十二）と評される「明珠」であることは疑いない。

許渾の詩には佳句が多いが、「水」字を多用しすぎたため、「許渾　千首湿《うるお》う」の悪評をも受けた（南宋初めの胡仔《こし》『苕渓《ちょうけい》漁隠叢話』前集巻二四に引く編者未詳『桐江詩話』）。確かに「水」は、「山」とともに許渾詩の愛用語であり、「謝亭送別」詩はいうまでもなく、この「咸陽城東楼」詩においても、第八句に「渭水」の語が用いられている。それは、「江南の才子」許渾が子どもの頃から親しんだ水郷の風景に対する郷愁の表れなのであろうか。あるいはまた、孔子のいわゆる「川上《せんじょう》の嘆《たん》」以来の流水のイメージ（あらゆるものを無残に破壊する無常な時間の推移を象徴）に対する、晩唐期を生きた彼の無意識な共感なのであろうか。許渾詩に対する「十斛の明珠」「驪竜の照夜《たま》」の評語もまた、彼の多用する「水」字の縁語であることは、許渾詩を通底する抒情の本質を考えるうえで、きわめて象徴的である。

16　侍女殺害事件――魚玄機《ぎょげんき》

送別　　魚玄機

秦楼幾夜愜心期
不料仙郎有別離
睡覚莫言雲去処
残燈一盞野蛾飛

送別《そうべつ》

秦楼《しんろう》　幾夜《いくよ》か　心《こころ》に愜《かな》いて期《ちぎ》りし
料《はか》らざりき　仙郎《せんろう》　別離《べつり》有《あ》らんとは
睡《ねむ》り覚《さ》めて　言《い》う莫《な》かれ　雲《くも》去《さ》るの処《ところ》
残燈一盞《ざんとういっさん》　野蛾《やが》飛《と》ぶ

○**送別**　二道連作の第一首。五代・韋縠《いこく》編『才調集』巻一〇には、秦楼を「層城《そうじょう》」（西方の仙郷、崑崙山《こんろんざん》の最高所にあった天帝の都）、第二句の仙郎を「仙郷」に作る。○**秦楼**　春秋時代の秦の穆《ぼく》公《こう》の娘弄玉《ろうぎょく》と簫《ふえ》の名手蕭史《しょうし》夫婦が、仲睦《むつ》まじく住んだ「鳳台《ほうだい》」（『列仙伝』巻上）を指すが、妓楼への連想を呼ぶ。この点では、異文の「仙郷」（色町を見立てた表現）とも共通する。ちなみに本詩を、「秦楼」と第二首の「惆悵《ちゅうちょう》す　春風《しゅんぷう》　楚江《そこう》の暮《くれ》」に着目して、咸通《かんつう》四年以前（魚玄機が李《り》億《おく》の妾となってほどないころ）、都長安で南方の楚《そ》（湖北省）に赴く李億を見送ったときの作、とも見なされているが、本詩を収める最古の選集に秦楼を「層城」に作るように、都長安での作とは確定できない。○**仙郎**　弄玉とともに鳳凰に随いて仙界に飛び去った「仙人の若者」蕭史のこと。ここでは夫の李億を指す。○**雲去処**　楚の先王《せんのう》（懐王《かいおう》。その長子〈頃《けい》〉襄王《じょうおう》とも伝える）が、昼寝の夢のなかで巫山《ふざん》の神女と契《つ》った。彼女は別れぎわに、「朝には雲、暮には雨となります」といったという。ここも、男女の交情を表わす「巫山の雲雨《うんう》」伝説（宋玉《そうぎょく》「高唐《こうとう》の賦《ふ》」序）を踏まえる。○**盞**　灯芯と油を入れた小皿。○**野蛾飛**　もと漢訳仏典中の比喩「飛蛾投火（赴火）」を踏まえた表現。

秦国《しんこく》の高楼《たかどの》で仲睦まじく暮らした蕭史と弄玉夫婦のように、あなたと結ばれて、これまで幾夜、心ゆくまで楽しい契りをかわしたことでしょう。そのいとしい私の蕭史さまから、（突然）別れのお言葉を聞こうなどとは、思いもかけませんでした。甘美な愛の夢から醒めはてた今、名残《なごり》の雲と化した私の行くえなど、どうか尋ねないで下さい。ジリジリと今にも燃えつきそうな灯火《ともしび》一つ、その炎のなかに、野辺の蛾《が》が飛びこんで身を焦《こ》がしています。まるでこれからの私の姿を垣間見《かいまみ》せるかのように。

詩は、南の長江のほとり、鄂州《がくしゅう》（湖北省武漢市）付近で、自分を突然棄てて旅立つ李億を見送った詩らしい（辛島驍《からしまたけし》『魚玄機・薛濤』）。結句の「灯蛾《ひとりむし》」（夏の夜、灯火に集まってくる虫、ヒトリガの類）の姿は、奔放な情火に焼き尽くされて自滅する運命をも象徴させた、鮮烈・凄惨《せいさん》な表現である。濃密な性愛にひたり、深く愛してくれているはず、と思いこんでいた男《ひと》から発せられた、冷酷な離別の宣告。それを耳にした瞬間の虚脱状態から、一転して自暴自棄に走ろうとする情念の狂気が、本詩のなかに、的確に言いとめられている。

この詩は、いわば嫉妬のあまり侍女を殺害して刑場の露と消えた、魚玄機の悲惨な末路をも暗示する「詩讖《ししん》」（詩の予言）のようにも思われてくる。

魚玄機像（清『歴朝名媛詩詞』より）

魚玄機（八四四？—八六八）、字《あざな》は幼微《ようび》（一説に蕙蘭《けいらん》）、京兆府《けいちょうふ》万《まん》年《ねん》県（都長安。今の西安市）の人。「倡《しょう》（＝娼）家《か》の女《むすめ》」（晁載之《ちょうさいし》編

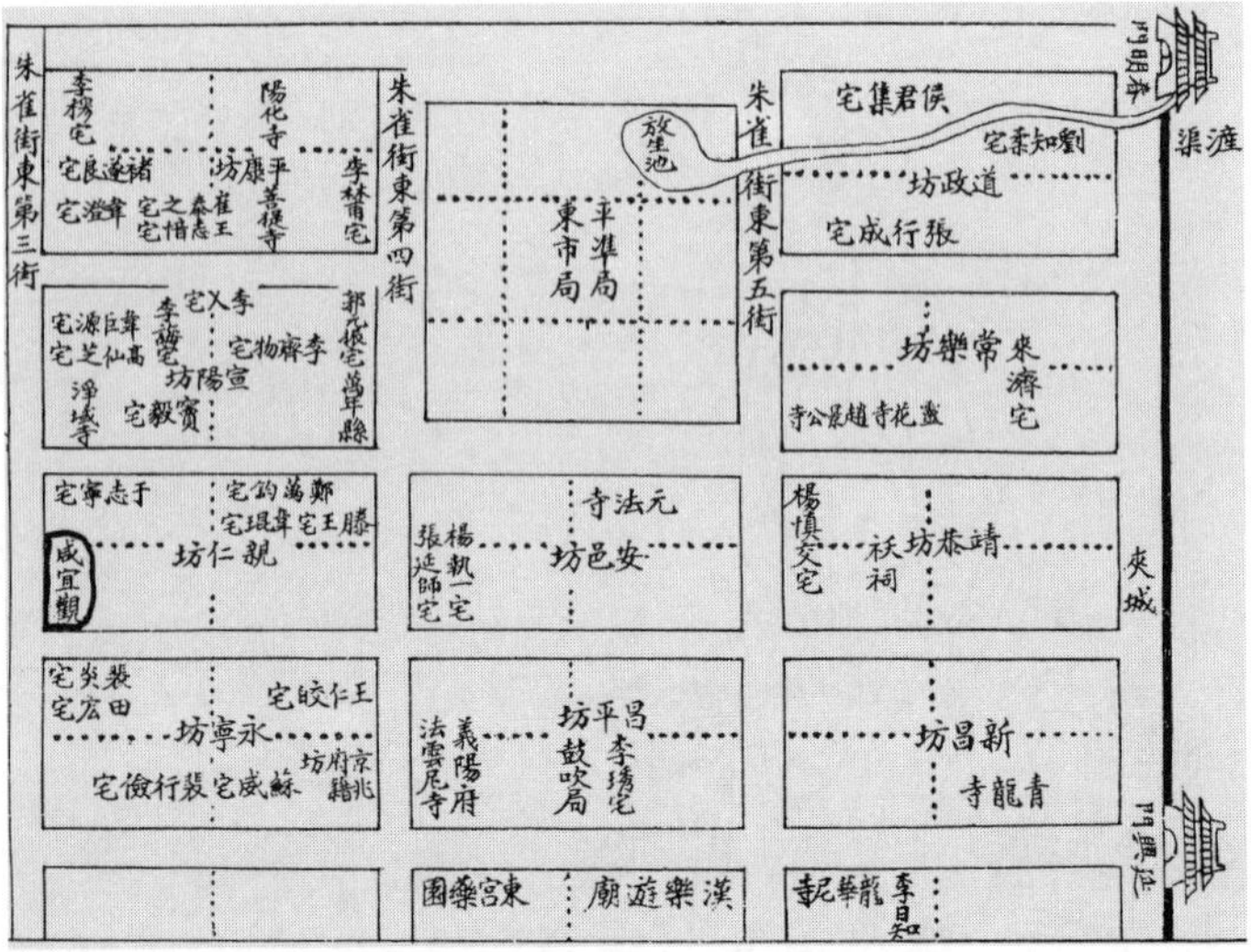

咸宜観の位置（清『〔重修〕咸寧県志』より）

『続談助』に引く『三水小牘《さんすいしょうとく》』）とされる。おそらく平康坊《へいこうぼう》内の有名な花柳街「北里《ほくり》」にあった一軒の芸者屋（遊郭）、魚《ぎょ》家の娘（あるいは養女）なのであろう。詩才に富んだ絶世の美女であり、咸通年間（八六〇―八七四）の初めごろ、落籍《らくせき》されて李億《りおく》（大中十二年（八五八）の進士）の妾となった。

　咸通四、五年ごろ、李億が河東節度使劉潼《りゅうとう》の幕僚になると、一緒に太原（山西省）に赴き、幸せな日々を送る。後?、南方の鄂州《がくしゅう》（武漢市）付近で、正妻の嫉妬《しっと》に悩んだ李億は、突然彼女を棄てたらしい。前掲の「送別」詩は、このときの作と考えられる。

　失意の魚玄機は、咸通六年ごろ帰京し、出家して親仁坊《しんじんぼう》（平康坊の南、二つめの坊。

商業地「東市」にも近い繁華の地）内の格式の高い咸宜観《かんぎかん》の女道士《じょどうし》（道教の尼僧。有髪で冠をかぶるため、女冠《じょかん》ともいう。当時の道観《どうかん》（道教の寺院）は、行楽の場所でもあり、娼婦に近い女道士も多かった）となった。しかし遊郭育ちの若い彼女にとって、ひたむきに男を愛することが、唯一の救いであったらしい。咸通九年（八六八）の春、ある男性をめぐる嫉妬心から自分の侍女緑翹《りょくぎょう》を殺してしまい、同年の秋、京兆尹《けいちょういん》（都知事）温璋《おんしょう》によって処刑され、短い生涯を閉じた（25歳前後の没）。

魚玄機は、晩唐の著名な詩人、温庭筠《おんていいん》とも交遊した。その「飛卿《ひけい》（温庭筠の字《あざな》）に寄《よ》す」詩にいう、

嵆君《けいくん》　書札《しょさつ》に懶《ものう》し
底物《なにもの》か　秋情《しゅうじょう》を慰《なぐさ》めん

と。遊里の放蕩児、温庭筠を、竹林の七賢の一人、嵆康《けいこう》になぞらえて、ぜひともお書札《たより》（の詩）をいただいて、秋の情思《かなしみ》を慰めたい、と切々と訴えている。咸通六〜七年、久しぶりに帰京した温庭筠が、国士監助《こくしかんじょ》

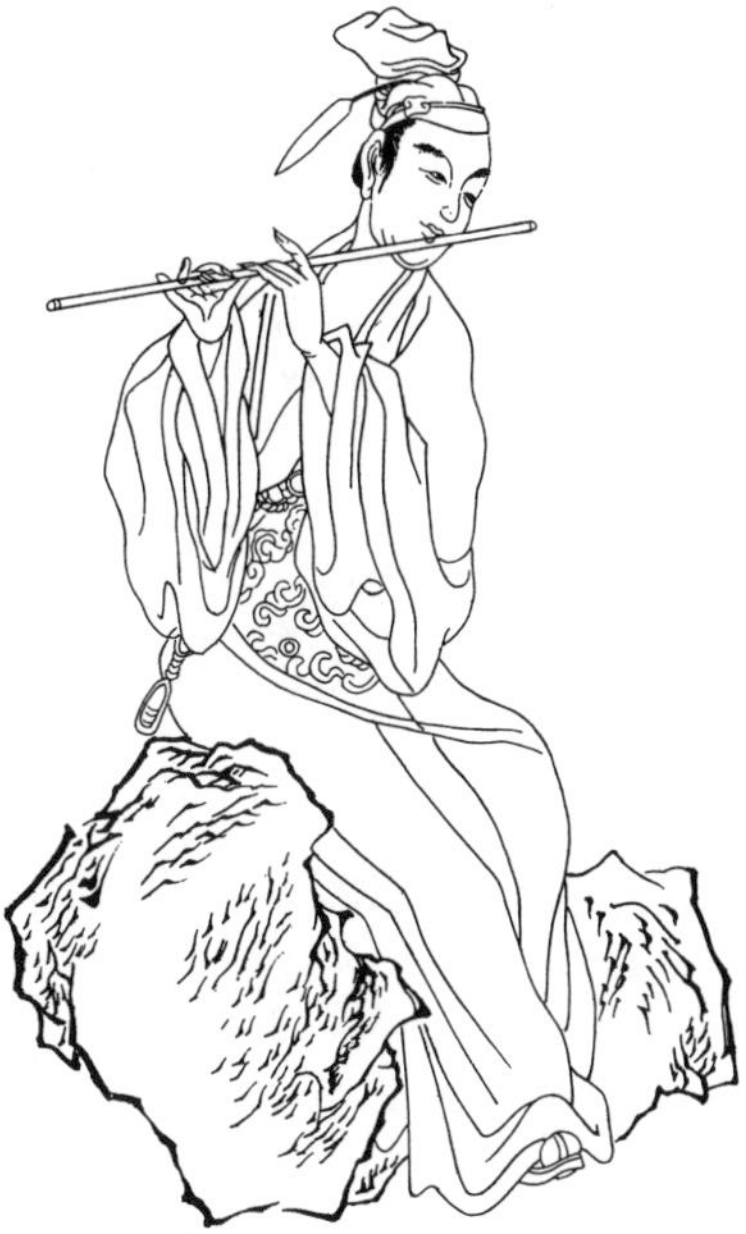
温庭筠像（『晩笑堂画伝』より）

教《きょう》（大学の助教授。国士監は平康坊の西隣、務本坊《むほんぼう》内にあった）に在任中のことらしい（梁超然「魚玄機考略」。温庭筠は咸通七年の冬没、享年は66歳？）。

> 魚玄機が人を殺して獄に下った。風説はたちまち長安人士《じんし》の間に流伝《りゅうでん》せられて、一人《ひとり》として意表にいでたのに驚かぬものはなかった。

これは、大正四年（一九一五）に発表された森鷗外《もりおうがい》の歴史小説「魚玄機」の書き出しの部分である。佐佐木信綱《のぶつな》から、伝記資料を付した魚玄機の詩集を贈られて読み、「別品《べっぴん》ニテ、女道士兼芸者ト云フヤウナ人物」が、「嫉妬デ別品ノ女中ヲ殴《う》チ殺シ、獄ニ下リタリトアリ、実《じつ》ニ芝居ニデモアリサウナ珍事ニテ面白ク」感じ（森鷗外の書簡）、『温飛卿《おんひけい》詩集』も参照・創作したものらしい。鷗外の「魚玄機」には、美しい彼女を「趙痩《ちょうそう》と言わむよりは、むしろ楊肥《ようひ》というべき女である」という。この推測は、おそらく当たっていよう。唐の玄宗《げんそう》朝の後半期を境として、中国の美女像が、スリムな趙飛燕《ちょうひえん》（前漢の成帝の妃）型から、グラマーな楊貴妃型へと大きく変遷したからである。

美貌の女流詩人による侍女殺害、というセンセーショナルな事件を生々しく伝えるのは、遅くとも事件後三年めにあたる咸通《かんつう》十二年（八七一）、すでに都長安に滞在していた皇甫枚《こうほばい》が、唐滅亡直後（九一〇年）に書いた『三水小牘《さんすいしょうとく》』（巻下。また『太平広記』巻一三〇所引）である。

魚玄機には、利発で美しい侍女、緑翹《りょくぎょう》がいた。ある日、隣りに誘われた魚玄機は、外出するとき、こう言い置いた、「いつものお客さんが見えたら、どこそこにおります、とだけ言いなさい」と。夕暮れどき帰ってくると、緑翹がいう、「さきほどお客さまが見えましたが、お師匠さまのご不在を知って、馬から下《お》りないでお帰りになりました」。

そのお客は、魚玄機の馴染《なじ》みの客だったので、緑翹との仲が怪しいと思い、その夜、燈《ともしび》をつけ戸を閉ざしてから、緑翹を寝所に呼び入れて問いただしたが、彼女は淫《みだ》らな過《あやま》ちなど、まったくしていません、と言いはった。

ますます腹を立てた魚玄機は、緑翹を裸にして笞《むち》（細い棒）で一〇〇回以上も打ったが、強く否定するばかり。やがてぐったりした緑翹は、一杯の水を求めて地《ゆか》にそそいでいった、「お師匠さまは、三清《さんせい》長生の道（道教の悟り）を求めておいでですのに、まだ男女の契《ちぎ》りの歓《よろこ》びを忘れかねて、かえって無実の私をお疑いです。私は今、あなたの毒手にかかって責め殺されますが、お天道さまがあるかぎり、いつまでもふしだらな振舞いなど、させておくものですか」と。そう言い終るや、息絶えた。

魚玄機は急に恐ろしくなつて、裏庭に穴を掘って死体を埋《う》め、これで誰にもわかるまい、と思いこんでいた。そして緑翹のことを尋ねられると、「春雨があがったら、どこかに逃げてしまいました」と答えた。

ある日、魚玄機の部屋で酒宴を開いたとき、客が裏庭に出て小便しようとしたところ、ちょうど死体を埋めた場所であった。見れば青蠅《あおばえ》が数十匹、地面の上に群《むら》がって、いくら追い払ってもまた飛んでくる。よく見てみると、血痕《けっこん》らしいものがあって、いやな臭いがする。その客は退出したあと、このことを下男に話した。下男は街卒《がいそつ》（警官）の兄に語った。彼の兄は、お金の無心をことわった魚玄機のことをひどく恨んでいた。それで仲間数人を呼んで、鍤《すき》を持ち、咸宜観に突入して裏庭を掘り返すと、まるで生きているかのような緑翹の顔が現れた。

街卒は魚玄機を捕えて、京兆府の役所に収監《しゅうかん》した。府の役人が訊問《じんもん》すると、魚玄機は罪状を認めた。かくして助命を嘆願する朝廷の人々の努力もむなしく、その年の秋に処刑された。

この事件は、嫉妬心にかられた美女、しかも出家した女道士の、侍女に対する凄惨な私刑《リンチ》、腥臭《せいしゅう》に群がる青蠅、さらには「生けるが如き」死体の発見など、まさに「芝居ニデモアリサウナ珍事」といってよい。それを綴る皇甫枚の筆致もまた、生々しい迫力に富んでいる。

『三水小牘』のなかには、さらに獄中で作られたという、魚玄機の美しい詩句を伝える。

○易求無価宝　求《もと》め易《やす》きは　無価《むか》の宝《たから》
難得有心郎　得難《えがた》きは　有心《ゆうしん》の郎《ろう》
○明月照幽隙　明月《めいげつ》　幽隙《ゆうげき》を照《て》らし
清風開短襟　清風《せいふう》　短襟《たんきん》を開《ひら》く

このうち、前者は、「字字《じじ》　神《こころ》を傷《いた》ましむ」（陳文華校注『唐女詩人集三種』参照）と評される魚玄機の代表作、「李億員外《りおくいんがい》に寄《よ》す」（『才調集』巻一〇所収。「隣女に贈る」とも題する）詩の頷聯《がんれん》（三・四句）である。しかしこの作品は、獄中の作ではなく、自分を棄てた李億を怨んで咸宜観のなかで作られた詩らしい。「瑠璃《るり》珠《たま》は求《と》めやすけれど、得がたきは情《こころ》ある人」（那珂秀穂《なかしゅうすい》の訳）だけを見れば、奔放な性に翻弄《ほんろう》された魚玄機自身の、しみじみとした独白《つぶやき》を読みとることも、充分可能であろう。

また後者は、この二句のみ伝わる逸句《いっく》。幽《くら》い牢獄の幽《かす》かな隙間《すきま》から、白い月の光が射しこみ、清《すず》しい風が獄衣の短い襟もとを吹き開く、と。

今日、五十首ほど伝わる魚玄機の詩は、女性らしい心中の悶えや肉体のうずきを大胆に表白する特色を持つ。これは、中国の女流詩人のなかでは、きわめて珍らしい。前掲の「送別」詩は、その典型と評してよい。ただ彼女の運命を大きく狂わせたときに、そうした名篇が生まれたのは、「なんという芸術の神の皮肉であろうか」（辛島驍の評）。その重い代償にうちふるえるのは、決して筆者だけではあるまい。

17 自在な訳詩の妙——于《う》武《ぶ》陵《りょう》

勧酒　　　　于武陵

勧君金屈巵
満酌不須辞
花発多風雨
人生足別離

酒《さけ》を勧《すす》む

君《きみ》に勧《すす》む　金屈巵《きんくっし》
満酌《まんしゃく》　辞《じ》するを須《もち》いず
花発《はなひら》いて　風雨《ふうう》多《おお》く
人生《じんせい》　別離《べつり》足《た》る

○**勧酒**　本詩を収める最古の選集は、唐末（九〇〇年）に成る韋荘《いそう》編『又玄集《ゆうげんしゅう》』巻中であり、そこでは作者の名を、于武陵とほぼ同時期の武瓘《ぶかん》（咸通《かんつう》四年〔八六三〕進士科に及第）とし、第四句の「人生」を「人世」（人《ひと》の世《よ》）に作る。やや後の後蜀《こうしょく》・韋縠《いこく》編『才調集』巻八には、于武陵の作とする（ただし傅璇琮《ふせんそう》『唐人選唐詩新編』では、武瓘の詩の誤入とする）。ちなみに、唐代、酒を勧める場合は、酒を杯に酌《く》んでから、その杯を相手に勧め、わが国のように相手の杯に直接銚子《ちょうし》で酒をそそぐことはしなかったらしい。斎藤茂『妓女と中国文人』四九頁参照。**○金屈卮** 曲がった把《とっ》手《て》のついた、黄金（金属）製の大きな丸い酒杯。金は美称と考えてもよい。**○人生……** 上句との対《つい》を生かして訓《よ》めば、「人生《ひとう》まれて　別離足る」となる。足は「多」の意。「足《おお》し」と訓んでもよい。

さあ、君に勧めよう。この黄金《こがね》色に輝く大きな酒杯《さかずき》を。なみなみと酌《つ》いだ美酒《うまざけ》を、どうか辞退せずに飲みほしたまえ。花が咲きほこると、風や雨が多く、人はこの世にあれば、絶えず別れにつきまとわれるものだから。

詩は、春の花が美しく咲き乱れる時期、ふと出会った友人に対して、この好機《チャンス》を逃さず、心ゆくまで酒を酌みかわして、束《つか》の間《ま》の幸せをかみしめよう。「いずれ後で」などと辞退してはなりませんよ、と酒を勧める歌。第三句は、単なる「月にむら雲、花に風」を意味する比喩に終わるものではない。花咲く木々のもとにおける、友人との会飲《かいいん》をも連想させる表現、として捉えるべきであろう（戸崎允明《とざきいんめい》『箋註《せんちゅう》唐詩選』巻六）。

ところで古今の名句と評される後半の二句は、別離（死別を含む）足《おお》き人生の真理を、的確に言

于武陵詩意図(『唐詩選画本』より)

いあてた格言や諺《ことわざ》のようにも受けとめられてきた。咲いたと思ったら、風や雨のためにあっけなく散りゆく花の、悲しい宿命《さだめ》。それを「(人生)百年の中《うち》に満つるは、皆《みな》別離なり」(『唐詩訓解』巻六)という、人間の背負う宿命の暗喩《メタファ》として理解し、「友人との別離にあたって、別れの杯を勧める歌」としても考えられてきた。こうした見方をいっそう押し進めたのは、昭和十年(一九三五)に発表された井伏鱒二《いぶせますじ》の名訳(筑摩書房刊『井伏鱒二全集』第九巻に収める「中島健蔵に」より。『厄除《やくよ》け詩集』にも収める)であった。

コノサカヅキヲ受ケテクレ
ドウゾナミナミツガシテオクレ
ハナニアラシノタトヘモアルゾ
「サヨナラ」ダケガ人生ダ

宴席の気分を盛りあげる豪華な「金屈卮」が充分訳されていないこともあって、読者の視線は、人生の哀愁を深くたたえる後半二句にそそがれがちとなる。しかも口調のよい名訳であるため、訳詩としての役割を越えて、独自の詩情をたたえた創作詩の領域にまで迫るもの、と評せよう。土岐《とき》善麿《ぜんまろ》『鶯《うぐいす》の卵―新訳中国詩選』(筑摩書房、一九八五年)に見える五七調の訳詩、

君《きみ》挙《あ》げよ　黄金《こがね》さかずき
なみなみと　否《いな》とな言《い》いそ
花《はな》咲《さ》けば　雨風《あめかぜ》しげく
人《ひと》の世《よ》は　ただ　別《わか》れのみ

と比べてみると、彼の闊達《かったつ》・自在な翻訳の調べが、いっそうきわだつ。

琴・書を携えた旅（明・蘇復之『金印記』より）

于武陵（？—？）、武陵は字《あざな》で、名は鄴《ぎょう》ともされるが、かなり疑わしい。京兆杜曲《けいちょうときょく》（陝西省西安市南郊）の人。大中年間（八四七—八六〇）の前半、進士科を受験したが落第。書物と琴（士大夫《したいふ》〔知識人〕の教養の一つ）をたずさえて、商洛《しょうらく》（陝西省）・巴蜀《はしょく》（四川省）・瀟湘《しょうしょう》（湖南省）など、各地を長く放浪し、時には易者となって市中で暮らし、栄達や富貴のことを口にしなかったという。

　詩人于武陵の名は、『唐詩選』のなかにも収める前掲の五言絶句一首によって不朽のものとなった。作者の長い放浪生活のなかで生まれた、優しい心の歌は、井伏鱒二の稀有《けう》の名訳に支えられて、今後も長く愛唱されていくであろう。これは、放浪の詩人于武陵にとっても望外の幸せだった、というべきかも知れない。

18

気節の士の詩債《しさい》——司空図《しくうと》

白菊雑書　　　司空図

四面雲屏一帯天
是非断得自翛然
此生只是償詩債
白菊開時最不眠

白菊雑書《はくぎくざっしょ》　　　司空図

四面《しめん》の雲屏《うんぺい》　一帯《いったい》の天《てん》
是非《ぜひ》を断《だん》じ得《え》て　自《おのずか》ら翛然《しょうぜん》たり
此《こ》の生《せい》は只是《ただ》　詩債《しさい》を償《つぐな》うのみ
白菊《はくぎく》開《ひら》く時《とき》　最《もっと》も眠《ねむ》られず

○**白菊雑書**　四首連作の第二首。白い菊を見ながら、さまざまな感慨を詠んだ七言絶句。○**雲屏**　雲母《うんも》（キララ）で飾った美しい屏風《びょうぶ》。ここでは周囲をとりまく一面の白い菊を、きらめく雲母の屏風に見立てた奇抜な表現。○**是非断得**　是非は、物ごとや行為に対して下す善し悪しの判断。何が価値をもち、何が正しいのか、などと判断しがちな心。また断は断絶・隔絶の意。一説に判断する、断定する意と見なす。得は動詞の後に置かれた助字。ここでは実現・獲得・結果などを表す俗語的用法。○**翛然**　物ごとにとらわれず、のびやかなさま。○**此生**　仏教的な語感をもち、「前《ぜん》生《しょう》」に対するこの世「此生《ししょう》」の意味も帯びる。○**只是**　是は副詞語尾。○**詩債**　詩歌の負債。当時、負債を残して死ぬと、生まれかわった世でそれを返却しなければならない、あるいはその返還を求められる、と考えられていた。いわゆる「鬼索債《きさくさい》」（返済してもらえない貸し主の幽霊が借りた方にたたり、その返済を強く索《もと》めるという俗説）とも関連する。ここは、前世《ぜんせ》で作っておくべき詩歌を作らずに死んだ、その因縁のために詩作に駆りたてられるのだ、というのである。

私の四方をとりまく白い菊は、まるでキラキラ光る雲母の屏風。頭上には一すじの帯を思わせる青い空。ようやく浅はかな是非判断の心から解き放たれて、心の中にはすでに何のわだかまりもなくなった。私のこの人生は、ただ前世で借りた詩歌の負債を返済するためにだけあるのだ。だからこそ、白い菊が美しく咲きにおうと、詩心をかきたてられて、夜もおちおち寝つけなくなるのだ。

詩は、唐朝が滅亡した翌年、最後の天子哀帝《あいてい》が殺されたことを聞くや、食を断ち、血を数升吐いて死んだと伝えられる気節の士司空図《しくうと》の、詩心のありようをまざまざとうかがわせる作品である。司空図（八三七―九〇八）は、司空が姓、名が図、字《あざな》は表聖である。もと泗州《ししゅう》（＝臨淮《りんわい》、江蘇省盱《く》眙《い》県）の人であるが、彼の時代にはすでに河中府虞郷《ぐきょう》県（山西省永済市）に仮寓していた。咸通《かんつう》十年（八六九）、33歳のとき、進士科に及第し、礼部侍郎（試験委員長を兼ねる）王凝《おうぎょう》の盛んな推奨《すいしょう》を受けた。その王凝が商州刺史、ついで宣歙《せんしょう》観察使に転出すると、彼につき従ってその幕僚となる。広明元年（八八〇）、44歳のとき、都で礼部郎中となるが、同年の十二月、黄巣の乱で都が陥落すると、脱出して郷里の虞郷県に帰り、その東南約五キロの中条山（山西省の西南端に連なる山脈。主峰の雪花山は一九九三メートル）中の、王官谷《おうかんこく》の別業《べつぎょう》に住んだ。

光啓元年（八八五）、僖宗《きそう》が避難先の蜀《しょく》（四川省）から帰京すると、中書舎人となったが、翌年、再び都落ちする僖宗に随従することができず、王官谷に帰隠した。唐末の昭宗のとき、たびたび召されたが、すでに朝廷の力は弱く、天下が騒乱状態に陥っていたため、熟慮のすえ、辞退して出仕しなかった。そして唐朝滅亡の翌年、哀帝の死を聞いた数日後、72歳で没した。

司空図の晩年は、河北の乱を避けて、五、六十代の約十年間、華陰《かいん》（華山の陰《きた》）に寓居した時期を除いて、王官谷の別業に隠棲し続けた（ここは虞郷県の自宅とは異なる）。当地は良田数頃《すうけい》をもつ父祖伝来の荘園であり、中条山付近では第一の「泉石の美」を誇るところという（北宋の張洎《ちょうき》『賈《か》氏《し》談録』）。王官谷への退居は、日ごとに厳しさを加える戦乱から逃がれ、山林のなかで静かに生活するためであった。王官谷（禎貽渓《ていいけい》）の別業内の西北隅には、証因・修史・擬綸《ぎりん》の三亭（亭は小建築物）があり、西南には濯纓亭《たくえいてい》があって、その窓を「一鳴《いちめい》」という。ここが読書と作詩を行う彼の書斎であった。一鳴とは、「（大鳥）鳴かざれば則ち已《や》む。一たび鳴けば人を驚かす」（『史記』滑稽列伝）という、ある種の強烈な自尊心を内在させた言葉であり、司空図自身の作品集の名（『一鳴集』）にもなっている。さらには、僧侶を住まわせる覧照・瑩心《えいしん》の二亭や、唐朝の清節・文学の士を白壁に描いた九籥室《きゅうやくしつ》などもあった。ここで司空図は日々、名僧や高士たちと遊び、詩を作ったという（光啓三年（八八七）に成る司空図の「山居記」）。

読書と著述の中心をなす濯纓亭は、兵乱で焼失したが、天復三年（九〇三）、67歳のときに再建して「休休亭」と改称し、みずから耐辱居士《たいじょくこじ》と号した。亭名の休は、休《や》める・休《めでた》い（＝美）の両意を含んだ一種の双関語《かけことば》であり、「官を休めると美が存する」意をこめた命名らしい。司空図自身、こういう（「休休亭」）、

仕官の気もなく、すべてに無能。才能をいえば一《いち》にも休《や》むべし。身のほどを揣《はか》れば二にも休むべし。老いて耳も遠くなったので三にも休むべし。……

ただこの名称は、世の中が乱れて禍がわが身に及ぶことを避けるための、一種の韜晦《とうかい》であろう。50歳をすぎての「知非子《ちひし》」（非を知る子《おとこ》）、最晩年の「耐辱居士」（恥辱に耐えて自らを戒める在家の仏教信者）の号を考えれば、作者の抑圧された悲憤《おもい》を充分察知できる。

伝えるところによれば、司空図は晩年、あらかじめ葬式の準備を整え、自分の墓も用意した。友人が来ると墓穴《はかあな》のなかに案内して、詩を作り酒を酌みかわした。いやがる人がいると、こうたしなめた、

「達人の見識では、生と死は一つ。私たちは、しばらくの間だけ、墓穴《ここ》に遊んでいるわけではないのだ。あなたは何と量見の狭いお方よ」。

と（『旧唐書』巻一九〇下、文苑伝）。この有名な逸話のなかにも、彼の屈折した思いがこめられている。

ところで「白菊雑書」は、前野直彬《なおあき》編『唐代詩集（下）』に指摘されるように、作者が晩年、唐末の乱世を避けて中条山中の王官谷の別業に隠棲していたときの作であろう。司空図には、さらに70歳のときに作った「白菊三首」の詩も伝わる。黄色い菊とは異なり、世間では必ずしも喜ばれない白い菊の花を愛する行為も、汚れなき崇高なものを求める気節の士にふさわしい。唐朝の瓦解する前夜、朝廷からのたび重なる招きをかたくなに辞退して、みずから知非子・耐辱居士と名のっていたときの作品である。人生の充実を、傾いた唐王朝を支える烈士としての生き方にではなく、「詩債」の返済に見いだした、というのである。

香山居士《こうざんこじ》と号した中唐の詩人白居易は、心身の疲れも忘れて、閑吟（気ままな詩作）に駆りたて

る衝動的な情念《パトス》を、「詩魔《しま》─詩の魔《デーモン》」と呼んだ。そしてその「詩魔」を克服するために、晩年しばしば「詩債」の考えを表明する。開成四年（八三九）、68歳のときに成る「病中詩」その十五「自解」には、

我亦定中観宿命　我《われ》も亦《ま》た定《じょう》中《ちゅう》に宿《しゅく》命《みょう》を観《かん》ず
多生債負是歌詩　多生《たしょう》の債負《さいふ》は　是《こ》れ歌詩《かし》

と詠んだ後、こう続けた、「然《しか》らずんば　何《なん》の故《ゆえ》に狂いて吟詠せん、病みて後《のち》は　未だ病まざる時よりも多し」と。詩の創作は、いわば前世から負わされた一種の業《ごう》──詩債《しさい》なのだという宿命《さだめ》を、禅定《ぜんじょう》中に悟ったという。いいかえれば、いくたびこの世に生まれ変わろうとも、自分は詩債を負うべく運命づけられている、という自覚である。

白居易は、死ぬ年（会昌六年〈八四六〉、75歳）にも、「筆を走らせて詩債を還《かえ》し、衣《ころも》を抽《ぬ》きて薬銭《やくせん》に当《あ》つ」（「自ら老身を詠じて、諸家属《しょかぞく》に示す」詩）と歌う。白居易にとって、詩作行為は、もはやみずから選びとった主体的な行為ではなく、宿《さき》の世で当然酬《むく》いるべき詩を酬いえないままに死んだ因縁なのだ、と自覚されたようである。

司空図の「詩債」意識も、明らかに白詩の影響を受けていよう。元の辛文房《しんぶんぼう》『唐才子伝』巻八には、「性苦吟《せいくぎん》にして（詩作に没頭する性《たち》で）、筆を挙《あ》げ興《きょう》に縁《まか》せて、幾《ほとん》ど千万篇なり」という。士大夫としての経世済民の志を果たせえないまま、「非を知り」「辱に耐える」境涯を甘受せざるを得な

かった晩年の司空図。彼は、どうしてもみずから断ちきれぬ詩作への情念を通して、かろうじて生きる意味を実感していたかのようである。

司空図はまた、芳醇な含蓄や余情と、実在する物象を越えた心象《イメージ》の存在を重視する「味外《みがい》の旨《し》」（韻外の致）・「象外《しょうがい》の象《しょう》」（景外の景）を唱えた、唐代有数の詩論家でもある。その類いまれな詩作行為への愛情が、過去と現在にわたる必定《ひつじょう》の縁《えにし》を説く「詩債」の観念に深く共鳴したのではなかろうか。

彼が作詩文に用いた筆の軸は、不屈の節操を象徴する松の枝を利用したものであったという。中条山中に隠棲していたとき、松の枝を芟《き》って筆管を作った。人がわけをたずねると、「幽人《ゆうじん》（隠者）の筆は、正《まこと》に当《まさ》に是《か》くの如《ごと》くなるべし」（五代・馮贄《ふうし》『雲仙雑記』巻一）と答えた。

菊は、草木の葉が霜にうたれて黄ばみ落ちる晩秋、ひとり清雅な花を馥郁《ふくいく》と開かせる。「白菊開く時　且《しばら》く剰《おお》く過《す》ごさん」（「白菊雑書」其四）とも歌う、その汚れなき純白の美にかこまれた作者は、激しく詩作へと駆りたてる情念の渦《うず》のなかで、詩債の宿命《しゅくみょう》を観じて、ようやく生きている証《あか》しを確かに実感したようである。

19

一字の師——鄭《てい》谷《こく》

鷓鴣

暖戯煙蕪錦翼斉
品流応得近山鶏
雨昏青草湖辺過
花落黄陵廟裏啼
遊子乍聞征袖湿
佳人纔唱翠眉低
相呼相喚湘江曲
苦竹叢深春日西

鷓《しゃ》鴣《こ》　　鄭谷

暖《あたた》かく煙蕪《えんぶ》に戯《たわむ》れて　錦翼《きんよく》斉《ひと》し
品流《ひんりゅう》　応《まさ》に山鶏《さんけい》に近《ちか》づくを得《う》べし
雨昏《あめくら》くして　青草湖辺《せいそうこへん》に過《よぎ》り
花落《はなお》ちて　黄陵廟裏《こうりょうびょうり》に啼《な》く
遊子《ゆうし》　乍《たちま》ち聞《き》いて　征袖《せいしゅう》湿《うるお》い
佳人《かじん》　纔《わず》かに唱《うた》いて　翠眉《すいび》低《た》る
相《あ》い呼《よ》び相《あ》い喚《よ》ぶ　湘江《しょうこう》の曲《くま》
苦竹《くちく》　叢深《むらふか》くして　春日《しゅんじつ》西《にし》す

○**鷓鴣**　中国の暖かい南部（百越《ひゃくえつ》の地）に生息する、キジ科の鳥。このため「越雉《えっち》」（越の雉《きじ》）「越鳥」とも呼ぶ。初唐の顕慶《けんけい》四年（六五九）に成る蘇敬《そけい》ら編『新修本草』（わが天平三年〔七三一〕の題記をもつ旧鈔本《きゅうしょうぼん》）巻十五、鷓鴣鳥の条に、「江南に生まれ、形は母鶏《めんどり》に似て、鳴いて『鉤《こう》輈《ちゅう》格《かく》栵《ママ》（磔《たく》）』と云う者、是《こ》れなり」とある。体長は32センチほど。小さな群れを作って丘陵や山地の草むら、灌木《かんぼく》の茂みに住み、昆虫やミミズなどを餌《えさ》にする。日本には生息しないらしい。○**煙蕪**　煙《もや》にけむる草地。後蜀《こうしょく》・韋縠《いこく》編『才調集』巻五には、「平蕪《へいぶ》」に作る。○**錦翼**　錦繍《にしきおり》のように美しい翼《つばさ》。中唐の李益《りえき》「鷓鴣の詞《うた》」に、「湘江《しょうこう》　斑竹《はんちく》の枝、錦翼《きんよく》の鷓鴣飛《と》ぶ」（『楽府《がふ》詩集』巻八〇）と見える。○**品流**　等級《レベル》、格づけの意。ここでは鳥としてのそれ。○**近**　『才調集』に「入」（～の部類に入れる）に作る。○**山鶏**　キジの一種、錦鶏《きんけい》の別名。「首《こうべ》に彩毛《さいもう》有《あ》る」（『禽経《きんけい》』）やまどり。西晋の張華《ちょうか》『博物志』巻四、物性に、「山鶏は美毛有りて、自《みずか》ら其《そ》の（毛の）色を愛し、終日《しゅうじつ》（一日じゅう）水に映《うつ》して、目眩《くら》めば則《すなわ》ち溺死《できし》す」といい、西晋の傅玄《ふげん》「山鶏《さんけい》の賦《ふ》」にも「中流（流れの中）に鑑《うつ》して（わが）影を顧《かえり》みる」という。○**青草湖**　長江中流域にある巨大な湖「洞庭湖」の南に連なる湖の名。冬と春の渇水期《かっすいき》、いちめんに青い草でおおわれるための命名という（宋の范致明《はんちめい》『岳陽風土記』）。ここは、「黄陵廟」との平仄《ひょうそく》（反法）、および色対《しきつい》の両面から、「洞庭湖」の代わりに「青草湖」を用いたもの。従ってこの付近を長い間放浪して汨羅江《べきらこう》に身を投げて死んだ、戦国・楚《そ》の詩人屈原《くつげん》への連想をもつ。晩唐の韋荘《いそう》「鷓鴣」詩の「孤竹廟《こちくびょう》（黄陵廟）前《ぜん》　暮雨《ぼう》に啼《な》き、汨羅祠《べきらし》（屈原をまつる廟）畔《はん》　残暉《ざんき》（夕日）を弔《とむら》う」も参考になろう。○**黄陵廟**　舜帝《しゅんてい》の二妃、娥皇《がこう》と女英《じょえい》をまつった廟。古代の伝説によれば、南巡（南征）した舜帝が蒼梧《そうご》

（九疑山）で病没すると、二妃は悲嘆して湘江《しょうこう》（湖南省を北流して、洞庭湖にそそぐ、全長八五六キロの清澄な大河）に身を投げて死に、その水神（湘君・湘夫人）になったという（本書の銭起の条も参照）。このため黄陵廟は岳州《がくしゅう》湘陰県（湖南省）に設けられ、そのそばには二妃の墓もあり、青草湖とも近い。竹の表皮に斑点をもつ「斑竹《はんちく》」は、舜の死を嘆く二妃の涙の痕《あと》を残す竹、とされる。中唐の顧況《こきょう》「湖中」詩に、「青草湖辺　日色《にっしょく》（日ざし）低《た》れ、黄茅嶂《こうぼうしょう》（「瘴」にも作る）裏《り》　鷓鴣啼《な》く」という。○**佳人**　『才調集』に「歌人」に作るように、宴席の美しい歌妓を指す。○**唱**　南国に対する郷愁や閨怨《けいえん》（遠方の男性を思う女性の悲しみ）を歌う唐代の新曲「山鷓鴣《さんしゃこ》」「鷓鴣詞」を唱うこと。南宋の葛立方《かつりっぽう》『韻語《いんご》陽秋』巻十五に、「鷓鴣の曲は、鷓鴣の声に効《なら》い（模倣し）」て作ったもの、という。○**相呼相喚**　南宋の蜀刻本《しょくこくぼん》『鄭守愚《ていしゅぐ》文集』巻一には、「相《あ》い呼び相い応《おう》ず」とあって、互いに鳴きかわす意味を明確化する。晩唐の劉恂《りゅうじゅん》『嶺表録異《れいひょうろくい》』（『太平広記』巻四六一所引）によれば、鷓鴣は「大きさ　野鶏《きじ》の如《ごと》く、多く対《むか》いて啼《な》く」という。○**湘江曲**　曲は川の屈曲したところ。ただし『才調集』には「浦《ほ》（水辺）」に作り、『鄭守愚文集』には「闊《ひろ》し」に作る。○**苦竹**　竹の一種で、三メートル以上に伸びるだけのこと。長江流域や西南地区に多く、竹の子の味が苦《にが》いための命名という。盛唐の李白「山鷓鴣の詞《うた》」に、「苦竹嶺《くちくれい》（池州〔安徽省貴池市〕にあるとされる嶺《みね》の名。ただし唐詩中の苦竹嶺は、苦竹の茂る江南の峰を広く指し、当地のみに限定できないようである）頭《とう》　秋月《しゅうげつ》輝き、苦竹の南枝《なんし》　鷓鴣飛ぶ」と詠まれて以降、しばしば鷓鴣と苦竹（嶺）は一緒に歌われた。これは、①鳴き声のわびしさと苦竹の苦が調和すること、②いずれも南国の風物であること、の二点にもとづく。たとえば元和《げんな》十年（八一五）に成る白居易の「山鷓鴣」詩（江州〈江西省〉での作）に、「黄茅崗頭《こうぼうこうとう》　秋日《しゅうじつ》晩《く》れ、苦竹嶺下《か》　寒月《かんげつ》低《た》る」とある。

春の暖かさにさそわれた鷓鴣が、緑にかすむ草原に戯れつつ、美しい翼を斉《そろ》えて飛ぶ。鳥としての品格《ランク》を論ずれば、きっと（あの美しい羽で有名な）錦鶏《やまどり》に迫ることが、充分できよう。春雨が暗く降りしきるなか、（楚の詩人《うたびと》屈原が放浪した）青草湖のうえを（悲しげに鳴きながら湖面にその影をやどしつつ）飛びすぎ、春の花々が散りかかるとき、（湘江に身を投げて死んだ二妃をまつる）黄陵廟のなかで（悲痛に）鳴きしきる。道ゆく遊子《たびびと》は、ふとその声を聞きつけて、（思わず涙で）征衣《たびごろも》の袖をぬらすほどであり、宴席の美しい歌妓《かぎ》は、「鷓鴣の詞《うた》」を歌いはじめたかと思うや、（早くもうつむいて）その美しい眉をひそめて嘆く始末《しまつ》。互いに呼びかわす鷓鴣の声が、絶え間《ま》なくこだまする、湘江の曲がれる岸辺のほとり。苦竹《まだけ》の叢《やぶ》が深々と広がり、春の日も（いつしか）西に傾いて（そのねぐらとなる苦竹の陰《かげ》に沈み）ゆく。

詩は、初唐の李嶠《りきょう》「鷓鴣」や盛唐の李白「山鷓鴣の詞《うた》」「越中覧古《えっちゅうらんこ》」以来、急速に南方の風土を象徴する素材・題材として注目されてきた哀切な美しい鳥——鷓鴣（越雉《えっち》・越鳥）の多様なイメージを、流麗にまとめあげた詠物詩である。

しかもその背景をなす風土は、『楚辞《そじ》』を源泉とする哀切な湘君《しょうくん》伝説と戦国・楚の詩人屈原、さらには前漢の才子賈誼《かぎ》（長沙に流謫《るたく》）の哀話で彩られた、山紫水明の景勝地「瀟湘《しょうしょう》（湘南《しょうなん》）」（洞庭湖の南、湘江の流域）であった。「湘南は古《いにし》えより　離怨《りえん》（漂泊者の別離の嘆き）多し」（晩唐の張泌《ちょうひつ》「晩《くれ》に湘源県に歇《いこ》う」詩）と歌われた風土のもつ憂愁と、鷓鴣の鳴き声の哀切さを巧みに結びつけて、克明《こくめい》な形似《けいじ》（写実）よりも神韻《こころ》の伝達を重視した手法を駆使して、美しい鷓鴣の歌を作りあげたのである。鄭谷がこの作品のために、当時「鄭鷓鴣《ていしゃこ》」とも呼ばれたこと（北宋末の李頎《りき》『古今詩話』〔『類説』巻五六所収〕や、元の方回『瀛奎律髄《えいけいりつずい》』巻二七など）は、鷓鴣のもつ詩的心象《イメージ》の本質（本意）を、瀟湘の風土（詩跡）と密接にからませて詠んだ、その切り口の鮮やかさゆえであろう。

鷓鴣の図

南国の鳥、鷓鴣は、鳴き声にもとづく命名とされ、「常に日に向かいて飛び、霜露《そうろ》を畏《おそ》れて早晩《そうばん》（朝夕には）出《い》づること希《まれ》なり」（西晋の崔豹《さいひょう》『古今注』巻中）、あるいはまた、東西方向に飛びまわるが、「翅《つばさ》を開くの始めは、必ず先《ま》ず南に翥《と》ぶ」（前掲の『嶺表録異』に引く『南越志』）などと記されてきた。これは、鷓鴣の別名「懐南《かいなん》」や、その鳴き声「向南《こうなん》不北《ふほく》（南に飛んで北に向かわない意）」

（晩唐の段成式『酉陽雑俎《ゆうようざっそ》』前集巻十六）と同様に、暖かい南国（呉楚や嶺南）にのみ生息する鳥の属性を強調する。かくして北方の人は、絶え間ないその鳴き声を、異郷の地のなじめぬ鳥の声と見なして旅愁をつのらせたのである（白居易「山鷓鴣」）。他方、北方を旅する南国の人は、その鳴き声を模倣した楽曲《うた》を耳にすると、望郷の思いに苛《さいな》まれていく。

ところで哀愁に満ちた鷓鴣の鳴き声は、古来、さまざまな表記をもつ。唐初の『新修本草』に見える「鉤輈格磔《こうちゅうかくたく》」は、晩唐の李群玉《りぐんぎょく》「九子坡《きゅうしひ》（安徽省の九華山）にて鷓鴣を聞く」詩にも見えて、広く知られている。しかしそれは、単なる擬声語にすぎず、「禽言《きんげん》」（意味内容をそなえた禽《とり》の言葉）とはいえない。この意味で「向南不北」（前掲）や晩唐の韋荘《いそう》「鷓鴣」詩に見える「懊悩沢《おうのうたく》家《か》」（懊悩〔苦悩〕する沢家〔湖沼区に暮らす者〕？）は、鷓鴣の禽言として特に注目されよう。

なかでも有名な鷓鴣の禽言「行不得《シンプトゥー》（也《イエ》）哥哥《クーク》」（行ってはだめ〔行《ある》くことはできないよ〕、お兄さん）を記す最古の文献は、北宋の崇寧《すうねい》三年（一一〇四）に成る黄庭堅《こうていけん》の「戯れに零陵《れいりょう》（湖南省永州市）の李宗古居士《りそうここじ》の家《いえ》の、馴《な》れたる鷓鴣を詠む」二首らしい。それには、

此《こ》の鳥　公《きみ》の行《ゆ》くこと得《え》ざるが為《ため》に（此鳥為公行不得）
晴れを報じ雨を報ずる　総《す》べて同じき声　……

と見え（其一）、宋の任淵《じんえん》は、「鷓鴣の声は、『行不得哥哥』と云《い》うが若《ごと》し」（『山谷内集詩注』巻二〇）

と注した。ただしこの用例は、年老いて足を病んだ李宗古が、鷓鴣を飼って楽しんでいることを踏まえた表現であり、「行不得」は「行《ある》くことができない」ことを意味する。「行不得（也）哥哥」の禽言は、明代以降、広く流布したらしい（李時珍『本草綱目』巻四八）。

しかし「行不得（也哥哥）」は、杜鵑《ほととぎす》の禽言「不如帰《ふじょき》（去《きょ》）」（帰り（去る）に如《し》かずの意）と同様に、記録に残る以前の唐代、すでに民間にある程度流布していたようである。晩唐の孟遅《もうち》「閑（閨《けい》？）情《じょう》」詩に、

山上に山有《あ》り　帰ることを得ず
湘江の暮雨《ぼう》　鷓鴣飛ぶ

という。江戸初期の説心和尚は、『三体詩素隠抄《そいんしょう》』巻二のなかで、「一ノ句ニ出《しゅつ》ノ字ヲ蔵シ、二ノ句ニ行不得ノ三字ヲ蔵」す、と指摘している。

このように鷓鴣の詩的心象は、明らかにその音声の哀切さにある。鄭谷の詩も、冒頭の二句で鷓鴣の高雅な風姿を、自分の美しい羽毛を愛するあまり、「水に映《うつ》して舞う」（南朝・宋の劉敬叔《りゅうけいしゅく》『異《い》苑《えん》』巻三）という「山鶏」に迫る、と評したあと、もっぱらその聴覚的イメージを中心に詩想を展開する。

青草湖（≒洞庭湖）のほとりを長い間放浪し、秦の軍が楚の都郢《えい》（湖南省荊州《けいしゅう》市の北）を陥落さ

汨羅江の清流

せたことを聞くや、祖国の前途に絶望して、汨《べき》羅江《らこう》（湘江の一支流）に身を投げて命を絶った「騒人《そうじん》」（噴出する憂愁を歌いあげる詩人）屈原。古代の聖天子、舜帝の死を悲嘆して湘江に身を投げた哀れな二妃《にひ》、娥皇《がこう》と女英《じょえい》。頷聯《がんれん》（三〜四句）は、おそらくこの悲惨な最期をとげた屈原と二妃の、沈痛な魂の叫びを、鷓鴣の声に託して表現したのであろう。詩人鄭谷にとって、鷓鴣は、屈原や二妃の怨魂《たましい》が化した、哀切な南国の鳥、として意識されていたようである。中唐の李渉《りしょう》（李渤《ぼっ》の兄）は、「湘江　煙水《えんすい》深し」で始まる「鷓鴣の詞《うた》」（二首其一）のなかで、

何《いず》れの処《ところ》にか　鷓鴣飛ぶ
日斜《ひなな》めなり　斑竹《はんちく》の陰《かげ》
二女《にじょ》（二妃）は　虚《むな》しく涙を垂《た》れ
三閭《さんりょ》（大夫《たいふ》の屈原）は　枉《むな》しく自《みずか》ら沈めり

屈子祠（岳陽市の南、汨羅市にある屈原廟）

唯《た》だ鷓鴣の　啼《な》く有《あ》りて
独《ひと》えに行客《こうかく》（旅人）の心を傷《いた》ましむ

と歌う。鄭谷はおそらく、この詩を脳裏に思い浮かべながら、その詩想をより婉曲・繊細に表現したのではなかろうか。

続く第五句「遊子乍聞…」の発想も、李渉の詩句と類似する。ちなみに第六句「佳人纔唱…」は、鄭谷自身の「侯家《こうか》（侯姓の家）の鷓鴣」詩の、

唯だ佳人《かじん》（歌妓）の　南国を憶《おも》う有り
慇勤《いんぎん》に爾《なんじ》（籠の中の鷓鴣）の為《ため》に愁詞《しゅうし》（哀切な鷓鴣の詞《うた》）を唱う

と類似している。

鄭谷（八五一？〔八四八？〕―九一〇？）、字は守愚《しゅぐ》、袁州宜春《えんしゅうぎしゅん》（江西省宜春市）の人。幼少

のころ、詩人馬戴《ばたい》らにその才能を称賛され、父（鄭史）が永州（湖南省永州市）刺史になると、父に随って当地に滞在した。そして十六年間落第し続けた後の光啓《こうけい》三年（八八七）、ようやく進士科に及第した（三十代後半）。この間、広明元年（八八〇）、黄巣の乱で都長安が陥落したときには、巴蜀《はしょく》の地（四川省）に長く漂泊している。

鄭谷は、進士科及第後も、すぐには任官できず、景福二年（八九三）ごろ、初めて京兆府《けいちょうふ》鄠《こ》県（西安市の西南の戸県）の尉《い》（補佐官）となり、続いて右拾遺《うしゅうい》・補闕《ほけつ》を歴任し、乾寧《けんねい》四年（八九七）、（尚書省刑部《けいぶ》）都《と》官郎中《かんろうちゅう》となり、これ以後、「鄭都官」と呼ばれる。唐末の天復三年（九〇三）前後、官を棄てて故郷の袁州宜春県に帰隠《きいん》したのち没した。享年は60歳前後らしい。

鄭谷最晩年（五十代）の隠棲時期に、有名な「一字の師」の逸話《エピソード》が生まれた。北宋の陶岳《とうがく》『五代史補』巻三には、ほぼこういう。

詩僧の斉己《せいき》が自作の詩を携えて、袁州に隠棲する鄭谷のもとを訪ねて、批評を請《こ》うた。そのなかの「早梅《そうばい》」詩（五律）に、

前村深雪裏　前村《ぜんそん》　深雪《しんせつ》の裏《うち》
昨夜数枝開　昨夜《さくや》　数枝《すうし》開《ひら》く

とあった。鄭谷は笑いながら、「数枝は早《はや》きに非《あら》ず、一枝《いっし》なれば則《すなわ》ち佳《よ》きに若《し》かず（「数枝」では早梅とはいえない。「一枝」に改めたほうがいいね）」といった。斉己はハッとして、思わず深々とひざまずいて拝礼した。

これ以来、士林《しりん》（士大夫《インテリ》の間）では、鄭谷のことを「一字之《の》師（師匠）」と呼んだ。あるいはまた、思わず拝礼した斉己みずから、鄭谷に向かって、「我《わ》が一字の師なり」といった、とも伝える（『唐才子伝』巻九）。

これと類似した話が、もう一つ伝わる。北宋末の阮閲《げんえつ》編『詩話総亀《そうき》』前集巻十一に引く北宋の潘《はん》若冲《じゃくちゅう》『郡閣雅談《ぐんかくがだん》』には、ほぼこういう。

斉己が袁州の鄭谷を訪ねて献呈した詩（『全唐詩』巻八三九には「鄭谷郎中に寄《よ》す」と題するが、「寄」の字は不適切）のなかに、

自封修薬院　自《みずか》ら封《と》づ　薬《くすり》を修《ととの》うる院《にわ》を
別下著僧牀　別《こと》さらに下《くだ》す　僧《そう》を著《お》く牀《しょう》を

とあった（牀は坐具）。これを覧《み》た鄭谷は、「どうか一字を改めて下さい。そうしたら会いましょう」といった。

数日後、斉己は再び面会して、下句の「下す」を「掃《はら》う」字に改めて見せると、鄭谷はほめたたえて、詩友の契《ちぎ》りを結んだ。

この類似した二話のうち、「数枝」を「一枝」に改めた前者「早梅」詩の理由は、きわめてわかりやすい。それは、単に「一枝」の語が、凍てつく厳寒期に咲き始める梅のなかでも、ひときわ早い「早梅」に対する、清雅で幽静な描写（構図）にふさわしいだけではない。春の幽《かす》かな足音を着実に伝える梅の開花をひたすら待ち受けながら、ついにその望みがかなったときの、沸きたつ喜びは、「一枝」でなければ表現できないからである。

他方、後者の「下」と「掃」の場合は、清の翁方綱《おうほうこう》が、すでに『石洲《せきしゅう》詩話』巻二のなかで、「此の一字、元本《げんぽん》・改本、倶《とも》に好《よ》き処無《ところな》し。知らず、鄭谷は何を以《もっ》てこれを賞《ほ》むるかを」と疑ったように、筆者にもその善悪《よしあし》が充分にはつかめない。改変前の「牀を下す」を、丁重な歓待を示す典故「下榻《かとう》（榻《ながいす》を下《おろ》す）」（『後漢書』徐穉《じょち》伝——接客を嫌った陳蕃《ちんばん》は、ただ徐穉が来たときだけ、「特に一榻を設け、去れば則《すなわ》ち県《か》く（吊りあげた）」話）の不適切な用い方と判断し、「牀」（韻字）なら「掃」字のほうがふさわしい、と考えたのであろうか。それとも「掃」字のほうが、人の選《え》り好みをせず、訪問者のすべてを心から歓待する表現になり、このほうが出家した僧にふさわしい清浄な心のあり方、と判断したのであろうか。

この「一字の師」は、詩句の彫琢《ちょうたく》に凝《こ》る中晩唐期の風潮のなかから、必然的に生まれた佳話《かわ》である。中唐の詩僧皎然《こうねん》にも、類話（北宋の唐庚《とうこう》の話を収めた『唐子西文鈔』）が伝わっている。

「一字の師」となった鄭谷の代表作「鷓鴣」は、平明・流麗な抒情表現のなかに、漂泊する作者自身の不遇感と旅愁が色濃くただよい、哀切なひびきをたたえる。「鄭鷓鴣」とも呼ばれた一因は、不遇な境涯のもとで発せられた、作者の切実な魂の叫びを、「鷓鴣」詩のなかに鋭敏に嗅《か》ぎとったためでもあろう。傅義《ふぎ》『鄭谷詩集編年校注』は、咸通《かんつう》十三年（八七二）、進士科に落第し続けた作者が、南に帰る途中、洞庭湖を通ったときの作か、と憶測する。もちろん、その年の作と見なせる確証はない。しかし本詩が、進士科に及第する以前の、不遇な境遇下で作られたことは、ほぼ疑いない。

鷓鴣の哀愁に満ちた「懊悩沢家《おうのうたくか》」の声。そのひびきには、湖沼の多い江南の出身で、しかも長い不遇に苦悩し続けた作者自身の内《うち》なる心の声が、微妙に投影されているようにも思われてくる。この意味で「鄭鷓鴣」の呼称は、決してかりそめに名づけられたものではあるまい。

20

謎の風狂の隠士――寒《かん》山《ざん》

（詩題なし）　寒山

杳杳寒山道　杳杳《ようよう》たる寒山《かんざん》の道《みち》
落落冷澗浜　落落《らくらく》たる冷澗《れいかん》の浜《ひん》
啾啾常有鳥　啾啾《しゅうしゅう》として常《つね》に鳥《とり》有《あ》り
寂寂更無人　寂寂《せきせき》として更《さら》に人《ひと》無《な》し
淅淅風吹面　淅淅《せきせき》として風《かぜ》は面《おもて》を吹《ふ》き
紛紛雪積身　紛紛《ふんぷん》として雪《ゆき》は身《み》に積《つ》む
朝朝不見日　朝朝《ちょうちょう》　日《ひ》を見《み》ず
歳歳不知春　歳歳《さいさい》　春《はる》を知《し》らず

○**寒山**　作者が住んだと伝える、天台山《てんだいさん》（仏教・道教の霊場、浙江省）中の岩窟《いわや》「寒巌《かんがん》」（寒岩とも書き、寒石山・翠屏山《すいへいさん》ともいう）の別称。○**落落**　清く澄みわたるさま。陶淵明「山海経《せんがいきょう》を読む」詩（其三）に、「落落として瑤流《ようりゅう》清《きよ》し」とある。○**冷澗**　寒巌前の始豊渓《しほうけい》（霊江の二大水源の一）、別名「岩前渓」を指すか。連暁鳴《れんぎょうめい》・周琦《しゅうき》「寒山子生平新探」（『東南文化』一九九〇年六期）参照。同論文には、寒巌の写真を載せる。

はるかに続く、小暗《おぐら》い寒山の道。清らかに澄みわたる、冷たい谷川の浜《ほと》り。ちいちいと、いつも鳥たちがさえずり、ひっそりとして、人影は更《まった》くない。ひゅうひゅうと、風が顔に冷たく吹きつけ、はらはらと、雪が身体《からだ》のうえに降りつもる。来る日も来る日も、（雪や霧が深くたちこめて）太陽の姿は見えず、来る年も来る年も、（ここ寒山では）春の訪れに気づかない。

詩は、作者が住んだと伝える寒山（寒巌《かんがん》）付近の、幽暗・静寂・寒冷な叙景表現を通して、孤独な永遠の生が息づく世界を呈示した五言古詩である。各句の冒頭に同じ字を畳《かさ》ねた、多様な重言《ちょうげん》（畳語《じょうご》。終りの二句以外は形容語）の技法は、特に注目されてよい。ちなみに、現存する三百余首の寒山詩は、すべて詩題を欠いている。

天台山の国清寺

風狂の隠者、寒山（？―？）は、いわば永遠の謎をひめた伝説上の存在であり、寒山子《かんざんし》（寒山〔寒巌〕の石窟に住む子《おとこ》の意）とも呼ばれる。姓名・生没年・本籍など、いずれも未詳であり、その実在を証明する確実な資料を欠いている。

ただ寒山とその友人である国清寺《こくせいじ》（天台山の中腹にある、隋の高僧智顗《ちぎ》の創建になる天台宗の名刹《めいさつ》）の僧、拾得《じっとく》なる人物は、遅くとも唐末・五代には、実在した達道《たつどう》の士《し》として敬慕されていた。晩唐・五代の有名な詩僧、貫《かん》休《きゅう》（八三二―九一二）は、「赤松《せきしょう》（天台山系の道教の聖地の一つ、赤松山）の舒道士《じょどうし》に寄《よ》す」詩（二首其一）のなかで、

子愛寒山子　子《きみ》は寒山子《かんざんし》を愛《あい》し
歌唯楽道歌　歌《うた》うは唯《た》だ楽道歌《らくどうか》のみ

枸杞の葉と実（明・黄鳳池『木本花鳥譜』より）

という。これは、作者二十代の大中年間（八四七—八六〇）の作とされる（小林太市郎『禅月大師《ぜんげつだいし》の生涯と芸術』）。楽道歌とは、文字どおり道（真理）を楽しむ歌の意。貫休はまた、「僧の天台寺《てんだいじ》（国清寺）に帰るを送る」詩のなかで、

莫折枸杞葉　枸杞《くこ》の葉《は》を折《お》ること莫《な》かれ
令他拾得嗔　他《か》の拾得《じっとく》をして嗔《いか》らしめん

と歌う。枸杞（落葉低木）の葉と実は、食用および薬用になる。また拾得は、もと棄て子で、国清寺の豊干禅師《ぶかんぜんじ》が路傍から拾い得て育てた、とされる詩僧である。

『寒山子詩集』の作者（ただし、特定の一個人の作であるかどうかは不明）、寒山（子）は、（都長安付近？の）半耕半読の士人《しじん》（知識人）と考えられ、科挙に落第。やがて家を棄て妻子と別れて各地を放浪したが、30余歳以後、天台山中の寒巌《かんがん》（寒山）という石窟に隠棲《いんせい》して、三十年間以上過ごし

たらしい。

このほか、寒山の詩集のなかから、「兄弟と共に田を耕やして暮らしたこと、人つきあいが下手《へた》で村の人たちから馬鹿にされたこと、人間嫌いになって、書物を読んでばかりいたこと、ついに妻に疎《うと》まれて村をとび出し、飢寒に耐えつつ諸方を放浪して立身の機を求めたが、すべて徒労に終ったこと」(入矢義高「寒山―その人と詩」)などもわかる。

唐末・五代の有名な道士、杜光庭《とこうてい》の作とされる『仙伝拾遺《せんでんしゅうい》』(『太平広記』巻五五所引)にいう。

寒山は大暦《たいれき》年間(七六六―七七九)、天台の翠屏山《すいへいさん》に隠棲した。その山は奥深くて、真夏でも雪があったので、寒岩とも呼ばれた。それでみずから寒山子と名のった。詩を作ることを好み、一篇一句ができると、いつもそれを樹や石《いわ》の上に書き題《しる》した。

寒山は隠棲後、当地の名刹《めいさつ》、国清寺の僧豊干(封干)や拾得と時おり会って、親交を深めたという。寒山の詩(すべて無題)にいう。

慣居幽隠処　幽隠《ゆういん》の処《ところ》に居《お》るに慣《な》れ
乍向国清中　乍《たちま》ち国清《こくせい》の中《うち》に向《む》かう

時訪豊干老　時《とき》に豊干老《ぶかんろう》を訪《たず》ね
仍来看拾公　仍《さら》に来《きた》りて拾公《じっこう》を看《み》る
独回上寒巌　独《ひと》り回《かえ》りて寒巌《かんがん》に上《のぼ》れば
無人話合同　人《ひと》の話《かた》りて合同《ごうどう》する無《な》し

――奥深い隠遁場所に住みなじみながら、ふと気の向くままに国清寺に赴く。時おり豊干じいさんを訪ね、さらに拾得さんに会いに行く。ただ一人で帰ってきて寒巌に登ると、もはやうち融けて語りあう者はいない――と。

享年は70歳を超え、一説に100歳以上ともいう。その思想は、初めは儒家《じゅか》、隠棲後は道教と仏教の間を揺れ動きつつ、最終的には仏教に落ちついたらしい。ちなみに寒山は、かつて初唐期の人とも考えられたが、近年は大暦年間前後の中唐期の人（ただし生年は盛唐期）、と見なされている。

ところでこうした寒山像は、画題中の奇矯《ききょう》な人物像（「寒山拾得図」）と大きく異なっている。大正五年（一九一六）に発表された森鷗外《もりおうがい》の歴史小説「寒山拾得」も、そうした画像と同種の不思議な変わり者として描かれている。天台寺の僧道翹《どうぎょう》は、台州刺史《だいしゅうしし》（天台山付近の長官。小説に「主簿」とするのは誤り）閭丘胤《りょきゅういん》（閭丘が姓）の質問に答えて、こういう。

「寒山でございますか。これは当寺から西のほうの寒巌《かんがん》と申す石窟《せっくつ》に住んでおりますものでございます。拾得が食器を洗います時、残っている飯《めし》や菜《さい》を竹の筒に入れて取っておきますと、寒山はそれをもらいに参るのでございます」

と。そしてかまどの前にうずくまって火に当たる二人の僧の姿が、閭丘胤の眼を通してこう語られ

寒山拾得図（伝、明・劉俊）

る。

一人《ひとり》は髪の二三寸伸びた頭をむき出して、足には草履《ぞうり》をはいている。今一人は木の皮で編んだ帽をかぶって、足には木履《ぼくり》をはいている。どちらもやせて身すぼらしい小男で、豊干のような大男ではない。

道翹《どうぎょう》が呼びかけた時、顔をむき出したほうは振り向いてにやりと笑ったが、返事はしなかった。これが拾得だと見える。帽をかぶったほうは身動きもしない。これが寒山なのであろう。

じつはこうした小説中の奇矯な風貌は、ほとんどみな『寒山子詩集』の巻頭を飾る台州刺史閭《りょ》丘胤《きゅういん》の作とされる序文にもとづいている。いわば寒山の実録ともいうべきその序文を要約すれば、ほぼこうなる。

寒山子は、どこの人ともわからぬ、貧しい風狂の士である。天台の唐興県《とうこう》(浙江省天台県)の西七十里(三十五キロ強)の寒巌に隠棲し、ときどき国清寺に帰った。寺には食堂の係りをつとめる拾得《じっとく》がいて、いつも食事の残りを竹筒のなかに貯えて、寒山が来ると、それを持たせた。

寒山は、寺の長い廊下を歩きながらわめき、独りごとを言ったり、笑ったりした。僧が見つけて追いはらい、ののしって打ったりすると、たたずんで掌《て》を撫《う》ち、呵呵《かか》（からからと）大笑《たいしょう》した。顔かたちは痩《や》せやつれ、樺《かば》の木の皮の冠をつけ、ぼろぼろの上着に木屐《きぐつ》をはいている。時には村の牧童たちと歌い笑う。

私（閭丘胤）は、当地（台州）に赴任する直前、頭痛を治してくれた豊干禅師《ぶかんぜんじ》から、「文殊菩《もんじゅぼ》薩《さつ》の化身である寒山と、普賢《ふげん》菩薩の化身である拾得の二人の風狂の士が、天台山国清寺にいる」と聞かされていた。着任後、寺を訪ねると、二人は台所のかまどの前で火に当たって大笑いしている。胤が礼拝すると、二人は口々にどなりつけ、呵呵大笑して、「豊干の饒舌《おしゃべり》め。阿弥陀《あみだ》さまでも気づかぬのに、わしらに拝礼してどうする」と叫びながら、寒巌へ走り

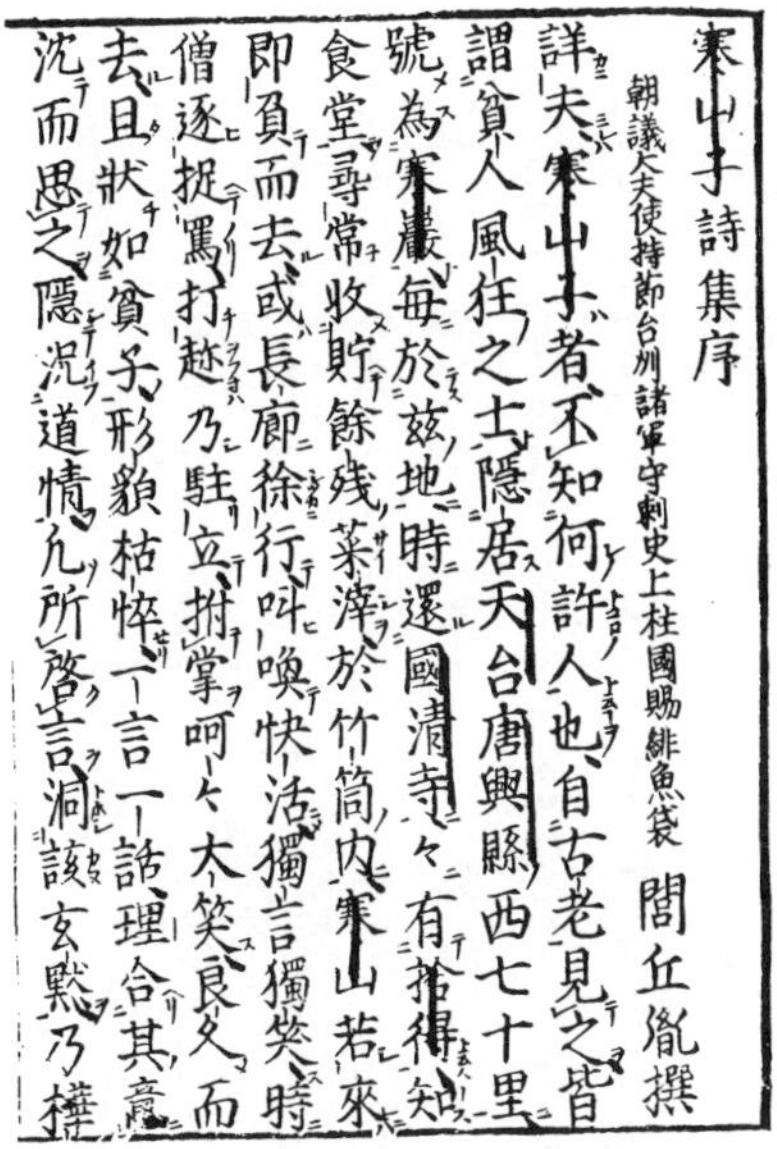
寒山子詩集序
朝議大夫使持節台州諸軍守刺史上柱國賜緋魚袋　閭丘胤撰
詳夫寒山子者不知何許人也自古老見之皆謂貧人風狂之士隱居天台唐興縣西七十里號為寒巖每於茲地時還國清寺々有拾得知食堂尋常收貯餘殘菜滓於竹筒内寒山若來即負而去或長廊徐行叫喚快活獨言獨笑時僧逐捉罵打趂乃駐立撫掌呵々大笑良久而去且狀如貧子形貌枯悴一言一語理合其意沈而思之隱況道情凡所啓言洞該玄默乃樺

『寒山子詩集』の序文の冒頭（和刻本『寒山詩』より）

去った。

胤は浄衣《じょうえ》二かさねと香薬などを送りとどけさせると、寒山はその使者に向かって、「各自努力せよ」と言って、岩穴の中に消えるや、穴はひとりでに閉じて、行方《ゆくえ》知れずとなった。そこで竹や木、石や壁、あるいは村の民家の壁に題《しる》されていた寒山の詩三百余首と、拾得が土地神《とちしん》の祠《ほこら》の壁に書いた偈《げ》（仏の功徳《くどく》や教理をたたえた歌）を集めて書物とした。

数々の奇行で知られる寒山の伝説やイメージは、ほとんどこの序文を基礎として、種々の潤色を加えたものであり、寒山の詩そのものは、ほとんど無視されがちであった。

ちなみに、この序文は、県名や官銜《かんかん》（肩書き）の表記に問題があり、文章も拙劣で、唐初の貞観《じょうがん》十六年（六四二）から四年間、台州刺史となった閭丘胤の作ではなく、彼（そのモデルは晩唐の台州刺史李敬方《りけいほう》かともされる）に仮託した、唐末・五代ごろの（僧侶の）偽作《ぎさく》、とされる。

寒山の詩は、山居に幽隠する興趣《きょうしゅ》や、悟道の境地のほか、世俗を戒め励ます教戒・説理の詩が多い。豊かな人生体験に根ざした禅趣《ぜんしゅ》と、現実の世態を取りあげて民衆を教えさとす詩は、中国本土よりもむしろ日本（の禅宗の間）などで深く愛好されてきた。寒山みずからいう。

家《いえ》に寒山の詩有《あ》らば

汝《なんじ》が　経巻《きょうかん》（お経）を看《よ》む（功徳）に勝《まさ》れり
屏風《びょうぶ》の上に書き放《か》《お》きて
時時《しばしば》　看《よ》むこと一遍《いっぺん》せよ

詩集の中には、山中の生活や風景を詠んだ佳句《かく》に富む。

○石床孤夜坐　石床《せきしょう》に孤《ひと》り夜坐《よるざ》せば
円月上寒山　円月《えんげつ》　寒山《かんざん》に上《のぼ》る
○寒山唯白雲　寒山《かんざん》は　唯《た》だ白雲《はくうん》のみ
寂寂絶埃塵　寂寂《せきせき》として　埃塵《あいじん》を絶《た》つ

石床は石のベッド、円月は円《まる》い月。後者の下句は、あらゆる物音も動きもとだえた、一点の塵も留めない空無の世界であることをいう。そして寒山にたちこめる「白雲」は、単なる実景ではない。人間的な憂苦から解き放たれた、のびやかで自由な心境の象徴でもあった。

寒山のたたずまいを描写した前掲の詩（「杳杳たる寒山の道」）においても、「寒山」は単なる地名ではない。山中の静寂さのなかで瞑想する風狂の隠士が、物象《ぶっしょう》を超越したある種の澄明な心象風景を託するために、意識的に選びとった言葉なのだ。修辞に凝《こ》らない素朴な表現のなかから立ちのぼる、清冽《せいれつ》で孤高な詩境は、唐詩の世界のなかでも独特の味わいに満ちている。

あとがき

「時間と場所とそして人と、この三本の柱が歴史を構成する。私が唐代に関心を持った時、これらの柱を明確にした書物があれば、研究にどれほど便利なことかと思った」。これは、優れた「唐代研究のしおり」の数々を世に送ってくれた、今は亡き平岡武夫先生の「復刊のことば」である。

幸いにも筆者は、時間と場所を座標軸にすえた『唐詩歳時記』と『唐詩の風景』を、すでに刊行することができた（講談社・学術文庫）。また関連の著作『唐詩の風土』（研文出版）や『漢詩の事典』（松浦友久編、大修館書店）所収の「名詩のふるさと（詩跡）」もある。そしてこのたび、大修館書店のご厚意によって、詩人の伝記・逸話と名詩の誕生秘話に重点を置く本書を、ついに刊行することができた。かくして唐詩に関する「時間と場所とそして人」の三本の柱に対する、筆者の基本的な構想が、かなりまとまった形で理解していただけることになった。これは、一研究者たる筆者にとって、無上の喜びである。

唐代の詩人に対する伝記研究は、彼らの詩風と人生を照射する多様な逸話《エピソード》の存在とともに、筆者の長年にわたる、主要な関心事の一つであった。作家の疑年録《ぎねんろく》（生没年代考証）に関する論文を長期にわたって発表したのも、この端的な表れである。本書『唐詩物語―名詩誕生の虚と実と』は、

『唐詩―名詩をめぐる詩人の物語』と考えてもらってもよい。名詩の誕生秘話と詩人の逸話に重点を置く執筆態度は、従来の唐詩鑑賞読本には珍しい、新しい視点であり、その根底には、筆者自身の持続的な関心が存在したのである。

本書は全篇、書き下ろしである。昨年の四月に刊行された松浦友久編『続校注唐詩解釈辞典[付]歴代詩』(大修館書店)の一執筆者として、同じ出版社から本書を刊行できたことも、このうえない喜びである。編集・刊行に際しては、大修館書店編集部各位、特に常務取締役玉木輝一氏に、一貫してお世話になった。また内容の理解を助けるために図版や写真を多く入れたいと思い、高木達・松原朗・松尾幸忠・寺尾剛・大山岩根の諸氏から、貴重な写真を拝借して、紙面を美しく飾ることができた。さらには、「漢陽城の変遷」図(崔顥の章)の転載を快諾された鹿島出版会、本書の書名を考えてくださった恩師松浦友久先生、煩雑な原稿を美しくかつ正確に仕上げられた壮光舎印刷のご努力に対して、この場を借りて深い感謝を捧げたい。

心をこめて書いた、ささやかな本書が刊行されるにあたり、お世話になった方々、筆者の勤務する弘前大学人文学部、および家族の者たちに、心からお礼申し上げる。

二〇〇二年正月吉日　　弘前大学人文学部中国文芸研究室にて　　植木久行

［著者略歴］
植木久行（うえき　ひさゆき）
1949年新潟県生まれ。早稲田大学文学研究科博士課程修了（中国文学専攻）。現在、弘前大学人文学部教授。著書に、『唐詩歳時記』『唐詩の風景』（以上、講談社・学術文庫）『唐詩の風土』（研文出版）、共著に『校注唐詩解釈辞典』『続校注唐詩解釈辞典［付］歴代詩』（以上、大修館書店）『長安・洛陽物語』（集英社）『漢詩の事典』（大修館書店）『人生の哀歓〈心象紀行　漢詩の情景2〉』（東方書店）『世説新語（中・下）』（明治書院）『中国文学史（上）』（高文堂出版社）などがある。

〈あじあブックス〉
唐詩物語——名詩誕生の虚と実と

初版第1刷———2002年4月10日

著者————植木久行
発行者————鈴木一行
発行所————株式会社大修館書店
〒101-8466 東京都千代田区神田錦町3-24
電話 03-3295-6231（販売部）03-3294-2353（編集部）
振替 00190-7-40504
［出版情報］http://www.taishukan.co.jp

装丁者————下川雅敏
印刷所————壮光舎印刷
製本所————関山製本社

ISBN4-469-23180-0　Printed in Japan